어떤 일들은 그냥 일어나고
사과하지 않아도 돼요
한요나

오보는 사과하지 않는다

오보는 사과하지 않는다

지은이 한요나
펴낸이 임상진
펴낸곳 (주)넥서스

초판1쇄 인쇄 2022년 8월 19일
초판1쇄 발행 2022년 8월 25일

출판신고 1992년 4월 3일 제311-2002-2호
10880 경기도 파주시 지목로 5
Tel (02)330-5500 Fax (02)330-5555

ISBN 979-11-6683-339-7 03810

가격은 뒤표지에 있습니다.
잘못 만들어진 책은 구입처에서 바꾸어 드립니다.

www.nexusbook.com
&(앤드)는 (주)넥서스의 문학 브랜드입니다.

오보는 사과하지 않는다

한요나 장편소설

&

NO-LITER

차례

1. 김도브

날씨 예측이 틀리기 시작했다. 처음에는 행성 질(Zeal)의 속도가 갑자기 변했기 때문일 것이라고 둘러댔지만 하루 이틀의 오보(誤報)가 아니게 되자 사람들의 불안이 눈에 보이듯 넘실거렸다. 모니터를 넘어 기상관측소로 찾아와 직접 항의하는 사람들이 늘었고, 폭동이라도 일어날 것같이 모두가 아슬아슬해 보였다.

다행히도 나는 모니터 응대직도 아니었고, 데스크 도어 담당도 아니었다. 분석실 소속 계약 사원에 지나지 않았기 때문에 쏟아져 나오는 불안 대신 데이터들을 잘 쌓아 두기만 하면 되었다. 그건 사람들의 불안과 한탄을 쌓는 일과 비슷했다. 아무도 기이한 기후 현상을 해석할 수 없었고, 데이터는 매일 쓰레기가 되었다. 나는 의미를 부여하지 않아야 쉽게 살 수 있다는 주의였다. 대신 '만약'이라는 단어를 항상 생각했다. 그래서 우산이나 점검 키트, 비상용 랜턴, 휴대용 발전기 등을 차에 싣고 다녔다. 어쨌든 모두가 우울하고 불안하고 짜증 나는 시기를 보내고 있다는 사실만큼은 틀림없었다.

예측이 처음 틀렸던 날은 기억나지 않는다. 국영 뉴스며 인터넷 방송이며 사람들이 '한 달째', '두 달째'라는 말을 달고 살았다. 나는 정확한 시점이 있었던 건 아닌 것 같아서 이상한 날들을 세어 보지 않았다. 원래 그래 왔던 것처럼 나는 금세 익숙해졌다.

물론 어느 정도의 불편함은 있었지만, 무료하지 않아서 다행이라는 생각이 들었다. 사람이 하는 일이 그렇듯 기계가 하는 일도 그럴 수 있다고 생각했다.

컴퓨터도 결국에는 바이러스 하나만으로도 모든 것을 잃을 수 있고, 자연히 발생하는 우연을 계산하지 못하고……. 그런 식으로 우주보다 거대해지지는 못했으니까. 이건 아버지가 했던 말이다. 돌아가실 때가 다 되어서야 만나게 되었지만 그와 함께한 한 달은 꽤 괜찮았다.

아버지는 파트너가 떠난 뒤에야 죽음이 가까워져 오는 게 실감이 났다고 했다. 혼자 남겨지니 죽음이 크게 느껴졌다고, 그래서 핏줄이라는 걸 찾아보겠다고 국가에 의뢰를 했던 모양이다.

보통 사람들이 '부모'라는 단어를 쓸 때는 죽음이 가까워졌을 때였고, 내 경우도 예외는 아니었다. 아버지에게 "나는 자연 발생적이었나요, 유전공학으로 만들어졌나요? 사랑이었나요? 사랑이 아니라면 뭐였나요?" 하고 묻지는 않았다. 10대 여자아이들은 언제나 그런 걸 궁금해했기 때문에 나도 그런 걸 물어야 하나, 머뭇거리기는 했지만 묻지 않았다.

아버지도 그랬다. 자신은 어떤 사람인지, 어떻게 살아왔는지, 어떤 병으로 죽어 가고 있는지 얘기하지 않았다. 아버지와 같은 병실을 쓰고 있던 사람들은 모두 자신이 얼마나 '괜찮은' 삶을 살았는지 해명하고 있었지만, 아버지는 그런 시끄러운 사람이 아니었고 나는 그것만으로도 충분히 이 사람을 받아들일 수 있겠다고 생각했다. 그래서 아버지의 임종까지 보호자를 하겠다는 서류를 제출했다.

아버지는 자신의 삶뿐 아니라 나에 대해서도 설명하지 않았다. 하지만 내가 나에 대해 설명하면 참을성 있게 들어 줄 사람이라는 것을 느낄 수 있었다. 특히 거무스름한 눈가와 대비되는 그의 선명한 갈색 눈을 들여다보면 알 수 있었다.

갑자기 비가 쏟아지기 시작했다. "이런 비를 뭐라고 부르더라."라며 중얼거리자, 박 박사가 옆에서 "이 정도면 스톰이죠." 하고 끼어들었다. 오늘은 큰 이변이 없어서 다행이라는 말이 오가는 다른 부서와 달리, 분석실 사람들은 원인을 찾지 못해 안달이 나 있었다. 분석실의 답답한 공기를 아무렇지 않게 들이마시는 사람은 나와 박 박사뿐이었다. 나는 실험실 문 앞에 놓인 가장 작은 책상에 앉아서 터치펜을 굴리고 있었다. 박 박사는 내 의자 뒤로 다가와서 속삭이듯 말했다.

"이 정도면 나도 모르겠어요. 아무리 데이터를 뽑고 분석하면 뭐 합니까? 이젠 데이터를 어디서 가져와야 하는지도 모르는데요."

"아, 네."

"이 정도면 말입니다. 국가에서 무슨 경보라도 울려야 정상 아닙니까? 아, 물론 음모론을 말하려는 건 아닙니다. 그냥 이상하다구요. 무엇 때문에 이렇게 날씨가 미쳐 버린 건지 모르겠는데, 왜 모르겠다고 말을 하지 않는지 모르겠다니까요."

"그야…… 모르겠다고 말하면 다 같이 미쳐 버릴 테니까요."

"예?"

"뭐, 예를 들면 대공황 같은 거요. 국가가 통제할 수 없는……."

"통제라니요!"

박 박사는 느닷없이 큰 목소리로 자유를 외쳤다. 입 모양만으로 '통제라니요.' 하고 그의 말을 따라 해 봤다. 하마터면 웃음이 튀어나올 뻔했다. 말머리마다 "이 정도면 말입니다."를 달고 사는 박사님에게는 자유가 꽤나 중요했던 모양이다.

"사람들이 물건을 사재기한다거나 비상대피소 문을 부수어 버리거나……."

"이 정도면…… 김도브 씨는 상상력이 어마어마하네요."

'이 정도면' 박사가 내 옆을 떠나는 뒷모습을 바라봤다. 자리로 돌아가면서 그가 무슨 생각을 할지 유추해 보았다. '한심한 일을 하고 있으니 저기 앉아 있군, 한량처럼 상상이나 하고 있어, 저 정도면 병인데 말이야.' 하고 중얼거리고 있진 않을까.

아버지는 죽기 전날, 내게 어머니를 찾아볼 생각은 없느냐고 물었다. 그건 당신이 궁금해서인지, 내가 당연히 궁금해할 거라고 생각해서인지 그 이유를 알 수 없었으므로 나는 대꾸하지 않았다.

박사의 말이 틀리지는 않았다. 스콜이나 비라고 부르기엔 바람이 너무 강했다. 퇴근길에 내리는 빗줄기는 굵어질 수 있을 만큼 굵어지려는 듯, 차를 박살 내려고 악을 쓰는 것 같았다.

날씨 예측이 어긋나기 시작한 것은 단순히 맑고 흐림의 문제가 아니었는데, 특히 예측할 수 없는 빗방울의 굵기가 문제였다. 빗방울은 점점 굵어지는 것 같았고, 비의 양도 사람들의 상상력을 크게 부풀릴 만했다. 입술 안쪽에 차오른 말들처럼 비도, 불안도 넘실거렸다.

예측할 수 없는 호우에 관해서는 데이터실과 관측실의 보고에서도 숫자로 명백히 적혀 있었고, 이것만큼은 국민들에게도 고스란히 전해졌다.

「오래된 우천 장비를 소지하신 국민들께서는 먼저 장비 구입부터 서두르셔야겠습니다. 비가 점점 굵어지고 있는 것으로 밝혀졌기 때문인데요. 기상관측실에서 보도를 이어 가겠습니다.」

자동차의 앞 유리 코팅을 새로 해야겠다는 생각을 하면서 집으로 돌아왔다. 모니터를 켜자 기상관측실의 뉴스가 나오고 있었다.

「……먼저 우산을 잘 관리해 주십시오. 우산을 바꿀 때는 축의 접합부 나사를 반드시 확인해 주셔야 하는데요. 편의점마다 우산 교체기가 설치될 예정이오니…….」

바로 자동차 앞 유리창의 코팅 예약을 하고, 샤워를 했다. 욕실에서 나오니 해가 떠 있었다. 모니터에서는 다양한 재질의 우산이 소개되고 있었다.

궂은 날씨가 이어지다가 갑자기 해가 뜨는 장면을 보면 고등과정 시절이 생각났다. 매번 그런 것은 아니었고, 요즘처럼 날씨가 자주 바뀔 때나 갑자기 해가 공중에 박히듯 뜰 때 옛날 생각이 떠올랐다. 날씨가 사람의 기분에 영향을 준다는 것에는 별로 동감하지 않았지만 기억에 영향을 주는 건 분명했다. 아마도 학교 창가에서 보는 햇살이 유달리 아름답게 느껴졌던 탓인 듯한데, 기억의 모든 부분이 아름다운 것은 아니었다. 그냥…… 어떤 시절이 있었지, 하는 회상이 전부였다. 결함이었다.

나는 김씨 성을 가진 평범한 DNA 생산의 결과물이다. 국가에서 매년 출산율을 계산하고, 인구 성장률을 감안해서 올해는 몇 명의 아이가 더 필요하다는 결론을 내면 그에 따라 아이들이 생산된다. 그럼 김씨 성을 가진 아이들 혹은 몇 가지 다른 성을 가진 아이들이 태어난다. 그렇게 만들어진 아이들은 모두 10월에 태어났다. 1월에 만들어지고, 10개월간의 성장 기간을 가졌으니까. 그러니까 '생일'은 가정이 있는 아이인지 아닌지를 알 수 있는 기준이 되었다. 그것은 아주 큰 차이였다. 초등과정 시절까지는 그것이 무엇을 의미하는지 알 수 없었지만, 중등과정부터는 분명한 온도차를 느낄 수 있었다. 아이들은 저와 다른 것을 금세 찾아낼 수 있었다.

나는 중등과정 때까지 국가 학원에서만 교육을 받았고, 당연히 대부분의 아이들이 나처럼 태어나고 나처럼 살아간다고 생각했다. 국가에서 몇 명의 추가 생산에 대한 공표를 하면 자발적 신청과 추첨에 의해 생산자가 선택되었고, 그렇게 해서 만들어진 DNA 덩어리들, 그런 아이들이 세상을 모두 차지하고 있는 줄로만 알았다. 하지만 고등과정에 들어와 주민등록번호에 3월이나 5월 같은 숫자가 들어간 아이들을 본 뒤로는 내가 이상한 존재일 수도 있겠다는 생각이 들었다. 저런 아이들이라면 나를 같은 사람으로 보지 않을 수도 있겠구나. 그건 당연한 거라서 나조차도 기분이 나쁘지 않을 것 같았다.

다행히 그렇게 생각하는 아이들은 거의 없었던 것 같다. 어쩌면 생각만 하고, 절대 입 밖으로 내뱉어서는 안 되는 말이라고 가정에서 훈련되어 온 것일지도 모른다. 그래도 가정이 있는 아이들은, 가정에서 자란 아이들은 다를 것이라고 내가 먼저 속단하게 되었다. 나는 점점 말을 잃었고, 아이들과 친해지는 게 쉽지 않았다.

학교에도 다른 10월의 아이들이 있었지만, 우리는 절대 그것에 대해서는 함께 이야기하지 않았다. 나와 같은 사람들이 있다는 걸 알면서도 꼭 세상에 나만 다른 존재인 것처럼, 나만 가짜인 것처럼 느껴졌다. 그래서 창밖을 보는 시간이 많아졌다. 해가 뜨고 지는 것만이 유일한 진실 같았다. 그것이 유일한 섭리인 것처럼 느껴져서 창밖을 보면 마음이 편안해졌다.

고등과정에 들어간 나는 대부분의 DNA 덩어리들이 그렇듯 직업학교를 선택했다. 가정에서 자라는 아이들은 부모의 영향을 받아서 진로에 대해 오래 고민하고, 더 다양한 선택을 한다고 했다. 그건 1월에 태어난, 양씨 성을 가진 아이가 해 준 이야기였다. 그 아이는 마흔세 살의 어머니와 마흔 살의 아버지가 있다고 했다. 양씨 아이는 카메라 기술자가 되고 싶어서 별다른 고민 없이 직업학교를 선택했다고 했는데, 나는 그 아이가 왜 오랫동안 고민하지 않았는지 궁금했다. 그건 아마도 아버지나 어머니의 영향이겠지……. "너는 왜 카메라 기술자가 되고 싶었는데?" 하고 묻지 않았다. 내가 알 수 없는 이유가 있을 것 같아서였다.

나는 고민이라는 걸 하지 않았다. 진로상담 선생님이 해 줬던 말에 의문을 가지지 않았다. 너는 얌전하고, 책상에 앉아 있는 시간을 좋아하는 것 같으니 데이터를 처리하는 일이 좋겠구나. 그래서 나는 데이터처리를 전공하게 되었다. 내 짝꿍은 안씨 성을 가진 10월생 아이였는데, 역시 데이터처리를 전공했다. 안씨 아이는 제 어머니가 사랑하는 남자의 아이를 갖고 싶어 국가에 지원했다고, 너에게만 특별히 알려 주는 거라며 언젠가 그런 이야기를 해 주었다. 하지만 정작 어머니는 자신을 사랑하지 않았는지 초등과정일 때 기관에 맡겼다고. 안씨 아이는 절대 어머니를 찾지 않을 거라고 말하며 아랫입술을 깨물었다.

아이들은 10월에 태어난 것과 3월에 태어난 것의 차이에 대해서는 별말이 없었지만, 같은 10월생에는 차이가 있다고 생각하는 듯했다. 같은 10월생이라도 부모가 있느냐 없느냐의 문제, 국가가 뽑아서 인구정책에 맞춰 만들어졌느냐 아니냐의 문제 같은 것들이 얽혀 있어 모두가 같을 수는 없었다. (나도 아버지를 찾기 전까지는 그저 공여자가 있다는 것만, 선택에 의해 만들어졌다는 것만 알았다.) 그 차이는 신체검사 기간이나 예방접종 기간이 되면 알 수 있었다. 아이들의 뒷담화가 시끄럽게 오갔다.

"아까 선생님이 자료 정리 좀 도와 달라 그래서 교무실에 다녀왔는데, 김누구 주민등록번호 뒷자리에 99 있었잖아!"

"헉. 나도 아까 봤어. 내 뒷번호 김땡땡. 내가 걔 뒤에 서서 차례 기다리는데, 우연히 간호사가 들고 있는 서류를 봤거든?"

"그런데?"

"걔도 뒷자리에 99 있더라?"

"그럼 김땡땡도 부모가 있는 거야? 허어…… 그렇게 안 보였는데."

"내 말이!"

그런 이야기들이었다.

그 무렵, 아이들 사이에서 주민등록번호 뒷자리에 대한 이야기가 돌았다. 주민등록번호 뒷자리에는 출생 지역과 함께 출신을 구분하는 번호가 있으며, 분명히 자발적 DNA 제공자로 생산된 경우와 추첨으로 만들어진 경우의 정보도 담겨 있을 것이라는 내용이었다. 그럴듯했다. 충분히 그럴 수 있을 것 같아서 나도 귀가 쫑긋해지곤 했다. 누구도 아이들에게 그런 이야기를 해준 적 없지만, 무엇이 진실인지 일러 주지 않았지만 역시 아이들은…… 서로 다른 부분에 대해서만큼은 놀랍도록 빠르게 알아챘다.

자기만큼은 다른 사람이어서는 안 되니까.

그 틈에서 나는 김도브로 불렸고, 주민등록번호 앞자리는 22121010, 뒷자리에는 9가 하나뿐인 아이였다. 정확한 정보인지는 알 수 없었지만, 아이들 사이에서 꽤 신빙성 있는 이야기가 돌았다. 주민등록번호의 뒷자리로 아이들을 구별할 수 있다는 것이다. 예를 들어, 어머니나 아버지를 통해 자연적으로 태어난 아이들은 주민등록번호 뒷자리가 1, 2, 3 중 하나로 시작된다. 9로 시작되는 아이들은 '10월의 아이들'이다. 그중에서도 9가 한 자리인 아이들은 공여자의 정보가 있는 자발적 생산의 경우다. 하지만 99로 시작되는 아이들은 국가에서 만들어 낸, 개인의 의지와는 상관없이 만들어진 '진짜 유전자 덩어리'라는 것이다. 주민등록번호 뒷자리에 대한 이야기가 돌 때, 이 이야기가 함께 돌았다. 아이들 사이에서 숫자 9는 이미 완전한 사실이 되어 있었다.

주민등록번호 뒷자리가 9 하나로 시작되는 나는 누구에게도 특별하지 않은 아이였고, 그래서 눈에 띄지 않을 수 있었다. 나는 학생 때도, 지금도 많은 것을 믿지 않는다. 뭐가 잘되고 잘못된 일인지 알 수 없는 쪽이 마음이 편했다. 이제 와서 내가 무엇이라고 규정하는 건 낯선 일이었다.

일에 관해서도 그런 태도를 보였다. 사람이 살다 보면, 기계가 움직이다 보면, 우주가 돌아가다 보면 언젠가 한 번쯤은 어긋나기도 하고, 그래서 날씨쯤이야 며칠 못 맞힐 수도 있어야 좀 인간적인 거 아닌가. 하지만 그렇게 생각하는 건 나뿐인 것 같았다. 그럴 수 있다, 이럴 수 있다……. 그게 인간적인 거 아닌가, 인간적인 거…….

그러니까 그 사람과 내가 같은 유전자를 가지고 있다는 사실

하나만으로도 그를 아버지라 부를 만한 이유는 충분하다고 느껴졌다. 우산이고 점검 키트고 준비된 것조차 없는 사람이었을 것 같다고 추측하면, 웃음이 나오기도 했다.

아버지에게서 듣지 못한 부분까지 쉽게 상상해 내고 나면, 나도 12월이나 4월에 태어난 아이처럼 느껴져서 특별한 사람이 된 것 같았다. 나에게도 나를 닮은 아버지가 있고, 내가 닮은 아버지가 있고, 가족이 있다는 특별함. 하지만 아버지의 병과 죽음이 아니었다면 나는 그 특별함을 상상할 수 없었을 것이다. 그가 나의 가족이라고 인정할 수 있는 것도 아니었다.

나는 여전히 10월에 태어난 유전자 덩어리 중 하나였다. 나와 같이 일하고 있는 박 박사도 그런 사람 중 하나일지도 모른다. 그래도 아버지에 대한 문제는 나에게 중요했다. 죽은 존재라도 아버지가 있느냐 없느냐의 문제, 아버지가 마지막을 자신의 씨로 태어난 자식과 함께 보내길 원했느냐 아니냐의 문제 말이다. 스톰이니 스콜이니 데이터니 핸들링이니 하는 단어들은 뉴스 시간을 때우기 위한 것에 불과했다.

나는 특별한 삶을 찾고 있었던 것 같다. 겉으로는 눈에 띄지 않는 아이로 사는 것이 마음에 드는 것처럼 굴었지만, 실은 나에게 무엇이 있는지 궁금했던 것이다. 그게 꼭 가족이 아니더라도 내 안에 유전자 말고 또 무엇이 있을 것이라는 환상.

그래서 아버지의 파트너를 찾아보기로 했다. 아버지와 함께 살기로 했던 여자, 그러나 아버지와 가족은 이루지 않았던 여자, 나에게 유전자를 물려주지는 않은 여자. 그 여자는 이 날씨에 무엇을 대비하며 살고 있을지 궁금해졌다. 아버지에 관한 이야기를 듣고 싶었지만, 한편으로는 아버지에 대해서만큼은 어떤 것도 듣고 싶지 않았다. 여자의 말 속에서 아버지의 흔적을 찾는 것이 훨씬 더 재밌을 것 같았다. 내가 아는 '그'와 여자가 아는 '그'는 다른 사람이어야 했다. 다만, 혹시 아버지의 유전자를 가진 다른 덩어리가 있을까 하는 묘한 상상은 하고 싶지 않았다. 그러니까 어머니를 찾는 것보단 아버지의 여자를 찾는 게 훨씬 더 의미 있을 것이다.

2. 노리터

아버지가 남긴 건 단출했다. 아버지라는 단어가 어색한 만큼 그의 물건을 들여다보는 일도 낯설었다. 물건을 보고 사람을 유추하는 일이 쉽지 않을 것이라고는 생각했지만 그의 물건은 더욱 그랬다. 생각보다 개인적인 물건이 많지 않았다. 꼬박꼬박 일기를 썼을 것 같았는데, 기록이라고 할 만한 것은 엔-노트에 저장된 텍스트 파일 열댓 개가 전부였다. 그를 안 시간은 겨우 한 달이었고, 그마저도 침대에 누워 눈을 끔뻑거리는 모습을 하루에 몇 시간 보는 정도였다.

그가 죽었을 때도 특별한 감정은 없었다. 울어야 하는 걸까요? 아쉬워해야 하는 걸까요? 물을 사람도 없었다. 그는 일반적인 장례 절차에 따라 화장되었고, 캡슐에 실렸다. 지금쯤 한 번도 들어 본 적 없는 행성을 향해 날아가고 있을 것이다. 캡슐에 실린 가루를 상상해 봤다. 내가 가루가 된다면 무슨 색일까, 어떤 냄새가 날까 그런 상상이었다. 가루가 된 그의 냄새를 맡을 수는 없다.

캡슐에 실리면 무슨 생각을 하게 될까. 가루가 되기 전에 장례 캡슐에 탑승하는 사람도 있을까. 별 의미 없는 생각을 하는 게 좋았다. 창밖의 해를 보는 일과 같았다.

비가 오고 나면 햇볕은 선명해졌다. 하지만 요즘 내리는 비는 하늘을 통째로 끌고 다니며 해를 삼킬 때가 많았다. 하늘이 움직이고 있다고 생각했다. 테라리움의 유리벽처럼, 하늘이 지구를 담은 채로 빙글빙글 구르고 있을지도 모른다고 상상했다. 이런 생각이 밖으로 흘러 나가면 박 박사가 "이 정도면 김도브 씨는." 하고 말할 것이다.

그의 목소리가 귀에서 울리면 아버지에 관한 생각들이 사라졌다. 소실. 버튼을 누르면 모든 것이 삭제될 것 같은, 소실. 나에게 아버지는 잠깐 나타났다가 다시 실종된, 그런 사람으로 정의하기로 했다. 실종자를 찾으러 떠나야지. 그런 마음은 아니었지만, 실종자에 관한 단서를 찾는 정도는 재미있을 것 같았다.

비가 멈춘 지 이틀이 지났을 무렵이었다. 비는 멈췄지만 하늘은 여전히 어두웠고, 어딘가로 질질 끌려가는 것 같았다. 해를 끌어내고 있는지도 모를 일이었다.

사람들은 갑자기 멈춘 비에 안도하는 듯했지만 기상관측소는 더욱 분주해졌다. 할 수 있는 일은 없지만, 넋 놓고 앉아 있을 수도 없는 노릇이었다. 이제 더 이상 뽑을 데이터도 없다며 분석실 사람들이 연달아 한숨을 쉬었다. 이번에도 한숨을 쉬지 않는 건 나와 박 박사뿐이었다. 그는 이제 모든 것이 끝난 것일지도 모른다며 허허허 큰 소리로 웃었고, 사람들은 침묵했다.

언제 다시 비가 내릴지 몰랐다. 엄청난 번개와 돌풍이 함께 몰려올지도 모른다. 나는 무엇이든 가능하다고 생각했고, 오늘도 비상 키트와 발전기를 점검했다. 집에 들어가자마자 뉴스를 틀어 놓고 샤워를 했다. 샤워를 하고 나와 유리 천장을 밝혔다. 하늘은 여전히 어두웠고, 하우스키퍼 앱의 목소리가 들렸다.

「6월 16일, 내일 15시 상담 예약이 있습니다. 위치는 다음과 같습니다.」

모니터에 뜬 지도를 확인했다. 내일은 출근하지 않는 날이었고, 상담을 다녀오기 전 자동차 점검을 하기로 했다. 머리에 대충 수건을 두르고, 소파에 앉아 아버지의 소지품 상자를 열었다.

며칠째 들여다보고 있었지만 이렇다 할 단서를 찾을 수 없었다. 아버지와 함께 살았던 여자, 나의 어머니는 아니고, DNA 공유자도 아닌 여자. 실은 여자인지 남자인지도 모를 사람. 아버지에 대해 아는 것이 얼마 없었기에 그 사람에 관한 것을 찾는 건 처음부터 무리였다. 상담소에 가서 내가 왜 이런 일에 집착하고 있는지, 이런 나를 제일 알 수 없다고 말하고 싶었다. 하지만 상담사 앞에 앉으면 내 이야기를 하는 게 꼭 아버지에 대해 말하는 것 같아서 기분이 좋지 않았다.

어쨌든 지금 나에게는 변덕스러운 날씨보다, 관측소가 날씨를 예측하지 못하는 일보다 아버지와 파트너에 대한 생각들이 더 혼란스러웠다.

냉장고에서 물을 꺼내면서 다시 상담소 위치를 확인했다. 지도에서 위치를 확인하고, 주소를 확인하던 중 몇 자리 숫자가 눈에 띄었다. 그리고 아버지의 핸드폰과 엔-노트에서 봤던 일련의 번호가 떠올랐다. 13자리 숫자, 7자리 숫자, 3자리 숫자, 그리고 알파벳 두 개 'N. L.' 그중 13자리 숫자가 핸드폰과 엔-노트 양쪽에 있었다는 사실이 번뜩 머릿속을 지나갔다. 아주 날카로운 섬광이었다. 아버지의 선명한 갈색 눈동자.

거울을 들여다봤다. 브라운. 캐러멜. 앰버. 초콜릿. 골든로드. 무엇이라 불러야 할지 모를 나의 홍채 색깔이 얼마나 선명한지 가만히 지켜보았다.

그가 자신의 눈을 들여다볼 때 무슨 색깔을 떠올렸는지, 어떤 음악을 들으며 어떤 표정을 지었는지, 어떤 기억을 찾길 바랐는지 나는 알 수 없다. 실은 그다지 궁금하지 않았던 것 같다. 그래서 그의 병실에 있는 동안 나는 무엇도 묻지 않았다. 그가 묻는 말도 많지 않았다. 어떤 공부를 했니, 사람들과 잘 어울리니, 지금은 어디서 일하니…… 같은, 굳이 묻지 않아도 될 것들을 물었다. 그는 자신의 마지막을 부탁하는 위치에서 최소한의 예의를 지키려고 하는 듯했다.

"넌 뭘 좋아하니?"

이런 질문을 받았을 때부터 나는 그를 사람으로 느꼈던 것 같다. 나와 연결된 사람. 나와 비슷하지 않아도 어쩔 수 없이 나와 연결된 사람으로. 때때로 이런 질문 속에서만 그가 아버지처럼 느껴졌다.

"쉴 때는 주로 뭘 하냐? 취미 같은 건 없고?"

그는 자기가 즐겨 연주했다는 악기 이야기를 했다. 즐겨 들었던 음악, 음악가의 이름을 말했지만 나는 무엇도 즐겨 듣지 않는 사람이라서 기억에 남지는 않았다. 편안하게 늘어질 수 있는 소리 정도면 충분하니까 음악 같은 건 듣지 않아요. 그러니까 취향 같은 건 없어요. 내가 어떻게 하면 안전할 수 있을지에 대해서만 생각하거든요.

하지만 그에게는 이렇게 답하지 않았다.

"잘 모르겠어요. 나는 특별히 좋아하는 것도 싫어하는 것도 없어요."

"그래서 괜찮다면 다행이지만."

괜찮은지 생각해 보았지만 괜찮든 안 괜찮든 그가 상관할 일은 아니지 않나, 그래서 대답하지 않았다. 어머니에 대한 이야기도 그런 식이었다. 궁금하지 않니? 궁금하지 않아요. 뭐, 궁금하든 궁금하지 않든 그 사람의 존재가 나에게 어떤 의미인지 모르니까 생각해 보지 않았던 것 같네요.

그와 보내는 시간이 즐거웠으면 좋았을까. 그의 몸이 사라지는 모습을 보며, 약간의 죄책감을 느꼈다. 죄책감의 이유는 찾지 못했다. 잘 떠오르지 않았고, 추측할 수 없었고, 찾고 싶지 않았다.

그의 핸드폰과 노트를 다시 훑었다. 글자들 속에서 숫자를 찾아내 옮겨 적기 시작했다. 일단 양쪽에 다 저장되어 있는 13자리 숫자에 집중했다. 13자리 숫자는 아마도 주민등록번호이거나 건강보험 보장번호일 것이다. 만약 아버지의 파트너와 관련된 정보라면 조금 이상한 점이 있었다. 13자리 숫자가 1989로 시작한다는 것이다. 출생 연도라기엔 말이 안 되는 숫자, 그러니까 건강보험 보장번호일 확률이 더 높았다. 지역 건강보험 관리국에 문의를 하면 알려 줄지도 모른다. 물론 그 사람과 내가 DNA 공유 관계나 가족은 아니기 때문에 적당한 이유를 대기는 어려웠다.

7자리 숫자에 관해서도 몇 가지 가설을 세울 수 있었다. 위성사진의 번호일 수도 있고, 특정 장소의 좌표일 수도 있다. 관측소에서 보아 왔던 7자리 숫자의 대부분이 그런 정보였기 때문에 쉽게 떠오른 가설이었다. 숫자 조합을 알아보기 위해서는 어떤 사이트를 이용해야 할까 고민하다, 무엇에 이렇게 진지해진 것인지 당황스러웠다.

3자리 숫자를 추리하는 건 조금 더 쉬웠다. 골목 번호, 건물 번호, 혹은 사업장의 등록번호일 확률이 높다. 숫자의 조합이 짧을수록 데이터의 양은 적었지만, 데이터의 종류는 다양했기 때문에 실은 이 또한 어설픈 가설이다. 다만 숫자 뒤에 붙은 'N. L.'이라는 알파벳이 골목 이름, 건물 이름, 사업장 등록번호를 떠오르게 했다.

이런 숫자들이 아버지와 어떤 관련이 있는지는 모르겠지만, 누군가 혹은 어딘가를 의미할 것이었다. 단서. 단서. 단서……. 반복해서 발음해 보았다. 단서라는 단어는 아버지의 이름만큼 어색했고, 금세 익숙해졌다.

며칠 뒤, 단서를 해석하는 일보다 단서를 따라 몸을 움직이는 일이 더 귀찮고 힘들다는 것을 깨달았다. 어떤 일에 열의를 가져 본 적이 없었고, 휴일에 집 밖으로 나가는 일은 매우 낯설었다. 정보를 모으고, 결합해 봤다 흩어 보기도 하고, 해석하고, 추리하고. 내가 제일 잘하는 일이라고 생각했던 '데이터처리'는 사람에 관해서는 적용할 수 없었다. 어쩌면 그동안 내가 해 왔던 업무를 나보다 컴퓨터가 더 잘 해낼 수 있지 않을까, 하는 무서운 생각도 들었다.

내 몸에 대해 느끼는 한계는 더 끔찍했다.

아버지의 기록에 따르면 두 사람은 아주 어릴 때 만난 사이인 듯했다. 아버지가 성인이 된 후 어떤 사람과 살았는지, 가족이 있었는지는 별로 궁금하지 않았다. 적어도 아버지가 나를 찾기 전에 함께했던 사람, 아버지가 죽음 앞에서 찾았던 사람이 궁금했다. 사소한 궁금증을 이렇게 끌고 오게 된 것 역시 아버지 때문인가 생각하면 이 모든 일이 조금 역겨워졌다. 동시에 더 사소한 것들이 궁금해졌다. 예를 들면, 그들이 헤어지게 된 이유나 아버지가 찾던 그 얼굴 같은 것들이. 상상할 수 없어서 더 상상하게 되었다. 아버지가 죽음 앞에서 나보다 먼저 찾았던 사람, 어쩌면 그뿐이었을지 모르지만 나라도 그 사람을 앞에 앉혀 두고 가만히 얼굴을 들여다보고 싶었다.

나는 의외로 천둥소리에 잘 놀라요. 아버지에게 했어도 됐을 법한 말들을 그 얼굴 앞에서 해 보고 싶었다. 지금 아버지는 다른 행성을 향해, 나는 그가 잃어버린 파트너를 향해 간다.

몇 개의 반복되는 숫자를 발견했던 날, 곧장 지도와 관공서 사이트에서 3자리 숫자를 쳐 보았다. 골목 번호로는 너무 많은 지역이 떴기 때문에 제외하고, 건물 번호와 사업장 등록번호 중 아버지가 거주했던 지역부터 리스트 업을 했다. 그래도 전공이 나름 데이터처리인데, 이런 막무가내식이 말이 될까 헛웃음이 나오기도 했지만 방법이 없었다.

어제까지 총 28곳을 다녀왔고, 아버지가 지냈던 지역에서 벗어나는 곳들 중 꽤 거리가 있는 도시들만 남았다. 돌아다니면서 다양한 음악을 들었고, 다양한 비를 맞았다.

그리고 그날은 모든 게 갑작스러웠다.

인적이 드물어서 무섭게까지 느껴지는 도시였다. 도시는 흔적만 남은 것처럼, 불이 들어온 건물도 인적이 보이는 건물도 얼마 되지 않았다. 모든 것이 흐리고 어두웠다. 그러나 골목골목 자동차가 세워져 있었고, 그중 어떤 것도 버려진 것 같지 않았다. 심각하게 녹이 슬거나 우그러진 차는 없었고, 분명 정기적으로 사람이 사용한 흔적이 보였다. 꼭 사람들만 사라진 것 같았다. 이제 33번째 장소였다. 적당한 곳에 차를 대고, 혹시나 싶어 잠금장치까지 걸어 두었다. 그러고는 스마트워치에 내가 걸어서 움직이는 이동 위치를 저장하며 앞으로 나아갔다.

비가 쏟아졌다. 익숙하게 우산을 펼쳤다. 이제는 제법 익숙해져서 두세 골목만 헤매면 사업장을 찾을 수 있을 것이었다. 갑자기 커다란 번개가 미친 듯이 꽂히기 시작했다. 건물이 무너지는 듯한 천둥소리가 뒤이어 들려왔다. 모든 번개를 눈으로 좇을 수 있을 것 같을 정도였다. 이대로 길을 걷다가는 파트너를 찾기 전에 시체가 되어 아버지와 같은 우주선에 오를 것이다. 아무 데나 들어가려고 해도 이런 도시에서 들어갈 만한 곳을 찾는다는 것은 미로 속에서 출구를 찾는 일과 비슷하다. 차라리 쥐였으면 좋았을 텐데, 차라리 쥐였으면, 쥐였으면 좋았을 텐데…….

미친 듯이 내리꽂히는 번개에 스마트워치까지 오작동하며 불안을 부풀렸다. 그때 눈에 들어온 간판이 〈NO-LITER〉였다.

쥐가 아니어도 들어갈 수 있을 것 같아. 구운 오렌지 껍질 같은 빛깔을 뿜고 있는 간판이었다. 아버지, 난 쥐가 아니야? 쥐가 아니어도 괜찮은 거야? 머리가 이상하게 빙빙 돌았고, 더 미치기 전에, 번개가 꽂히기 전에 들어가자고 몸이 괴성을 질렀다. 번개가 내리꽂히면 몸이 반으로 갈라지면서 무언가가 막 쏟아져 나올 것 같아서, 그게 쏟아지면 안 될 것 같아서 안으로 들어갔다.

노리터는 2000년대식 맥주를 팔고 있었고, 가게 안에는 작게 음악이 흘러나오고 있었다. 아버지와 비슷한 나이대로 보이는 남자가 바 안쪽에서 나를 멍하니 쳐다보다 금세 웃으며 인사했다.

"어서 오세요. 또 비죠?"

"……네."

몇몇 테이블에서 사람들이 대화를 나누고 있었다. 바 좌석은 비어 있었다. 휴일이라고는 하나 낮이라서 그럴 수도 있고, 미친 날씨 때문에 경영이 어려워진 곳인지도 모른다. 테이블 손님들을 슬몃슬몃 관찰하며 바로 다가갔다. 특별히 이상하거나 무서워 보이는 사람은 없었다. 다만 집과 관측소만 오가는 삶에서는 겪을 일 없는, 우연이 겹치고 겹쳐 만들어진 현실이 혼란스러웠다.

"아무 데나 편하게 앉아요."

사장님으로 보이는 남자가 등을 돌려 물잔을 꺼냈다. 그러고는 따뜻한 물을 채워 건넸다. 입을 살짝 댔다가 뗐다. 이런 도시에서는 도저히 구할 수 없을 것 같은 맑고 부드러운 물이었다.

"그 버튼을 누르면 열이 나와요. 한 번 더 누르면 따뜻한 바람도 같이 나오고요. 먼저 옷을 말리는 게 좋겠어요."

남자는 테이블 밑에 놓인 간이 난방기를 가리키며 말했다. 두 손으로 따뜻한 물잔을 감싸 쥐고 있으니 점점 긴장이 풀렸다.

"제법 단단히 준비하고 나왔네요."

"네?"

"요즘 같은 날씨에는 단단히 대비하는 게 좋죠. 준비성이 좋은 아가씨군요."

"그…… 저는 기상관측소를 다니고 있어요."

갑자기 튀어나온 말이었다.

그가 부드럽게 웃으며 "요즘 힘들죠?" 했다. 다른 테이블에서 웅성거리는 소리가 들렸다. 기상관측소? 방금 기상관측소라고 했지? 내가 잘못 들은 건가 싶어서 말이야. 아니, 이런 대낮에 직원이 일은 안 하고 돌아다니기나 하고 그러니 만날 예측이 틀리지. 이래서 기관은 믿으면 안 돼. 한마디 한마디가 바로 옆에서 말하듯 귓가에 달라붙었다.

"여긴 처음인 것 같은데."

"네. 갑자기 번개가…… 쫓기듯 들어왔어요."

어색한 웃음이 나왔다. 지금 나는 쥐였으면 좋겠어요. 말도 못 하고 표정도 읽을 수 없게요. 그냥 따뜻한 공간에서 쉬다가 배가 고프면 뭔가를 주워 먹으면 그만인.

"위험했네요."

"네."

"사람들 말은 신경 쓰지 말고 충분히 쉬다 가요. 사람들도 아가씨만큼 궁금할 뿐이에요."

"저는…… 저는 궁금하지 않아요."

사장님은 잠시 나를 바라보다 혹시 배가 고프진 않은지 물었다. 긴장이 풀리면서 몸이 무겁게 느껴졌고, 언제 번개가 멈출지 알 수 없었기 때문에 일단 이곳에서 날씨를 지켜보기로 했다. 버터에 구운 빵과 잼을 찾았지만 노리터의 메뉴에는 '버터'나 '빵', '잼' 같은 단어가 없었다. 대신 '감자', '에그', '옥수수 보드카' 등의 단어가 쓰여 있었다. 감자볶음, 감자 스프, 감자 샐러드, 치즈 감자 옥수수……. 샐러드보다는 따뜻한 스프가 좋을 것 같았다. 그리고 '구운 플랫포테토'라는 메뉴가 눈에 띄었다.

"감자 스프와…… 그런데 플랫포테토가 뭔가요?"

"한 번도 먹어 본 적 없어요? 플랫포테토."

바 안쪽에서 술병을 닦던 젊은 여자가 놀란 표정으로 물었다.

"네."

"감자, 고구마, 마 등의 뿌리 작물을 갈아서 가루로 만들어요. 껍질을 벗기지 않고 모두 갈아 넣는 거예요. 반죽을 만들 때 효소를 넣어 부풀리면 아주 얇게 늘어나죠. 이때 기름을 약간 넣어서 반죽을 완성합니다. 원통형으로 굴려서 비슷한 크기로 썰고 1차 냉동을 하면 끝입니다. 고구마처럼 단맛이 나면서 부드러워서 많이들 먹어요."

사장님이 웃으며 "만들어 줄 테니 직접 먹어 봐요." 했고 오븐을 열고 닫는 소리가 들렸다.

"술이 들어가면 체온이 빨리 오를 거예요."

여자가 잔을 내밀었다.

"돈은 안 내도 돼요."

고갯짓으로 인사하고, 여자가 내민 술을 훌떡 삼켰다. 쓰고도 따끔따끔한 알코올이 목을 태우듯 지나갔다.

"어쩌다 여기까지 오게 된 거예요? 이 동네 사람은 아닌 것 같은데."

"누구를 좀 찾고 있어요."

"나이는?"

"그건."

"그냥, 우리 또래 같아서요. 이름이라도 트고 친구 하면 어떨까 하고."

"친구요?"

"나는 소미라고 부르면 되고, 스물네 살."

"나는 김도브. 그리고 스물세 살이에요."

"정말 친구 하면 되겠네!"

나이 든 남자가 바로 다가와 내 등을 탁! 쳤다. 이쪽 친구도 혼자 사는 건가? 혼자 사는 여자들은 위험하지. 물론 남자들도 마찬가지지만. 여자들은 확실히 친구가 필요하단 말이야. 나이 든 남자는 이런저런 말을 아무렇지 않게 던졌다. 소미가 맥주를 가득 채운 잔을 건네며 그를 자리로 돌려보냈다. 그가 돌아간 자리를 보니 아내로 보이는 또래 여성이 함께 앉아 있었다. 누나나 여동생이라고 하기에는 다소 차분해 보였다. 이런 상황이 익숙하다는 듯이 남자를 바라보며 짧은 한숨을 쉬었다.

"소미랑 나이가 비슷하다고요?"

사장님이 스프를 건네며 말을 걸었다.

"플랫포테토도 곧 나올 거예요. 조금 더 구우면 바삭바삭하고 고소한 맛이 나거든요."

스프를 떠서 입안에 넣는 순간, 코끝이 찡해졌다. 따뜻한 기운이 코끝과 볼, 귓불로 퍼져 나갔다. 손가락으로, 발가락으로 온기가 쭉 전해질 수 있도록 빠르게 스프를 떠먹었다. 적당히 뜨겁고, 지나치게 부드러운 느낌이었다.

"3구역은 처음이에요?"

"처음 오는 동네는 맞는데, 그런데 여길 3구역이라고 부르나요?"

"뭐, 별칭 같은 거죠."

"이렇게 가까운 곳에 이런 도시가 있는 줄은 몰랐어요."

"혹시 10월의 아이들인가요?"

"사장님답지 않게 뭘 그렇게 캐물어요?"

소미라는 여자가 말린 과일 몇 조각이 담긴 접시와 다시 채운 술잔을 내밀며 대화에 끼어들었다.

"사장님이 원래 이런 걸 묻는 사람이 아닌데. 이해해요. 나쁜 아저씨는 아니에요."

"10월의 아이들이라는 티가 나나요?"

"정확히는, 1구역을 벗어난 적 없는 이들이 티가 나는 거죠."

사장님과 소미가 번갈아 가며 접시와 술잔을 내밀었고, 말을 걸었다. 갑작스런 폭우와 번개에 얼어붙은 몸이 빠르게 녹으며 경계심이 사라지는 것 같았다. 아무렇지 않게 그들에게 대답하며 이게 꿈일지도 모른다는 생각을 했다. 쥐의 꿈. 꿈속의 쥐.

"혼자 살아요?"

"이 시간에 돌아다녀도 괜찮으냐는 질문일 거예요."

"네. 독립해야 할 나이가 되었으니까."

"가족이 없구나. 부럽다."

가족이 없는 게 부러운 사람도 있다니. 확실히 다른 세상에 와 있는 게 분명했다. 생존. 안전. 생존을 위한 안전. 내가 가장 중요하게 생각하는 것을 잊어버려서는 안 된다. 아버지의 파트너를 찾으러 나서기 전에도, 아버지를 만나기 전에도 있었던 것. 쭉 나와 함께 있었던 것은 안전하다는 감각이었다. 먼저, 내가 숨 쉬고 있음을 의식하기 위해 흉곽의 움직임에 집중해야 한다.

3. 파와 엠

파와 엠은 2000년대식 맥주를 흉내 내는 맥줏집을 좋아했다. 물론 이 도시에서 진짜 보리로 맥주를 만드는 곳은 어디에도 없었지만 그 맛을 흉내 내는 것쯤이야 머신 하나로 해결되었다. 이미 2000년대식 맥주가 끝이 난 지는 80년이 넘었고, 파와 엠은 사실 진짜 맥주를 마셔 본 적이 없었다. 하지만 파와 엠은 아버지와 어머니의 손에서 길러진 라스트 베이비 세대였고, 진짜 맥주를 마신 사람들을 보고 자랐다. 당연히 그들의 입에서 나오는 맥주의 향수는 파와 엠에게도 은밀하게 씌워졌다.

파와 엠은 결혼한 지 57년이 되었다. 파는 점점 말이 많아졌고 엠은 점점 조용해졌다. 하지만 무게감은 말의 양과 상관이 없었는지 엠에게로 모든 것이 쏠리는 듯한 분위기였다.

날씨가 파프리카 볶음을 만드는 팬처럼 들끓었던 저녁이었다. 파는 그날도 날씨를 제대로 맞히지 못한 기상관측소에 대한 불만을 늘어놓는 방송들을 틀어 놓고, 한 번씩 벽에 붙여 놓은 달 사진들을 보곤 했다. 엠은 파에게 단단한 차양막이가 달린 바람막이를 입히고 맥주나 마시러 가자고 했다. 모니터의 소리는 줄어들었지만 모니터 속 사람들은 점점 늘어나고 있었다.

〈NO-LITER〉

간판 조명을 켜기 전이었다. 날씨 때문일지도 모른다고 파는 생각했지만 말을 하지는 않았다. 그러면 짜증과 불안이 함께 터져 나올 것 같았다. 엠은 성큼성큼 노리터 안으로 들어가서 익숙하게 머신에 돈을 넣었다. 시원하게 이 시대의 맥주가 쏟아져 나왔다. 이 시대의 맥주. 머신은 '투데이 비어'라는 메뉴 하나로 매일 다른 맛의 맥주를 부어 주었다. 투데이 비어, 어쩐지 파는 그 이름에서 신문 냄새가 나는 것 같았다. 어릴 때, 아버지가 읽던 신문에서는 종이 냄새와 잉크 냄새와 맥주 냄새가 함께 났다. 이런 기억을 떠올리고 나면 파는 학예사나 연구자가 된 것처럼, 자신에게서도 괜한 멋이 나는 것 같았다.

"나는 비어라는 이름도 좋아. 다 비워도 된다는 이름 같지 않아?"

파가 말했다. 엠은 어떤 표정도 짓지 않았지만 썩 즐거운 모양은 아니었다.

"비어는 영어고, 비워는 한국어인데 무슨 상관이에요."

시큰둥한 엠의 반응에도 파는 어쩐지 즐거워졌다. 바로 조금 전까지 짜증과 불안이 올라왔던 늙은이였는데 말이다.

기껏 우산 촉과 막을 갈아 놨더니 어제 우박은 상당했다. 파는 다시는 우산 교체 기계 근처에는 얼씬도 하지 않겠다고 다짐했지만, 그렇게 큰소리를 낼 때마다 엠은 그 소리보다 더 무거운 분위기로 대답을 하지 않았다. 파는 그런 엠을 언제 사랑했나 하는 생각이 들었다. 그럼에도 나란히 앉아서 맥주를 마시는 시간만큼은 좋았다. 이렇게 오랜 시간 함께할 수 있다는 것도 신기했다. 하지만 파는 이내 그것이 낯간지러운 감상이라는 생각이 들어 맥주를 꿀꺽꿀꺽 삼켰다. 맥줏집에서도 엠은 표정 변화가 거의 없었지만 그게 큰 병에 걸린 것은 아니었으니 괜찮았다. 적어도 파에게는 나쁠 게 없다고 생각했다. 다 늙은 할망구가 애교라도 떨면 그것도 추한 일이지, 속으로 생각해 버리는 파였다.

"노리터라는 이름도 말이야. 재지 말라는 뜻으로 지은 걸 거라고."

"네?"

"여기 가게 이름말이오. 노-리터잖아. 노-없다, 리터-맥주의 양 같은 거지. 양을 제한하지 말고, 원하는 대로, 원하는 만큼 마시라는 뜻 아니겠어!"

"당신 지금 말하는 투가 꼭 옛날 어른들 같네요. 우리 큰아버지쯤 되어 보여요."

"당신은 표정이 그래. 꼭 우리 큰고모할머니 같다고요."

파는 비꼬는 말투로 받아쳤다.

"내가요?"

"언제부터 그렇게 표정이 뚱해졌는지, 나 원."

"당신은 언제부터 그렇게 말투가 이상해졌는지 모르겠네요."

"뭐? 내 말투가 어때서."

"우리는 서로 존중해 주자는 의미에서 존댓말을 쓰기로 했어요. 그런데 언젠가부터 저만 당신을 높여 주고 있네요. 그리고 휴…… 당신 왜 이렇게 시끄러워진 거예요?"

"내가 시끄러워졌다고?"

"쓸데없는 말을 잘도 늘어놓잖아요. 노리터는 술집이라서 'LITER'라는 영어를 쓰긴 했지만 '놀이터'의 발음을 그렇게 쓴 거라고 사장님이 예전에 말해 준 적이 있어요. 당신을 혼내고 싶은 건 아닌데, 당신 지금 꼭 취한 사람 같아요."

"맥주를 마시고 취하는 사람이 어디 있다고! 당신이야말로 취한 것 같잖아. 갑자기 기분 나쁜 말을 총처럼 다다다 쏘고 고개를 돌려 버리니. 나 참, 이해할 수 없는 할망구가 되어 버렸네."

파는 흥이 사라졌다. 기껏 어제 새로 교체해 놨더니 순식간에 망가진 우산이 생각났다. 우산의 용도는 비를 맞지 않게 막아 주는 일이 전부인데! 우박이 좀 내렸기로서니 새 우산이 다 박살 나다니! 나라에서 만든다는 것들은 죄다 이렇다. 대단한 것을 지원해 주는 것처럼 대대적인 홍보를 하지만 그게 전부다. 홍보에만 돈을 쏟아붓는 것인지 정작 나 같은 개인에게 돌아오는 것은 쓰레기 같은 것들이다. 쓰레기 같은 자신 옆에 앉아 있는 할망구까지 짝으로 이해할 수 없는 꼴이 되어서 두 사람이 함께 앉아 있는 것만으로도 처량해 보일 것만 같았다. 파는 남에게 불쌍해 보이거나 나약하게 보이는 것이 싫었다. 그것은 자존심의 문제였다.

"당신 때문에 맥주 김이 다 빠졌네."

"그게 왜 나 때문이에요."

"말하는 족족 받아치지 좀 마요. 옛날 어른들 말이 틀린 게 하나도 없어. 여자는 나이가 들면 멋이 하나도 없어진다고 말이야. 멋이 아니라, 맛이었던가. 뭐 상관없어! 난 맥주를 마시러 온 거니까 건들지 마."

"건드린 적 없어요. 나도 맥주나 마시러 온 거니까요."

파는 샐쭉하니 돌아서는 엠의 모습이 눈꼴사나웠다. 내가 저 여자를 언제 사랑했더라, 다시 물어보았다. 하지만 역시 낯간지럽고 괴상한 일이었다. 아무것도 묻지 않기로 다짐하는 찰나, 가게 안으로 젊은 여자가 들어섰다. 긴 생머리를 하나로 묶고 무채색의 옷을 입은 여자. 퇴근길에 맥줏집에 들른 모습이었는데, 파의 눈에는 새로운 장면이 썩 기분 좋게 느껴졌다. '나에게도 저런 젊은 시절이 있었지!' 하고 회상을 하면 정말 그때의 힘이 돌아오는 것처럼 느껴졌고, 맥주는 더 힘차게 꿀꺽꿀꺽 넘어갔다. 여자는 바에 앉아서 사장과 몇 마디 말을 나누더니 평범한 술을 시켰다.

'아니, 그저 그런 맑은 술이라니. 여기에서는 맥주를 먹어 줘야 하는데! 역시 젊은 것들은 뭘 몰라도 한참 모르는군.'

고개를 돌려 엠을 쳐다보니 이미 한 잔을 다 비우고 머신으로 향하고 있었다. 투데이 비어가 다시 쏟아져 나왔다. 파는 황급히 잔을 마저 비우고 머신으로 향했다. 여자는 말없이 술을 마시고 있었다. 무슨 술을 마시는 건지 물어볼까 하다가 이상한 사람으로 몰리기는 싫어서 자리로 돌아왔다. 엠은 여전히 무표정이었다. 여자가 몸을 돌려 파와 엠 쪽을 잠시 쳐다보았다. 다시 보니 여자는 알이 큰 안경을 쓰고 있었다. 시력 교정 수술을 받아도 될 텐데, 굳이 안경을 쓰는 것을 보니 자신감이 없는 사람이라는 생각이 들었다. 사장이 가게 정리를 마치고 바 안쪽으로 들어서서 여자에게 이것저것 묻는 듯했다.

"여기 봐요! 이분이 기상관측소에서 일하신다는데요?"

사장은 조금 흥분한 목소리로 외쳤다. 파는 여자에게 당장이라도 따져 묻고 싶어서 몸을 앞으로 내밀었다. 엠도 몸을 돌려서 여자를 쳐다보았다. 여자는 당황한 듯이 어깨를 한껏 웅크리고 있었다.

"아니, 왜 자꾸 그런답니까? 하루 이틀도 아니고 말입니다."

"그러게요. 뉴스에서 하는 말도 믿을 수가 있어야 말이죠."

"행성이 가까워져서 그렇다는 것도 사실은 다 음모론 아닙니까? 뭔가를 덮으려고 하는 것 같다구요!"

사람들이 흥분해서 여자에게 이것저것 묻는 통에 정작 파는 말할 기회를 놓치고 말았다. 여자는 주눅이 든 동물처럼 몸을 웅크린 채 "저는 그냥 계약직 직원이고, 데이터를 정리할 뿐이라서 아무것도 모르는데요. 뉴스에서 말하기론 질 행성이 불규칙적으로 움직여서 그렇다고 했어요."라고 대답했다. 파는 이때다 싶어 큰 소리로 웃으면서 목소리를 냈다.

"아가씨, 몰라도 한참 모르는군. 어떤 행성이 가까워지든 멀어지든 말이오, 날씨와는 상관이 없어요. 그게 달이라면 또 모를까!"

사람들이 쑥덕거리기 시작했다. 파가 진정한 음모론을 만들어 낸 셈이다.

"달이라니요?"

"예전에는 달이라는 것이 지구 주변을 돌면서 날씨를 움직이곤 했어요. 지금은 그 달이 어디로 사라져 버렸는지 모르겠지만."

"역시 어르신은 아는 게 많군요."

파의 어깨가 펴질수록 여자는 작아졌다. 하지만 여자는 차라리 그게 편하다는 듯이 술을 마셨고, 사장은 아예 사람들이 모여 있는 쪽으로 자리를 옮겨 이야기에 함께했다. 파는 계속해서 자신만의 이론을 펼쳐 놓기 시작했다. 파에게 다가오지 않은 사람은 바에 앉은 기상관측소 직원, 구석 자리에서 컴퓨터를 하고 있는 청년뿐이었다. '하지만 저들도 다 듣고 있겠지. 귀는 나를 향하고 있을 거야!'라고 생각하며 웃고 있는 파를, 엠이 뚫어져라 쳐다보았다.

어떤 말에도 별다른 변화를 보이지 않던 기상관측소 직원도 어느새 파를 향해 몸을 돌렸다. 파는 조금 더 목청을 높여 달에 대해 이야기하기 시작했다.

"달이라는 건 지구 주위를 돌았던 자연 위성이었지. 지구에서 가장 가까운 천체이기도 했고. 그, 밤이라는 것이 있을 때 말이오. 달을 보면 밤인 걸 알 수 있었어요. 밤이 오면 달이 하얗게 보였거든. 그런데 사실 달이 하얗게 빛을 내는 건 아니었고, 태양빛을 반사하고 있는 거였는데. 아무튼 우주 탐사는 달에서부터 시작됐다는 건 여러분도 기초 교육 시간에 다 배웠을 거요. 옛날 사람들은 달 때문에 날씨가 변한다고 예측하곤 했지."

파는 흥분한 나머지 맥주잔의 김이 빠지는 줄도 몰랐다. 그때 불쑥 엠이 끼어들었다.

"그건 바다가 있었을 때 얘기잖아요."

"뭐라고?"

"그건 바다 얘기예요."

파는 갑자기 끼어든 엠의 말을 이해할 수 없었다. 바다가 있었을 때의 이야기이긴 했다. 하지만 그게 무슨 문제라도 되는 것처럼 딴죽을 걸어오는 엠의 말투가 기분 나빴다. 엠은 요즘 툭하면 건조한 표정으로 파의 말을 가로막았다.

"달에 의해서 변하는 건 바다였다고요. 육지 쪽으로 들어오는 물과 나가는 물의 시간대를 알 수 있었죠. 당신이 말하는 날씨 같은 건 상관없어요. 오히려 계절이 지구의 자전과 공전과 관련이 있었죠."

"이 여자가 옛날에 고전 과학 선생을 했거든. 그래서 괜히 아는 척을 하는 게야. 신경 쓰지 말게."

파는 얼굴이 뜨거워지는 것을 모르는 척하고 맥주잔을 들어 사람들의 시선을 흩어 보려고 했다. 테이블 아래 엠의 발등을 꾹 밟아 버리고 싶었지만 사람들에게 들키지 않을 자신이 없었다. 예전과 다르게 행동이 느려진 자신을 잘 알았기 때문이다. 파는 사람들을 향해 머쓱하게 웃으며 엠을 잠깐 노려보았다. 기상관측소 직원은 어느새 등을 돌려 다시 술을 마시고 있었다. 저 아가씨가 마시고 있는 술 이름이 뭐였더라……. 다른 생각을 하려고 했지만 엠 때문에 망가진 기분은 쉬이 나아지지 않았다.

"왜 초를 치고 그러나?"

"내가 뭘요?"

"그냥 가만히 있으면 될 것을, 꼭 그렇게 잘난 척을 해서 사람 무안을 줬어야 했냐고."

"뭘 가르쳐 주려거든 제대로 가르쳐 줘야지요. 틀린 걸 알려 주면 뭐에 써먹으라고요."

"어차피 써먹을 일도 없잖아!"

파는 자신도 모르게 언성이 높아졌다. 혹시나 사람들에게 들렸을까 봐 다시 소리를 낮추며 주변을 살폈지만 모두 맥주에 정신이 팔려 있었다. 혹은 정신 나간 날씨에 대해 새로운 음모론을 만들고 있었다.

"어차피 써먹을 것도 없는 거, 뭐 하러 그렇게 떠들어요."

"어른에게서 배우는 지혜라는 것도 있는 거지! 젊은이들에겐 말이야, 우리가 하는 말들이 모두 새롭고 신비로울 거라고. 특히나 지금같이 혼란스러운 시기엔 더 그렇지."

"혼란스러운 시기에 더 혼란스럽게 만들지 말아요. 옛날 사람은 그냥 조용히 있는 거예요."

"뭐야? 그럼 아날로그 침대에 누워 이불이라도 덮고 자라는 거야, 뭐야!"

"지금 세계는 지금 사람들이 해결하도록 놔두자는 말이에요. 우리는 따르기만 하면 돼요."

말을 마치고 엠은 남아 있던 맥주를 단숨에 들이마셨다. 파는 그 모습도 마음에 들지 않았다. 어쩌다 저런 할망구가 되어 버렸나, 자꾸 부아가 치밀었다. 하지만 어떻게든 반박할 수 있는 말이 없었다. 엠은 점점 단순하고 논리적인 사람이 되어 갔고, 덕분에 파는 자주 울컥했다. 그게 엠 때문이라고 생각하면서 파는 젊은 시절을 떠올렸다. 고전 과학 선생님으로 일하던 시절의 엠은 단정한 옷차림에 아주 평범한 여자였다. 적어도 파가 기억하는 모습은 그랬다. 파는 작은 부품을 만드는 기계를 제조하는 회사를 운영했다. 아버지에게 물려받은 구식 공장이었지만 기계는 어디에나 필요했기 때문에 큰 어려움 없이 운영할 수 있었다. 기계 사회가 고도화될수록 기계 부품은 더 필요로 했다.

"고전 과학을 전공했어요. 달에 대해 기억하세요? 저는 아주 조금 기억해요. 옛날 사람들은 달에 대한 글을 참 많이 남겼다고 하죠. 저는 글을 쓰는 사람이 되고 싶었는데, 아버지께서는 조금이라도 과학과 관련된 전공을 하라고 하셨죠. 그래서 선택한 게 고전 과학이었고, 아버지는 가장 쓸데없는 걸 선택했다고 빨리 결혼이나 하라고 하셨어요."

파와 처음 만난 자리에서 엠이 말했던 것은 달이었다. 그래서 파는 달을 조금 특별하게 기억하고 있는 것인지도 몰랐다. 하지만 지금 달은 파를 무안하게 하는 돌덩어리에 지나지 않는다. 그림자조차 가지지 않은 돌덩어리. 파의 뒷목 어딘가에 얹혀서 무겁게 짓누르는 돌덩어리.

파는 엠과 오래도록, 하하 호호 웃으며 늙어 가는 상상을 하곤 했다. 달 사진을 붙여 놓은 집에서 추억의 음식을 해 먹으면서, 오늘의 맥주를 마시면서. 하지만 지금 엠은 표정을 잃어버린 야박한 할망구가 되어 버렸고 자신은 멍청한 할아범이 되었다.

파는 달처럼 사라지고 싶었다. 우산이 또 부서진다고 해도 좋으니 우박이라도 내려, 어제보다 더 큰 우박이 내려 맥줏집 천장을 콰과과광 두들겨 팼으면 좋겠다고 생각했다.

"기분이 널뛰기를 하는구만."

"늙어서 그래요. 맥주를 마셔요."

맥주를 들이켰다.

"가서 한 잔 더 뽑아요."

오늘의 맥주를 한 잔 더 뽑는 동안 파의 기분도 같이 고르륵 고르륵 잔에 담기는 것 같았다. 엠이 야박하다는 말은 취소해야겠다고 생각하며 파는 자신도 꽤 괜찮은 할아범이지 않나, 다시 어깨를 으쓱거렸다. 바에 앉아 있던 기상관측소 직원은 타자 치는 청년과 이야기를 나누고 있었다.

'그래, 저들의 세상이 온 거다, 이거지.'

파는 엠이 한 말을 되새겨 보았다.

4. 방랑자

방랑자는 오늘도 옥수수 보드카를 마시고 있다. 3번 테이블에 앉아서, 꼬박 한 달째다. 저 자리에서 밥도 먹고, 술도 마시고, 잠도 자고 있다. 그에게 방을 내줄 수 있다고 했지만 그는 끝내 그 자리에서 움직이지 않겠다고 했다. 방에 갇히는 것이 두려운 것일까. 며칠 동안 관찰한 그는 방랑자보다는 도망자에 가까웠다.

나흘 전 그가 나의 노리터에 나타났을 때, 그는 눈을 더 크게 뜨고 있었고, 손을 떨고 있었다. 처음에는 노숙자이거나 중독자라고 추측했지만, 그가 주문을 하고 주변을 둘러보다 3번 테이블에 앉아 몸을 떨기 시작하자 그가 평범한 노숙자가 아님을 알 수 있었다. 떨고 있는 모습을 흘끗 쳐다보며 보드카 병을 열었을 때, 그가 고개를 푹 숙였다. 그는 무언가에 겁을 먹은 사람이었다.

적어도 그는 나에게, 손님들에게 해를 가할 사람이 못 된다는 믿음 같은 게 생겼다. 그는 오히려 자신이 무슨 일을 당할까 떨고 있었다. 혹은 이미 무슨 일을 당하고 온 것처럼 보이기도 했다.

그는 보드카 네 잔을 연속으로 들이키고 나서야 조금 안정된 듯했다. 여전히 한쪽 손을 떨고 있었지만 심하지 않았고, 눈가의 긴장이 풀어져 있었다. 그날은 갑작스러운 폭우에 손님이 좀처럼 늘지 않았으므로 그를 조금 더 지켜볼 수 있었다.

그는 무엇도 지니지 않았다. 배낭이나 사무용 가방, 작은 봉지조차도 없었다. 숨을 돌린 그가 우비를 벗고 나서야 차림새를 볼 수 있었다. 폭삭 젖긴 했지만 그의 옷차림은 단정한 편이어서 오랫동안 밖에서 굴러다니다 온 것처럼 보이진 않았다. 그에게 잘 맞는 티셔츠와 바지가 안정적인 일상이 있었음을 알려 주었다. 그리고 지금, 혹은 오늘, 갑자기 그의 일상에 끼어든 무언가가 노리터까지 뛰어 들어오게 만든 것이다.

그가 벗어 둔 우비는 검은색에 민무늬였다. 편의점 판매용 우비, 그 또한 긴급함을 알 수 있게 하는 단서였다. 나는 그가 있는 테이블 아래 놓인 간이 난방기를 틀었다. 일단 젖은 옷이 말라야 사람의 머리가 돌아갈 수 있다는 것은 최근의 이상 기후 때문에 알게 되었다.

옷이 반 정도 말랐을 무렵, 그가 미안함이 묻어나는 말투로 "지금도 요리가 될까요?" 하고 물었다. 그는 감자볶음과 스프, 그리고 또 한 잔의 보드카를 시켰다. 그러고는 또다시 미안한 표정을 지었다.

"저…… 칩이 아니라 돈으로 계산을 해도 될까요?"

"예?"

"제가 지금 칩을 사용할 수 있는 상황이 아니라서요."

그때 나는 그가 어디선가 도망쳐 나왔다는 것을 깨달았다. 혹시 위험한 인물은 아닐까, 내 가게에 용병이나 깡패들이 들이닥치는 것은 아닐까, 뒷골목의 괴한들이라도 들이닥쳐 피를 보는 것은 아닐까. 짧은 순간 여러 가지 상상이 스쳐 지나갔다. 그러나 다시 그의 눈을 들여다보았을 때 나는 상상하기를 멈추었다. 그는 누군가에게 해를 끼칠 사람이 아니었다.

"현금으로 주셔도 상관없습니다만 여긴 현금계산기가 없어서 거스름돈을 드릴 수 없는데요."

"그건 괜찮습니다. 현금을 사용하는 마당에 그런 것까지 바라진 않습니다."

"그래도 저는 받아야 할 만큼만 받고 싶군요."

"그렇다면……."

그는 아까보다 더 곤란한 표정을 짓고, 미안한 표정을 짓고, 잠시 뜸을 들이고, 다시 미안한 표정을 짓다가 두려워했다. 나는 그 두려움의 근원을 알 수 없으므로 같이 미안해하는 수밖에 없었다. 그의 정체가 점점 궁금해졌다.

"그렇다면 제가 며칠간 여기에 와서 음식과 술을 시켜 먹는다면 어떻겠습니까? 값을 한 번에 치른다고 생각해 주십시오."

바 위에 양손을 턱 올려놓고 말하는 모습에서 조금 전까지와는 다른 의지와 간절함이 느껴졌다. 그는 입술에 힘을 주었다 풀었다 하며 말을 마쳤다. 그의 간절함이 부담스러웠고, 두려워서 거절하고 싶었다. 감자볶음이 치- 하고 눌어붙는 소리가 들렸다. 팬을 잠시 들었다가 다시 그를 향해 돌아봤을 때, 그의 얼굴에 좌절이 스쳐 지나가는 것을 보았다.

홀에 앉아 있는 몇몇 사람이 그의 등을 뚫어져라 보고 있었다. 보드카 한 잔을 급히 들이켜더니 현금을 사용하겠다고 우기는 사람이라니, 며칠 치라고 생각해 달라니, 그다음에는 무슨 말이 나올지 몰라도 다 주워듣고 싶다는 표정이었다. 금방이라도 힘없이 바에서 툭 떨어져 나동그라질 것 같은 그의 손을 잡고 주방 뒤쪽 창고로 데려갔다.

"무슨 일인지는 모르겠습니다만 이곳에 얼마나 계실 겁니까?"

"제가 여기에서 지낼 수도 있겠습니까?"

"아, 그러니까 이쪽 동네에서 얼마나 지내실 것인지 묻는 겁니다."

"아…… 그렇군요."

다시 한번 그의 얼굴에 좌절이 떠올랐다.

"아직은 묵을 곳을 찾지 못했습니다. 여긴…… 안 되겠지요?"

"여긴 숙박업소가 아닌데요."

부드럽게 그러나 단호하게 답하면서, 그가 쉽게 절망하는 사람이 아니기를 바랐다.

"사장님……."

"무슨 사연인지는 모르겠습니다만. 잘 곳을 찾으신다면 제가 주변에 수소문은 해 드리겠습니다."

"안 됩니다! 전 이곳에 들어온 이상 나갈 수 없어요!"

"그게 무슨 말인지 모르겠군요."

그에게서 한 걸음 물러나며 어마어마한 일에 휘말린 것이 아니길 바랐다. 하지만 한편으로는 그 일이 무엇인지 궁금했다. 신경이 쓰였고, 아이러니하게도 엄청난 일일지도 모르는 것에 관여하고 싶어졌다.

"사장님, 저 좀 봐주십시오. 좋은 방을 바라는 것도 아닙니다. 사장님이 문을 닫으실 때는 저 테이블에서 잠을 자고, 가게를 열기 전에 화장실에서 세수를 하겠습니다. 괜찮으시다면 테이블 정리도 해 둘게요."

아까와는 다르게 그의 목소리가 단단했다.

"며칠이면 됩니다. 그저 제가 생각을 정리할 수 있는 시간이면 됩니다."

"테이블에서 자겠다는 겁니까?"

"그러니까, 저 의자에서 잠을 자는 것이면 충분합니다."

"집이 없습니까? 아니면 연락할 가족이나 당신을 찾을 사람들은 없어요?"

"저는 집에서 살아 본 적이 없습니다. 아마도."

"연락할 가족은요?"

"저는 김씨입니다. 10월의 아이들 1세대죠. 그러니 저는 국가 소속입니다."

"DNA 제공자도 없습니까?"

"부탁입니다. 저에겐 가족 같은 건 없고, DNA 관계 같은 것도 없습니다. 있어도 찾고 싶지 않고요. 아시지 않습니까! DNA 같은 건 이제 인간에게 정복당한 나사에 불과합니다. 고리에 불과하고요. 톱니바퀴에 불과해요, 그것은!"

그는 진심으로 절규했다. 나는 그에게 무언가를 제공해 줄 의무가 없다. 여기는 숙박업소도 아니고, 침대가 마련된 방이 있는 것도 아니다. 있다고 해도 그에게 내어 줄 필요는 없다. 값을 제대로 치른다고 해도 내가 받아 줘야 할 의무는 없다. 하지만 그의 절규 속에는 내가 궁금해하는 그의 정체가 숨겨져 있었다. 적어도 나의 호기심 때문에라도 그를 받아 줘야 했다.

그렇게 그는 3번 테이블에서 한 달째, 보드카와 음식을 먹으면서 숙식을 해결하고 있었다. 그는 한 번도 취하거나 더러운 모습을 보이지 않았다. 그를 찾아오는 사람도 없었다. 나의 노리터는 언제나 맥주를 마시러 오는 사람들과 늦은 저녁을 먹으러 오는 사람들, 그리고 최근 급변한 날씨에 비를 피하러 들어오는 사람들로 채워졌다. 그저 3번 테이블만큼은 한결같이 그가 지키고 있었다. 여전히 내가 그에 대해 아는 것은 김 씨라는 것뿐이었다. 그는 이름을 말하지 않았고, 나는 묻지 않았다. 그의 정체를, 그가 도망한 곳을 알게 되기 전까지는 나 또한 그를 '그'라고 부르고 싶었다.

오늘 출근했을 때, 그의 얼굴빛이 한결 밝아져 있었다. 나를 향한 막연한 경계가 풀린 것 같아 그에게 창고 방을 내주겠다고 했지만, 그는 다시 경계하면서 창고 방을 한사코 거절했다.

나에게는 아들이 하나 있었다. 여자의 간절한 바람으로 가지게 된 아이였지만 정작 여자는 얼마 버티지 못하고 곧 집을 떠났다. 완벽한 가정을 바랐던 적도 없었지만, 아버지가 되는 것은 더 바라지 않았다. 아이를 국가에 맡겨 버리는 방법도 있었지만 어째서인지 그렇게는 할 수 없었다. 지금은 죄책감이 되어 버렸지만, 그때는 나름 자랑스러운 책임감이었던 것 같다. 어린 남자가 누군가를 책임지려고 했을 때의 마음 말이다.

아들은 엄마가 없는 집에서 말수가 적은 아빠와 자랐다. 영원히 친밀해지지 못할 느낌을 주는 어른과 사는 것이 불만이었을 수도 있다. 아들은 10대 중반이 되자 학교를 자주 빠졌고, 집에도 잘 들어오지 않았다. 국가에서는 나에게서 양육권을 빼앗으려고 했지만 그것만큼은 내가 꼭 쥐고 있고 싶었다. 그건 손끝이 저리다 못해 가슴이 저린 일이었던 것으로 기억한다. 나에겐 아이가, 내가 인간이라는 사실을 상기시켜 주는 징표였다.

나는 아이에게 빚을 지고 있었다. 언젠가 아이가 내 칩의 비밀번호를 알아내어 상당 금액을 자신에게 송금한 적도 있었다. 하지만 나는 그마저도 어떤 대가라고 생각했고, 아이를 혼내지 않았다. 그럴수록 아이는 빗나갔는데, 그 또한 내 잘못이라고 생각하면 그만이었다. 그게 나의 잘못인 줄은 몰랐다. 잘못인 줄 알지 못했던 게 잘못이었다.

아이는 더 이상 아이가 아니다. 몇 해 전 스무 살을 넘겼다. 아이는 학교를 졸업한 후에는 방황을 멈추더니 가게 일을 돕기 시작했다. 음식은 내가 만들었지만 술을 만들거나 서빙을 하거나 청소하는 일을 자기가 나서서 하기 시작했다. 아이는 뒷문 옆의 빈 창고에 방을 만들어 생활했다. 나는 시키지도 않은 일을 한다고 혼을 내거나 일을 도와주는 손을 고마워하지도 않았다. 신기하다는 말만 반복하며 가끔 아이의 뒷모습을 바라보았을 뿐이다. 나는 아이를 기른 적이 없다.

아이가 스물네 살이 되던 해 여름은 유난했다. 더위도 유난했고 가뭄도 유난했다. 파충류만 신이 나서 모래밭을 뛰어다녔다.

사막화에 가속도가 붙어 더 이상 밭이라고 부를 만한 곳은 손에 꼽았고, 그마저도 매일 물을 넘치게 당겨야 겨우 버티는 정도였다. 수자원 회사의 적극적인 지원과 협조가 필요하다는 기상관측소의 인터뷰 내용이 뉴스에서 연일 반복되었다.

그해 여름엔 새로운 곤충들도 보이기 시작했다. 아들은 곤충을 퇴치하기 위해 이런저런 궁리를 하면서 창고에서 여름을 났다. 아들이 무언가에 몰두하는 모습은 처음 보았기 때문에 조금 기쁘기도 했다. 그만큼 아들의 건강이 걱정돼서 여름 동안만이라도 집에 들어와서 지내라고 말했지만, 아들은 더 이상 내 목소리를 듣지 못하는 것 같았다.

어린아이들의 피부병이 한차례 지나가고, 금줄기 같은 비가 한차례 온 뒤 메일이 한 통 와 있었다. 국립유전자은행의 확인 메일이었다. 나는 스팸인 줄 알고 메일을 삭제했다.

그날 저녁 내가 만든 음식은 엉망이었다. 에그 스크램블이 너무 짜다며, 나에게 무슨 일이 있느냐고 한 손님이 물었다. 아들이 유전자 은행에 자발적 기증을 '완료'하고 온 것이었다. 나한테 말 한마디 없이, 상담도 없이 이미 모든 과정을 마치고 왔다고 했다. 돌아와서도 어떤 기색 하나 내비치지 않았다. 아들은 아이를 만들고자 했다. 그것도 자기를 위한 아이가 아니라 나라를 위한 아이를 만들어 바치려고 했다.

창고 방문을 열고 들어섰다. 아들은 손목에서 시계를 풀며 나를 똑바로 쳐다봤다. 그리고 내 표정을 이해했다는 듯이, 자신을 위한 아이는 필요 없지만 인구를 위해 해야 하는 일이 있는 거라고 설명했다. 불행한 인생을 또 하나 만들고자 한 짓은 아니니 걱정 말라고 했다. 그 말은 분명 자신이 불행한 인생이었고, 그 불행은 내가 만든 것이라는 뜻 같았다. 그 말은 분명 나를 향한 것이었다. 아들은 이제 그만 인정하라는 눈빛으로 나를 몇 초 동안 쳐다보았다. 그때까지도 무엇을 인정해야 하는지 알 수 없었다. 결국 눈을 먼저 피한 것은 나였다. 그리고 기어 들어가는 목소리로 "나에게도 알려 주길 바랐을 뿐이다." 하고 반복해서 말했다. 네가 말하는 불행이라는 건, 우연한 DNA 조합으로 탄생하는 아이에게도 생길 것이라고 소리치고 싶었다.

다시 올려다본 아들은 영영 입을 다물어 버린 듯한 표정이었다.

다음 날 아침, 아들이 먼저 다가왔다. 그것은 어떤 날이 성큼 다가왔다는 것을 의미했다.

"아버지, 그럼 당신은 나에게 뭘 원했는데요?"

아들이 나에게 아버지라고 부른 지 너무 오래되었기에 오소소 소름이 돋았다. 아들은 해야 할 일이 있다는 듯 뜨거운 사막 속으로 나아갔다. 창고에는 벌레를 죽이기 위한 소형 화염방사기와 냉각기가 나뒹굴고 있었다.

"벌레는 죽여야 해. 아이들에게 해롭지. 아이들에게 해로운 건 모조리 죽여 버려야 해."

아들의 목소리가 들렸다. 아들이 벗어 놓은 반팔 셔츠 한 벌과 실내용 슬리퍼가 보였다. 아들이 언제 어른이 되었는지 모른다. 나에겐 언제나 아이 하나가 있을 뿐이었다.

이렇게 아들에 관련된 생각이 난 것은 '그'가 가게에서 지내기 시작하면서부터였던 것 같다. 그는 'DNA 덩어리'라는 표현을 잘 썼고, 자신의 근원에 대해 궁금한 게 많은 듯했다. 궁금하기보다는 부정하고 싶어서 이유를 찾는 것 같았다. 존재 자체를 부정하고 싶지 않은데, 자신의 근원에 문제가 있는 것 같은 때. 우리는 그런 때를 두고 '철학적'이라고 부르지만, 파고들면 파고들수록 그저 괴로운 일일 뿐이었다.

'그'를 '철학적'으로 관찰하는 것까지는 하지 않기로 했다. 조금 미뤄 둔 과제처럼 멀리서, 조금은 불편한 마음으로 지켜보기로 했다. 나는 그의 생각이나 말투가 10월의 아이들 1세대다운 절규라고 생각하면서도, 유난히 더 날이 서 있다는 인상을 받았다. 절벽 앞에서 끝까지 버티는 동물이나 죽음 앞에서 말 한마디에도 상처를 받는 사람처럼 그는 늘 날이 서 있었다.

그는 매일 술을 먹긴 했지만 만취하는 법은 없었다. 언젠가 내가 "대단하네요." 하고 말을 걸었을 때, 자기가 유일하게 소중히 여기는 것이 있다면 '뇌'일 거라고 중얼거리는 소리를 들은 적이 있다. 우연히도 DNA가 잘 조합되어 좋은 두뇌를 가지고 태어난 것은 그나마 삶의 출구 같은 것이라고. 그렇다고 해서 그는 10월의 아이들 시스템을 조금이라도 옹호하지는 않았다. 확실한 근거 없이는 어떤 것도 판단하지 않으려고 하는 모습이 꼭 과학자 같았다.

"DNA 덩어리는 진짜 인간이 될 수 없어요. 인간이 세포를 융합하고, 인간을 만든다고 해서 진짜 인간이 되는 게 아니라고요. 국가라는 시스템이 인간을 내세워 애를 키운다고 그게 어른이 되는 건 아니죠. 로봇이라고는 할 수 없지만 그래도 인간이라고도 할 수 없죠. 알지요? 흔한 SF 소설에 나오잖아요."

갑자기 말을 쏟아 내는 때도 있었다.

"나쁜 가족이든 좋은 가족이든 진짜 인간들 속에서 나고 자라야 뭐라도 되는 거 아닙니까. 나는 완전히 이상한 종(種)으로 태어난 것입니다. 인간의 형태를 가진 덩어리에 불과해요."

멍한 표정으로 누군가의 말을 그대로 반복하는 말투였다. 그래서 그 시스템을 멈춰야 하느냐고 물었을 때 그는 말이 없었다.

나는 아들에 대한 이야기를 하려다 말았다. 그가 나에게 해줄 수 있는 말은 별로 없을 것이다. 당신 아들은 아들 나름대로 생각이 있었겠지요, 그것뿐인지도 모른다. 나는 그 아이의 불편함을 충분히 이해하겠는데요, 같은 잔인한 말을 할지도 모른다. 그는 타인에게 해를 가할 수 없는 사람처럼 보였지만 그렇다고 자기 의지를 굽힐 사람은 아니었다.

오늘도 그는 옥수수 보드카를 마시면서 PC와 서류 더미를 훑고 있었다. 지난주부터 기상관측소에서 일한다는 여자가 2, 3일에 한 번씩 가게에 와서 맥주를 마시고 갔다. 처음 우리 가게에 왔을 때는 비에 흠뻑 젖은 채로 들어와 덜덜 떨며 주변을 살피기에 잠깐 지나가는 뜨내기라고 생각했다. 갑작스러운 날씨만큼이나 많은 손님들이 갑자기 나타났다 갑자기 사라졌기 때문이다. 하지만 여자는 그날 이후로도 꽤 자주 나타났다. 2000년대식 맥주가 마음에 들어 퇴근길에 들르는 것 같았다.

어제와 그저께는 3번 테이블에 앉아서 '그'와 대화를 나눴다. 사람들을 쉽게 경계하는 그를 단번에 정복한 여자의 이름은 '김도브'였다. 어제는 김도브가 새로운 서류 뭉치를 건네주고 갔다. 그는 전에 없던 눈빛으로 "좀 더 얘기해 줘요." 하고 부탁했다. 김도브는 차분히 이런저런 이야기를 했고, 그들의 이야기는 시끄러운 다른 손님들 소리에 묻혀 전혀 들리지 않았다. 김도브가 집에 돌아간 후에도 그는 반짝거리는 눈으로 서류를 살폈다. 그게 무슨 내용이냐고 물어볼까도 생각했고, 그가 화장실에 간 사이 잠깐 곁눈질이라도 해 볼까 했지만 아무래도 내가 모를 이야기들일 것 같았다.

그건 내가 아들에게 하던 짓이었다. 내가 키우지 않은 아이에게 했던 행동. 아무래도 예의가 아닌 것 같았다. 그건 소유하고 싶은 마음과 다를 게 없었다.

적어도 그에게는 나의 소유가 되라고 할 수 없다. 내가 아무리 호의를 보였어도 그가 나를 신뢰하고 있는지는 알 수 없었다. 그에게 무언가를 묻는 일은 엄청난 사건이 될 것 같아서 나는 그를 바라보기만 한다. 우리는 서로에게 해를 가하지 않는다는 믿음이 있다. 아들에게도 그런 믿음이 있었을까? 나는 그런 믿음조차 필요 없다고 생각했던 것 같은데, 아들은 그런 믿음이 필요했을지도 모르겠다. 아들에게 그런 믿음조차 주지 못하는 가족이었다는 것이 또 나를 괴롭게 만들었다.

아들은 자신을 인간이 아니라고 생각했을지도 모른다. 방랑자처럼 자신을 그저 DNA 덩어리라고 생각했을지도 모른다. 그런 생각까지 미치고 나니 속이 탔다. 아들이 나를 가족으로 생각하지 않았다면, 그래서 내게 말을 하지 않은 것이라면, 그래서 아들이 유전자 등록을 한 것이라면, 그리고 그렇게 사라진 것이라면……. 자신을 아들로, 나를 아버지로 생각한 적이 단 한 순간도 없다면 나는 무엇이 되는 걸까. 나는 아이에게 무슨 짓을 한 걸까.

나는 인간이 맞을까.

이상하게도 내 또래인 방랑자의 모습을 보며 자꾸 아들을 떠올린다.

그는 인간이 맞을까.

그에게 다가갔다. 서류를 열심히 훑고 있던 그가 내 기척을 느끼고 서류를 황급히 내려놓았다.

"괜찮아요. 그걸 보고 싶어서 그런 게 아니니까요."

"미안합니다. 저도 뭔가를 숨기고 싶어서 그런 게 아닙니다."

"나를 경계하지 않아도 되나요?"

"당신은 믿을 수 있는 사람 아닌가요?"

"그래요. 믿을 수 있는 사람……. 당신도 그렇습니다."

"무슨 일 있으십니까? 혹시 제가 이곳을 떠나야 합니까?"

순간적이지만 그의 눈에 불안이 넘실거렸다.

"아닙니다. 아닙니다. 그런 게 아니에요."

"그럼 고민인가요?"

"……."

그 어떤 말도 괴로웠다. 이런 게 죄책감이구나.

"저는 아직 사람이 못 된 걸까요?"

"예?"

"제가 사람이 되려면 멀었나 봅니다. 아들이 집을 나간 것이 저 때문이라는 생각이 듭니다."

그는 말없이 나를 바라보았다. 나도 그를 멍하니 바라보았다. 순식간에 그의 얼굴이 바뀌었다. 여태까지 봐 왔던 방랑자의 얼굴이 아니었다. 도망자의 얼굴도 아니고, 3번 테이블의 손님 얼굴도 아니었다. 본 적 없던 얼굴의 그가 말했다.

"내 이름은 이고입니다. 김 박사라고 불리기도 했습니다. 이젠 모두 상관없습니다. 무엇으로 어떻게 불리든 상관없다는 것을 알았습니다. 오히려 나에게 이름이 있다는 사실이 어색하군요."

새삼 그의 목소리에서 차분함이 느껴졌다. 그의 얼굴을 쳐다볼 수가 없어서 고개를 숙이고, 아들이 쓸고 닦았을 테이블을 쳐다보았다.

"당신은 덩어리 이론을 들어 줄 사람인 것 같아요. 그러니 제 이름을 말해도 괜찮을 것 같았습니다. 벌써 한 달이 되었군요. 생각보다 길어졌어요. 제가 이해해야 할 것들이 더 많더군요. 제가 여기서 지낼 수 있게 해 주셔서 정말 감사합니다. 앞으로도 피해를 주지 않도록 하겠습니다. 우리, 가끔 이야기를 나눌 수 있겠군요."

우리는 자신을 잃어버린 사람이라는 것을 알 수 있었다. 갑자기 아들의 가출에 대해 이야기하고, 자신의 이름을 밝히는 우리는, 잃어버렸든 스스로 버렸든 존재를 찾고 있었다. 존재의 이유는 각각 다르겠지만.

5. 윤소미

엄마는 내가 당신의 꿈이 되길 원했다. 정확히 말하자면 내가 당신의 꿈 그 자체이길 바랐다. 그런 엄마 손에서 자란다는 것은 자신이 바라는 것을 잘 모르는 아이가 되기 쉽다는 뜻이기도 했다.

엄마는 당신이 못 이룬 꿈을 아이가 대신 이뤄 주길 바라는 마음으로 나를 가졌다고 대놓고 말하는 사람이었다. 당신이 원하는 무엇은 인형도 아니고, 로봇도 아니고, 사람이어야 가능하니까, 그래서 나를 낳은 것처럼 말했다. 나는 당연히 공부를 열심히 해야 했고, 좋은 성적을 받아야 했다. 엄마는 습관적으로 말했다. 열심히 하는 건 소용이 없다고, 결과가 중요하다고. 하지만 언제나 엄마의 성에 차지 않는 아이였고, 나는 엄마가 원하는 아이도 내가 원하는 사람도 될 수 없었다.

중등과정에 진학하면서 다양한 아이들을 만나게 되었다. 그제야 내가 사람이라는 것이 느껴졌다. 엄마는 여전했다. 내가 엄마이길 바랐고, 엄마가 나이길 원하면서 내가 좋아하는 것을 말하지 못하게 했다. 그런 엄마의 욕망에 대해서 화를 내 보기도 하고 타이르거나 설득해 보기도 했지만, 엄마는 변하지 않았다. 오히려 내가 변하길 바라며 시간이 흐르면 자연스럽게 당신을 이해할 수 있을 거라고 더 굳게 믿었다. 사이비 종교에 빠진 사람의 맹신과 비슷했다.

나는 변하지 않을 것이다. 절대 변하지 않을 것이다. 나는 당신과 전혀 다른 세대로 태어나 다른 세상을 보며 살고 있다. 몇 번을 말해도 지겹지 않은 사실이었다.

그런 마음으로 직업학교에 진학해 주조사 과정을 선택했다. 나는 결국 엄마의 기준에 닿지 못한 불량스러운 딸이 되었다. 엄마는 나를 차가운 눈빛으로 봤고, 나는 엄마가 다가올 때마다 소름이 돋았다. 우리가 함께해서는 안 되는 사람들이라는 걸 깨달았을 땐 모든 게 다 아슬아슬한 순간에 도달해 있었다. 엄마는 당장이라도 죽을 것 같은 눈빛으로, 나를 죽일 듯이 쳐다봤다. 내가 직업학교에 진학했다는 연락에 아빠는 메시지 한 통을 보내는 게 다였다. 네가 무엇을 하든 상관없으니 엄마 말에 휘둘리지 말라는 한 문장뿐이었지만, 그 한마디가 마치 세상의 전부처럼 느껴졌다. 치기 어린 행동이라고 치부하지 않아도 된다는 허락 같았다.

아빠는 어떤 시설에서 일하고 있었는데, 보안이 철저한 곳이라서 1주 혹은 2주에 한 번씩 집에 왔다. 나는 아빠가 평범한 교정 시설에서 일하고 있음을 진작에 눈치챘고, 보안 문제 때문에 집에 자주 오지 못하는 것 또한 핑계라는 것을 알고 있었다.

나도 아빠처럼 집을 떠나 살 수 있으면 좋겠다는 생각을 했다. 돈을 빨리 모아 엄마 곁을 떠나기 위해서 직업학교에 진학했다. 주조사는 돈이 되는 직업이기도 했지만 내 성격에도 맞을 것 같아서, 그게 전부였다. 사회에 도움이 되거나 지구를 구하는 일 같은 건 내 성격에 맞지 않았다. 그리고 그건 엄마의 가치관에 가까웠으므로 그쪽 세계는 억지로라도 거부하고 싶었다. 대의나 커다란 꿈 같은 건 숨통을 조르는 엄마의 양손과 같았다. 즐거운 일을 하고 싶다. 엄마처럼 심각한 얼굴로 살고 싶지 않았다. 어쩌면 그게 내 인생의 목표인지도 모른다.

직업학교 과정을 마친 뒤 주조공장에서 2년 정도 일을 해 봤지만 지루했다. 그래서 다양한 사람을 만날 수 있는 일을 찾아 음식점에 취직했지만 역시 주방이나 창고에서 시간을 보내는 게 다였다. 즐겁게 일할 수 있는 곳은 그 어디에도 없었다. 일이라는 건 애초에 즐거울 수 없다는 걸 알게 되었는데, 그렇다고 해서 일을 안 할 수는 없었다. 하루빨리 엄마에게서 벗어나려면,

집을 떠나려면, 집을 구하려면, 돈이 필요했다.

밤이면 밤대로 낮이면 낮대로 일을 찾아서 떠돌다가 호텔의 주방에 들어가게 되었다. 숙식이 해결되었고, 다른 아르바이트를 겸할 수 있다는 것이 장점이었다. 그리고 지금 이곳, 노리터에서 야간 아르바이트를 하게 되었다.

노리터는 나의 유일한 아지트 같은 곳이었는데, 사장님의 갑작스러운 제의로 일을 하게 되었다. 어느 날 갑자기 사장님 아들이 실종되는 바람에 일손이 부족했고, 나는 주에 3일 정도 출근했다. 사장님과 아들의 관계는 특별히 나빠 보이지도 않았지만 친밀해 보이지도 않았기에, 그 일에 대해서 자세히 묻지는 않았다. 사장님은 죄책감을 느끼는 것 같았다.

"오늘도 퇴근이 늦네."

"어차피 숙소 들어가 봐야 잠밖에 더 자요? 여기 있는 게 재밌어요."

"그래."

"사장님은 만날 묻더라. 내가 오래 있으면 불편해요?"

"여자애가 늦게 돌아다니면 위험할 것 같아서 걱정하는 거다, 야."

"걱정은."

사장님은 대체로 조용한 사람이었다. 때때로 작은 일에 흥분하는 사람이었지만 자신의 감정을 타인에게 넘기지 않는다는 점이 멋있었다. 그리고 불쌍했다. 작은 일에 관심을 보이거나 손님들의 행동을 관찰하는 것도 특징이었는데, 그래서 3번 테이블의 남자도 받아들이고 말았다. 나로서는 도저히 이해되지 않는 행동이었다.

"3번 테이블 손님은 언제 떠나요?"

"글쎄."

"그래도 사장님은 이야기 좀 나눠 보셨을 거 아니에요."

"별 얘기는 없어."

"요즘도 계속 여기서 자는 거죠?"

"응."

"괜찮아요, 정말?"

"뭐, 위험한 사람은 아닌 것 같으니까."

오지랖이 넓은 사람이라는 것도 사장님이 마음에 드는 이유 중 하나였다. 소미라는 이름의 뜻도 묻지 않았고, 왜 벌써 집을 나왔느냐고도 묻지 않았다. 그런 쪽으로는 오지랖이 넓지 않은 사람이었다. 사장님은 궁금해야 할 것에만 궁금해하는 사람이었고, 그런 건 마음이 담긴 관심으로만 가능하다는 걸 알게 됐다.

내가 타인에게 무관심한 것과는 다르다. 사장님의 이름이나 나이를 궁금해하지 않았던 건 예의 때문이 아니다. 누구에게도 관심을 가지고 싶지 않아서, 나는 나에게만 몰두하고 있어서 궁금하지 않았다. 우연히 서류 정리를 하다가 식료품 업체가 내민

영수증에 사인을 하면서 이름을 알게 된 게 다였다. 자연스럽게 알게 되는 것이 가장 좋았지만 때로는 그조차 부담스러웠다.

"이렇게 뒤에서 얘기하는 건 역시 예의가 아닌데 말이에요."

사장님은 말없이 설거지를 했다. 사장님은 아들이 하나 있는 것 같고, 그 외에 다른 가족에 관한 이야기는 들어 본 적이 없다. 역시 궁금하지 않았고, 물어보지 않았다. 다만 아들이 갑자기 사라진 이유에 대해서는 궁금했다. 하지만 관계는 딱 이 정도 거리를 유지해야 안전하다.

"그렇지. 하지만 궁금할 순 있지."

"……."

"그 정도는 괜찮아."

노리터에서 일한 지 한 달이 되었을 때, 사장님은 가게 정리를 하고 있던 나에게 맥주 한 잔을 내밀었다. "진짜 시원하다." 맥주가 넘칠 듯 출렁이고 있었다. 사장님은 쑥스럽게 웃으며 자기 잔을 들고 와 건배를 했다. 월급을 보냈으니 확인해 보라고 하며, 바에 걸터앉은 사장님이 갑자기 이야기를 꺼냈다.

아들이 떠나고 나니 일손이 부족한 것보단 '사라졌다'는 사실이 더 견디기 힘들었다고 했다. 어떤 존재가 사라지고 난 뒤에 빈자리가 이렇게 컸었나, 이렇게 구멍 같았나 생각했다고. 그래서 내가 함께 일하기 시작했을 때 그 구멍이 많이 메워질 줄 알았다고 했다. 물론 어느 정도는 메워졌고, 그래서 다시 손님을 똑바로 볼 수 있었다고 했다. 그러나 사장님이 그게 다가 아니라는 걸 깨닫는 데에는 그다지 오랜 시간이 걸리지 않았다.

가게 문을 열 때, 가게 안을 오가다 창고 앞을 지나칠 때, 한 번씩 창고 문을 열어 볼 때, 그리고 창고 방을 열면 훅 다가오는 냄새를 맡았을 때, 하루가 끝나고 잠자리에 들었을 때, 아들이 없다는 것이 계속 느껴졌을 것이다.

"가족에 대해서 예민한 건 너만이 아닌 것 같다."

그날이 자꾸 생각나는 건 3번 테이블의 남자가 가게에 나타났을 때부터였다.

"가족이랄까, 아는 사람이랄까, 그런 게 없는 모양이야."

"거의 저 같네요."

다른 사람, 특히 손님에 관한 이야기를 하지 않는 사장님이 갑자기 3번 테이블 손님을 바라보며 꺼낸 말이었다.

"뭔가 사정이 있는 것 같은데, 그게 뭔지 모르니까 도와줄 수는 없고."

"사장님, 지금도 충분한 것 같은데."

"또 오지랖이라고 할 거지?"

"아니, 뭐, 그게 사실이니까!"

"10월의 아이들 1세대래."

순간 부럽다는 생각이 지나갔다. 미안하지만 미안하지 않았다. 당신에게는 엄마가 없구나. 당신을 자신으로 만들려는 엄마도, 혼자 자유롭게 사는 아빠도 없는 거구나. 당신의 자유가 별로야? 아니면 그게 두려운 거야?

"그럼 애초에 가족이 없는 거네요."

"그렇다더라고. 그냥 가족이 없는 게 아니라, 아무튼 그렇다."

사장님은 다시 말을 아꼈다. 그러고는 그대로 창고 쪽으로 걸어갔다.

싱크대 앞에 서서 3번 테이블에 대해서 생각했다. 깨끗한 접시를 다시 싱크대에 몰아넣고 비누로 닦고 또 닦았다. 수세미가 그릇에 뻑뻑 미끄러지는 소리가 났다. 가족이 없는 사람이라니. 뒤를 돌아 3번 테이블을 쳐다봤다. 그는 처음 온 날보다 편안해 보였다. 여전히 경계심을 풀지 못한 듯 몸은 긴장한 상태였지만, 눈빛만은 편안해 보였다.

그는 매일 아침이 밝기 전, 가까운 골목들을 돌아다니며 다양한 전단지를 주워 오는 듯했다. 끊임없이 소식지와 광고지, 그리고 아주 오래된 신문 코드까지 읽고 있었다. 얼마 전에는 개인 기기들을 다 팔고 싶다며, 사장님에게 동네에 암시장이 있는지 물어봤다. 그는 노리터에 온 뒤로 처음으로 늦은 저녁 시간에 나갔다 왔다. 처음 왔을 때처럼 빈손으로 돌아온 그는 카운터에 현금을 얼마 내려놓았다. 사장님에게 전해 달라는 말뿐이었다.

그는 더 이상 종이 따위를 모으지 않았다. 대신 노리터에 비치된 공용 PC를 이용해 다양한 글을 읽었다. 그의 일과 대부분은 과학 저널을 읽거나 정부 기관과 관련된 사이트를 서핑하는 것으로 채워져 있었다. 한숨 소리와 슬픈 얼굴, 붉어지는 피부와 험악한 표정, 매일 조금씩, 그에게서 인간다운 표정이 나타났다.

그에게는 가족이 없다. 가족이 없는 남자는 무엇으로부터 도망치고 있는 걸까. 가족이 아닌 무언가도 저렇게 간절한 모습으로 도망치게 할 수 있는 걸까. 숙소로 돌아오고 나서도 매일 3번 테이블 손님이 떠올랐다.

나는 애를 낳을 생각이 없다. 사장님에게 아들이 있는 건 알고 있지만 어떤 식으로 만들어진 가족인지는 모른다. 사장님이 가족을 원해서 만든 관계인지, 혹은 사랑하는 사람의 아이를 가지고 싶어서 만든 아들인지는 모르겠다. 어쨌든 사장님의 아들도 나처럼 집을 떠났고, 사장님은 죄책감을 느끼는 것 같았다.

엄마 아빠의 지금 모습을 봐서는 사랑이었을 수도 있다는 생각이 별로 들지 않는다. 다만 정상 가족을 이루고 싶은 사람들이라는 점에서 둘은 공통점을 가지고 있었다. 그들에게 있어서 나는 이뤄야 하는 목표 같은 게 아니었을까 한다. '꿈'을 이루기 위한 도구로써 '아이' 혹은 '가족'을 이루기 위한 조건으로써 '자식.' 그러니 사랑이나 애정이 없었다고 단정 지어도 이상하지 않다. 아빠가 엄마를 뜯어말리거나 적극적으로 나를 보호하지 않았던 것도, 바깥에서 보기에 '부러운' 가족의 형태를 가지고 있으니 그걸로 되었다고 생각했기 때문일지도 모른다. 뭐든 말이 된다.

나는 사랑의 결과물이 아니다. 그러니 나도 그들에게 사랑이 될 필요가 없다. 사랑을 갚아야 한다는 부담 같은 것도 없다. 그들의 꿈을 망쳐 놓았으니 미안해야 하는 걸까? 그건 아직 모르겠다. 지금은 그들이 나에게 강요했던 것들에 대해 조금 더 생각하고, 화내고 싶다. 나는 그들을 닮고 싶지 않다.

내가 자식을 갖고 싶지 않은 것도 그 때문이다. 하지만 이 부분에 대해서만큼은 아빠도 내 편을 들어 주지 않았다. 엄마는 내가 당신처럼 자식을 소유하고 싶을 거라고 당연히 생각할 사람이다. 왜 그런 걸 갖고 싶지 않느냐고, 너는 지금 거짓말을 하는 거라고. 엄마의 그런 생각은 이해할 수 있었다. 하지만 아빠가 엄마와 같은 말을 뱉는 건 느낌이 전혀 달랐다. 아빠가 원했던 가족의 형태는 3대까지, 이미 그렇게 상상했던 모양이다. 엄마는 자식이 자신의 소유물이라고 생각하는 사람이니까 당연히 손주도 소유하고 싶을 거라고 상상하곤 했지만 아빠의 태도는 예상하지 못했다. 집 밖으로 나가고 싶은 마음을 기른 건 엄마였지만, 결국 나를 문밖으로 걸어 나가게 한 건 아빠의 한마디 말이었다.

여자는 18세부터 국가에 난자 제공자로 등록이 가능하다. 24세부터는 필수적으로 난자 제공자 등록을 해야 하고, 자동으로 추첨이 시작되니 DNA 제공자로서의 삶은 피할 수 없었다. 인생에서 한 번쯤은 걸릴 수밖에 없는 재수 없는 일이었다. 나도 법으로 지정된 일을 거부하면서까지 제도와 싸울 생각은 없다. 나는 DNA를 제공하고, 내 아이를 갖지 않으면 된다. 그 정도는 타협할 수 있다. 누군가가 내 아이가 되고, 내가 누군가의 부모가 되지 않는다는 게 핵심이다.

나는 스물세 살까지도 난자 제공자 등록을 하지 않았다. 엄마는 늦어도 내가 학교를 마친 후에는 제공자로 등록하길 원했고, 그건 열여덟 생일에 약속받은 것이었다. 하지만 나는 될 수 있는 한 그 날짜를 미루고 싶었다. 스무 살 생일에 다시 약속받은 것은 스물넷이 되면 하기 싫어도 해야 하는 일인데 굳이 미리 하고 싶지 않다고, 그러니 조금만 더 기다려 달라는 것이었다. 하지만 그날은 아빠가 먼저 나서서 더 어리고 건강할 때 하는 게 좋지 않겠느냐고 설득하려고 했다. 엄마는 옆에서 무엇이든 내 마음대로만 하려는 심보가 고약하다고 했다. 더 나이가 들기 전에 자식을 낳아야 건강하고 예쁜 아이를 낳을 수 있기 때문이겠지. 심지어 엄마는 결혼보다 중요한 게 아이고, 아이가 있어야 가족이 완성될 수 있다고 생각했겠지.

내가 그렇게 결혼은 할 생각이 없다고, 가족은 필요 없다고, 아이는 더더욱 필요 없다고 누누이 이야기했는데! 기어코 아빠 입에서도 '가족' 그리고 '아이'라는 말이 나오고 말았다.

그날로 집을 나왔다. 3번 테이블 남자는 그런 일로 집을 나온 게 아닐 것이다. 가족이 아니라면? 가족이 아니라면, 도대체 도망쳐야만 하는 이유가 무엇인지 나는 상상할 수 없다. 그에게 직접 물어보는 것도 예의에 어긋나는 일일까.

오늘도 그는 옥수수 보드카를 시키고, 감자튀김과 스프를 시켰다. 저렇게 술을 매일 마시는 건 위험하지 않을까. 주조사인 나도 저렇게 많은 양을 마시진 않았던 것 같아서 그의 건강이 무척 신경 쓰였다. 도망자 신세에 정기적으로 건강 바이오패스를 다녀올 리도 없다. 내가 해 줄 수 있는 것이라곤 사장님 대신 요리를 할 때 그의 음식에 덜 짜고 덜 기름진 양념을 하는 게 다였다. 혼자 사는 사람일수록 건강을 챙겨야 한다는 것을 요즘 느끼고 있었기 때문이다.

남자에게 접시와 술을 갖다주고 돌아서다가 무작정 그의 맞은편에 앉았다. 사장님이 출근하기 전이었다. 그의 두려움에 대해서 생각하다가 새벽 내내 뒤척이다 평소보다 일찍 노리터에 나온 날이었다. 역시 그는 초췌한 모습으로 PC를 들여다보고 있었다.

"어디로부터 도망치는 거예요?"

막 포크를 들던 그가 눈을 동그랗게 떴다. 그러고는 몇 번 포크질을 하더니 다시 PC를 들여다보았다.

"뭐가 그렇게 두려워요? 나는 가족이 제일 두려워요. 진짜 싫거든요."

냅킨을 집으려던 그의 손이 떨리는 것을 보았다.

"게다가 왜 그렇게 싫은지 아직도 잘 모르겠어요."

그는 냅킨으로 입을 대충 훔치더니 금세 술 한 잔을 비웠다. 그러고는 나와 눈을 마주치지 않으려는 듯 한동안 고개를 숙이고 있었다. 나는 내가 잘못했나 싶은 마음보다는 궁금함이 커서 그의 앞을 떠나지 않았다. 오히려 그를 뚫어질 듯 쳐다봤다.

그가 서서히 고개를 들며, 목이 막힌 듯한 목소리로 말했다.

"원래 사람은 무서운 거니까요."

"사람이면 다 무서워요?"

"속이는 사람들."

"속여요? 사기당했어요?"

"많은 사람이 세상에 사기를 치죠."

그러고는 다시 PC로 손을 뻗었다. 몇 개의 창을 띄운 채 내 쪽으로 PC를 돌려 화면을 보여 줬다. 날씨에 관련된 기사와 질 행성에 관한 기사들이 떠 있었다. 여전히 날씨는 들쭉날쭉 난리였고, 관측소에서 내놓은 예보들은 매번 엉망진창이라는 내용이었다. 일부러 틀린다고 해도 이상하지 않을 정도로 예보가 맞지 않는데, 왜 국가에서는 아무런 조치도, 아무런 입장 표명도 하지 않느냐는 사람들의 글도 보였다. 그리고 우리나라에서만 나타나는 현상이 아니라 세계 몇몇 지역에서 산발적으로 나타나고 있는 현상이라는 저널도 있었다. 질 행성의 궤도 변화가 심각하다는 과학 저널도 몇 개 첨부되어 있었지만 나는 겨우 제목만 이해할 수 있는 정도였다.

확실히 요즘 들어 날씨도 사람들도 괴상해졌지만, 이게 그를 도망 다니게 하는 이유라도 된다는 건가? 순간 그가 불쌍한 방랑자가 아니라 기이한 정신세계를 가진 음모론자처럼 보였다.

"날씨가 왜요?"

"질 행성 때문이 아니에요."

"네?"

"질 행성 때문에 날씨가 엉망이 된 게 아니에요."

"그럼요?"

"그런데 소식지 어디에도 그런 이야기는 없어요. 과학 저널이라는 것들도 다 그렇고요. 누가 통제라도 하는 것처럼요."

"통제?"

"하다못해 사람들이 이런저런 음모론을 내놓을 수도 있는데, 그런 글은 아고라에 떴다가 금세 사라져요. 소식지에 실리는 제대로 된 이야기는 없죠."

"그럼 당신은 음모론을 이야기하고 싶은 거예요?"

"증명된 사실이 없으니 음모론에 가깝긴 하죠."

"가설일 수도 있고요?"

그가 처음으로 나를 똑바로 쳐다보았다. 그는 어쩌면 정직한 과학자일 수도 있다. 적어도 미친 사람은 아닌 것 같다는 이상한 직감이 왔다.

"사람들이 쓰는 글이 자꾸 사라져요……."

그가 말끝을 흐렸다. 사장님이 했던 말이 떠올랐다. 그는 위험한 일에 타인을 끌어들일 사람은 못 된다고, 누구에게든 생각 없이 피해를 줄 사람은 아니라고, 쉽게 말해 나쁜 사람은 아닐 거라고 사장님은 확신하고 있었다. 나는 그런대로 사장님의 안목을 믿는 편이었다.

"내 글도 그렇게 사라지고 있어요."

"그래서요?"

내 눈이 반짝이는 것이 느껴졌다.

"그래서 내가 사라지지 않으려고 도망쳐 나왔습니다."

그의 생각이나 일을 이해할 수는 없었지만 '사라지고 싶지 않아 도망쳤다'는 심정은 이해가 되었다.

"사라지지 않으려고 발버둥 치는 중이구나. 나도 그래요."

그날부터 그는 내 눈에서 벗어날 수 없게 되었다. 그를 감시하는 것이 아니라 그에게 다가가는 사람을 감시하게 되었다. 그를 사라지게 하는 사람이 있을지도 모른다는 음모론이 생겼다. 그것은 음모가 아닐지도 모른다. 그렇게 담담하게, 사라지지 않으려고 한다는 말을 하는 사람을 처음 보았기 때문이다. 나는 그

처음을 믿기로 했다.

"가족이 싫다는 말은, 가족에게서 도망쳤다는 건가요?"

영업 종료 버튼을 누르고 테이블을 정리하기 시작했을 때, 그가 다가와 말을 걸었다. 나도 그가 고개를 숙이고 있었던 것처럼 묵묵히 테이블을 정리했다. 그가 나를 쳐다보고 있는 게 느껴졌다. 이상하게 그날은 "맞아요. 도망쳤어요."라는 말이 쉽게 나오지 않았다.

오늘 그는 한 번 외출했다. 그러고는 수많은 자료를 인쇄해 왔다. 요즘 세상에 문서를 인쇄해서 읽는 사람은 많지 않았고, 프린터는 정해진 구역에서만 사용할 수 있었다. 아무래도 오늘 그는 위험한 외출을 한 것 같았다. 테이블을 치우고 설거지를 끝내고 그의 앞에 앉았다.

그는 황급히 자료들을 내려놓고, 키보드를 만지작거렸다.

"가족을 떠났어요. 멀쩡한 척하는 엄마 아빠가 싫어서요."

"멀쩡한 척이라면?"

"정상적인 가족처럼 보이고 싶어 해요."

"정상적인 게 뭔가요?"

"아빠, 엄마, 자식. 뭐 그런 거겠죠."

"양육자와 아이를 뜻하는 건가요?"

"아뇨. 그 부분이 가장 중요해요. 부모가 단순한 양육자여선 안 된다는 거예요. 그래서 엄마가 생각하는 정상적인 가족이란

자기가 직접 만든 아이를 통해 완성되는 거라고."

"그럼 10월의 아이들이 생기기 전과 비슷하네요."

"하지만 꼭 10월의 아이들이 아니어도 다양한 가족의 모습이 있을 거 아니에요."

"그렇죠. 하지만 당신의 부모는 DNA로 연결된 것을 원한다는 거군요."

"네, 피로 이어진 관계라고 부르던데요."

"그렇군요."

"당신이 10월의 아이들 1세대라는 걸 알고 있어요."

그의 눈빛이 잠깐 흔들렸다 금세 침착해졌다. 그의 침착함을 나에 대한 믿음이라고 생각하고 싶었다.

"맞아요."

"당신의 가족은요?"

"있었던 때도 있죠. 물론 나는 자연적으로 만들어진 존재는 아니어서 피로 이어진 가족이라던가 그런 건 아니었습니다만."

"조금 이상한 말인데요. 자연적으로 만들어진 존재가 아니라면 인공적으로 만들어진 건가요?"

"……."

"DNA 기술로 만들어졌다는 것 외에, 다른 인공적인 게 있나요?"

그가 순식간에 입을 닫았다. 그러고는 다시는 말을 하지 않을 것처럼 입술에 힘을 주었다.

"똑똑하네요."

그 한마디를 남기고, 실제로 그는 어떤 말도 더 하지 않았다. 노리터에서 홀로 잠드는 그를 더 이상 상상하지 않으려고 노력했다. 나의 상상조차 그에게 달려가 꼬치꼬치 캐물을 것 같았다.

6. 소미와 도브

갑자기 뛰어 들어온 인영은 작았다. 나보다 작았고, 어두웠다. 방금 전의 폭우로 흠뻑 젖어 물에 빠진 생쥐 꼴이었지만, 조금만 살펴보면 우산도 우비도 말끔한 것이라는 걸 알 수 있었다. 사장님은 언제나 그렇듯이 부드럽게 웃었다. 또 멍청한 얼굴을 하고 어떤 사람인지도 모르고 잘해 주려고 하겠지, 하는 생각에 헛웃음이 나왔다. 사장님의 그런 부분은 분명 좋은 점이었지만, 역시 나 같은 사람에게는 이해되지 않는 행동이었다.

분위기에 도통 적응하지 못하던 여자가 사장님의 몇 마디에 긴장을 풀었다. 사장님 특유의 분위기와 부드러운 말투는 술집에 어울리지 않는 듯 보였는데, 지금처럼 낯선 손님에게는 사장님의 그런 점이 최고의 장점이 되었다. 그래서 사장님이 술집을 운영하는 건 신기하면서도 당연했다.

내가 할 수 있는 일은 이런 날씨에 어울리는 술을 만들어 건네는 것이다. 몸을 녹이기 위해 적당히 도수가 높은 술이 좋을 것 같았다. 갑자기 마셔도 자극적이지 않도록 적당히 감미료를 추가하고 얼음을 넣었다. 또래로 보여서인지, 무언가에 쫓긴 듯 정신없이 돌아가는 눈동자 때문인지 말을 걸고 싶어졌다.

"술이 들어가면 체온이 빨리 오를 거예요."

그녀는 눈치를 보며 잔을 받아 들더니 빠르게 술을 삼켰다. 그게 조금 귀엽기도 하고, 관심이 생겨서 대뜸 나이를 물었다. 그녀의 이름은 김도브, 스물세 살, 나보다 한 살 어리다. 이 동네는 처음이라고 했다. 생긴 건 한참 더 어려 보였지만 말투나 행동거지는 사장님처럼 느리고 신중했다.

"정말 친구 하면 되겠네!"

파가 다가와 도브의 등을 쳤다. 파는 반가움의 표현이었겠지만 도브는 그새 작은 동물처럼 오그라들어 몸을 떨었다.

"이쪽 친구도 혼자 사는 건가? 혼자 사는 여자들은 위험하지."

파가 또 일장연설을 늘어놓을 기세였다. 실은 모두가 불편해하지만, 누군가 선뜻 나서서 제지할 수는 없는 난처한 상황이었다. 이것은 파에게만 해당하는 것은 아니었다. 자기가 하고 싶은 말을 마음대로 하고 말이 점점 길어지는 것은 나이가 있는 사람, 특히 노년의 남성에게 공통적으로 나타나는 특징이었고, 모두가 그러려니 넘기는 일이었다. 괜히 한마디라도 받아치면 소란스러워질 게 뻔했다. 그래도 파는 항상 아내인 엠과 함께 와서 단속이 잘되는 편이었다. 얼른 파의 잔에 맥주를 채워 돌려보내고 도브를 보니 여전히 얼어 있었다.

구워지고 있는 플랫포테토의 냄새를 맡으며 사장님과 도브의 이야기를 엿들었다. 사장님이 평소보다 들떠 보이는 건 기분 탓일까. 플랫포테토가 무엇인지 묻는 여자에게 장황하게 플랫포테토를 만드는 과정까지 설명하는 건 지나쳐 보였다. 게다가 '10월의 아이들'이니 '3구역'이니 하는 단어를 꺼낸 것은 정말 평소답지 않았다. 내가 봐 온 사장님은 웬만해서는 손님에게 사적인 질문을 하지 않는 사람이었다.

도브는 10월의 아이들 2세대인 모양이었다. 독립할 나이가 되어서 나왔다는 것이나 스물세 살에 기상관측소에서 일한다는 것을 봐선 고등과정이 끝난 후 바로 직업을 가진 모양이었다. 그러나 그런 정보는 나에게 특별하지 않았고, 무엇보다도 그녀에게 가족이 없다는 점이 부러웠다.

"가족이 없구나. 부럽다."

도브가 무슨 의미인지 잘 모르겠다는 표정을 지었다. 나도 입 밖으로 꺼내어 말하려던 것은 아니었기 때문에 괜히 다른 말로 화제를 돌렸다.

"그나저나 플랫포테토를 진짜 몰라요?"

“네.”

“한 번도 본 적이 없는 거예요?”

“네. 본 적도, 먹어 본 적도 없어요. 먹어 봤다면 이름을 알았을 텐데.”

“그럼 감자는? 옥수수 위스키나?”

“감자는 가끔 먹긴 하죠. 다양한 음식에 들어가니까요.”

“다양한 음식…….”

도브는 분명 이 도시 사람이 아니다.

“그럼 도브는 감자로 주로 어떤 요리를 해 먹어요?”

갑자기 자기 이름을 부르자 당황한 듯한 여자가 조심스럽게 대답했다.

“저는 다른 야채랑 볶아서 먹거나 파스타에 넣어 먹는 걸 좋아해요.”

파스타. 다른 야채.

“조금 이상하죠? 파스타에는 감자를 잘 안 넣는데, 저는 으깨질 정도로 익은 감자를 넣어서 먹는 걸 좋아해요. 그럼 꼭 스프 같고, 밥 같고 그래요.”

밥 같은 감자.

“그렇구나. 여기는 감자는 감자로 먹어요.”

또 어리둥절한 표정을 지은 여자가 스프를 다 먹고 플랫포테토를 찍어 입에 넣었다.

"어?"

"어때요. 꽤 괜찮지 않아?"

"그러게요. 달아요. 달고 고소해요."

"진짜 고구마랑 비슷해요?"

"진짜 고구마보다는 부드러운 느낌인데, 삼킬 때는 더 뻑뻑한 느낌이에요. 신기하네요."

그러니까 도브는 진짜 고구마가 있는 도시에서 왔다는 것이다. 다른 야채와 감자를 섞어 먹을 수 있고, 파스타를 해 먹는 게 익숙한 도시. 그게 부럽지는 않았지만 그 도시의 주조사들이 쓰는 재료가 궁금해졌다.

"우리 말 편하게 하는 거 어때요?"

"저는 한 번도 그래 본 적이."

"학교 친구들이랑은 썼을 거 아니야."

"그렇죠."

"그럼 학교 친구라고 생각해요. 고등과정에서 알게 된 친구라고 생각해도 되잖아?"

"저는 데이터처리를 공부했어요."

"저는 말고 나는."

"아, 나는. 나는 데이터처리를 전공했어. 지금은 계약직으로 일해."

"성적이 좋았나 보다. 컴퓨터 관련 전공이잖아."

"아니야. 우리 학교는 대부분 컴퓨터랑 관련된 과였어."

"그럼 컴퓨터 관련이 아니면?"

"간혹 기계나 공학을 전공하는 아이들이 있었지만 그런 애들은 외부 수업을 듣는 날이 더 많았고."

"외부 수업……."

현장 실습을 말하는 건지 말 그대로 자기 학교가 아닌 곳에서 수업을 따로 들었다는 건지 모르겠지만 내가 다녔던 학교와 완전히 다른 분위기였으리라 짐작되었다. 그쪽 도시의 특징인 걸까. 아니면 10월의 아이들이 모여 있는 특수 학교였던 걸까. 우리 학교에도 10월의 아이들이 있었지만 특별하지 않은 아이들뿐이었다. 누군가가 나서서 말하지 않는 이상 누가 10월의 아이들로 만들어졌는지 알 수 없었고, 설령 알게 된다고 해도 문제가 되지는 않았다.

하지만 지금 내 앞에 앉아 피곤한 눈을 하고 녹아내리고 있는 여자아이는 내가 봐 온 아이들 혹은 사람들과 달랐다. 방랑자와 비슷한 느낌이 있었지만 도망자처럼 보이지는 않았다. 10월의 아이들이 이렇게나 달랐던가? 도브의 손을 잡으면 아주 차갑고 지나치게 보드라울 것 같았다. 그대로 손목을 꺾어도 모를 것 같다는 상상을 하니 소름이 돋았다. 잠시 자리를 비우겠다 말하고 창고 방으로 향했다.

나의 끔찍한 상상에 소름이 돋았던 것인지, 정말로 그럴 것만 같아서 소름이 돋았던 것인지 모르겠어서 창고 방 안의 소파에 털썩 앉았다. 그러고는 주변을 둘러보았다.

무엇을 만들던 건지는 모르겠지만 여러 기계와 부품, 약품들이 보였다. 미친 과학자의 실험실 같으면서도 괴짜 발명가의 방 같기도 한 이곳에는 사장님의 아들이 살았다. 사장님에게서 얼핏 들은 아들에 관한 정보는 어느 날 갑자기 사라졌다는 것 외에 환경 문제에 빠져 있었다는 것 정도였다. 그마저도 사장님과 내가 유추해 낸 것이었다.

사장님은 아들이 사라진 뒤로 한 번도 이 방을 잠그지 않았다. 퇴근을 할 때면 가게와 연결되는 안쪽 방문만 잠그고, 밖에서 창고 방으로 들어갈 수 있는 문은 열어 두었다. 아버지라서 할 수밖에 없는 행동이라고 생각하니 그가 조금은, 아주 조금은 안쓰러웠다.

많이 안쓰러워할 수 없었던 것은 사장님의 아들이 나처럼 가족이 질려 집을 나간 것일 수도 있다는 생각 때문이었다. 어쩔 수 없다. 싫어하는 것에 대해서 좋은 감정을 가질 수 없다. 그건 절대적이다. 고집이고 아집이라는 것도 알지만 고집이 틀린 게 아닐 수도 있지 않나. 그렇게 넘기려고 한다.

그래서 나와는 전혀 다른 삶을 살아온 사람들을 만날 수 있는 노리터에서의 생활은 의미 있었다. 그리고 무척 괴롭기도 했다. 다들 무슨 자유를 누리며 산 건가. 그 자유가 별로라고 할 수 있는 삶도 있는 건가. 나는 어리니까, 쓸데없는 아집이 있으니까 이해하지 않을 것이다.

다시 바에 나가 보니 온몸이 풀어져 노곤노곤해 보이는 도브가 멍하니 앉아 있었다.

"누굴 찾고 있다고 했나?"

"네."

"응."

"아, 응."

"누군데? 우리가 도움을 줄 수도 있으니까."

"도움?"

"그래도 명색이 술집인데, 푸하하. 동네 소문은 이런 데서 모이는 거잖아."

"그렇구나. 하지만 이름이라든지 얼굴 같은 건 몰라."

부끄러운 듯, 걱정스러운 듯, 아까보다 다양한 표정을 짓는 도브를 보며 죄책감이 들었다. 손목을 꺾어도 모를 것 같다니. 순간 사람을 로봇처럼 느꼈다는 사실이 미안해졌다. 정확히는 로봇이라 상상했던 것은 아니고, 사람 같지 않다고 느꼈던 것 같은데 왜 그랬는지는 모르겠다.

"네가 알고 있는 정보가 뭔데? 내가 아니어도 여기엔 많은 사람이 오가니까 알아보려고 한다면 알아볼 수 있을 거야."

"내가 가진 건 숫자와 알파벳 두 개뿐이야."

"903 그리고 N. L."

"그게 다야?"

"일단 그 정보만 가지고 여기까지 왔어."

"사람을 찾는다고 하지 않았어?"

"몇 가지 숫자 조합이 전부야. 이름도 주소도 아무것도 몰라."

그때 사장님이 다가와서 말했다.

"903은 우리 가게 등록번호예요."

도브가 조금 놀란 표정을 지었다.

"그리고 가게 이름은 노리터죠. NO-LITER."

도브가 잠시 멍하니 앉아 있다 "잠시만요!"를 외치며 밖으로 달려 나갔다. 다시 홀딱 젖은 몸으로 들어온 도브는 엔-노트를 내밀었다. 건물 밖에서는 하늘이 부서지기라도 한 듯 천둥이 계속되고 있었다. 도브는 그 소리에 박자를 맞추듯 말을 쏟아 냈다. 갑자기 말하는 법이 기억난 사람처럼.

"혹시 기억나는 게 있으세요? 이 가게는 언제부터 있었죠? 이건 제 아버지의 노트인데, 핸드폰에는 별게 없었어요. 이 노트에는 몇 개의 짧은 글이 있었고, 몇 개의 숫자가 반복돼요. 13자리, 7자리, 그리고 3자리 숫자가 903이었어요. 우연이라고 하기엔 너무 딱 맞아요. 이 도시에 도착하자마자 쏟아지는 비 때문에 급하게 뛰어 들어왔는데, 제가 오늘 찾아온 곳이 여기예요. 여기 말고도 100곳이 넘는 장소가 제가 만든 리스트에 있어요. 여기는 33번째로 온 곳이고. 그러니까, 어, 그러니까요. N. L.에 다른 특별한 의미가 있을 것 같지는 않아요. 아버지가 글을 쓰는 방식을 봐선 그래요. 그리고 903과 N. L.이 나란히 적혀 있다는 건 분명 한 장소를 의미하지 않을까요? 그러니까 다른 글을 봐도 좋으니 이 노트를 좀 봐 주세요. 저는 별것 아니라고 넘겼을 글 속에서 무언가를 발견하실 수도 있으니까요. 괜찮다면 소미도 함께 봐 줄래요?"

"잠깐만, 잠깐만. 숨 좀 돌려 봐요."

도브도 자신의 행동에 놀란 듯 말을 멈추고 고개를 떨궜다. 도브의 귀가 붉어지고 있었다.

"아버지를 찾는 중이에요?"

"……아버지의 파트너요."

7. 도브와 방랑자

"오늘은 관측소에서 특별한 일이 없었나요?"

방랑자가 물었다. 그는 주로 3번 테이블에 있었지만 내가 오면 바 좌석으로 자리를 옮겼다. 나에게 가지는 관심이 호의인지 단순한 호기심인지는 알 수 없었다.

"여느 때와 똑같죠."

"여전히 답도 없고요?"

"네. 음모론도 여전히 없어요."

그렇게 말하고 웃었다. 방랑자는 내가 노리터에서 유일하게 편하게 이야기하는 사람이다. 이상하게 경계가 풀어지는 사람이었고, 그건 아버지를 처음 봤을 때 느꼈던 것과 비슷한 편함이었다.

"여전히 행성 궤도에 대해 이야기하나요? 관측소에서도 말이에요."

"실은 관측소에서는 어떤 말도 하지 않아요. 아무것도 예측할 수 없으니까요."

"그게 맞긴 하죠."

방랑자는 기상 이변에 관심을 가졌다. 내가 노리터에 가면 항상 관측소의 상황을 물었다. 소미의 말에 따르면 방랑자는 여전히 출처를 알 수 없는 자료들을 인쇄해 왔고, 사람들이 보지 못하게 급하게 숨긴단다. 소미나 사장님이 다가갈 때는 상대적으로 덜 불편해하지만, 그들에게도 자료만큼은 보여 주지 않는다고 했다.

"그럼 매체에서 떠드는 이야기들은 누가 만들어 내는 걸까요?"

질문이었지만 나에게 대답을 요구하는 것 같진 않았다.

노리터에 온 지 얼마 되지 않았을 때 방랑자가 10월의 아이들 1세대라는 이야기를 들었다. 사장님은 말을 조심하는 사람이었지만 때로는 지나치게 과묵해 보였다. 나도 말이 없는 편이었지만 사장님처럼 무언가를 조심하는 것은 아니었다. 소미는 달랐다. 소미는 말이 많은 편이다. 하지만 꼭 해야 하는 말만 한다고 느끼게 했고, 누구도 소미의 말을 불편해하지 않았다. 그러니까 방랑자가 10월의 아이들이라는 것을 알려 줬을 때도 어느 정도는 방랑자가 허락한 이야기일 것이라 믿었다.

내가 대뜸 방랑자에게 말을 걸었을 때, 믿음은 확신이 되었다.

"저는 10월의 아이들이에요."

"기상관측소에서 일한다는 이야기는 들었는데."

"네."

"그럼 시설에서 자랐나요?"

"맞아요. 당신도 10월의 아이들이라고. 1세대인 거죠?"

그가 "네." 하고 대답하면서 웃었다. 그도 나도 이미 알고 있었다.

"그럼 당신도 시설에서 자랐나요?"

"아니요. 나는 양육자가 있었습니다."

"그럼 당신도 연구자나 학자였군요."

"잘 아네요."

"잘 알지는 못하는데, 관측소에서 일하면서 조금씩 알게 됐어요. 나와 다른 환경에서 자란 10월의 아이들이 있다는 걸요. 국가를 위해 일하는 사람들은 다르구나."

"아주 다르죠."

그가 다시 웃어 보였다.

"하지만 가족과도 달라요."

그리고 그는 PC를 들여다보았다. 방랑자는 사장님과 소미를 경계하지만 자기가 보고 있는 화면이나 자료만큼은 보여 주지 않으려고 한다던데, 내 앞에서는 숨기려는 기색을 보이지 않았다.

나도 그가 보고 있는 것에 눈이 가지 않았다. 눕듯이 의자에 등을 기대고 몸을 쭈욱 늘였다. 중등과정의 첫 학기가 떠올랐다. 시설에서 온 아이들은 긴장한 자세로 주변을 두리번거리곤 했다. 같은 시설에서 자랐다는 것을 숨기고 싶어 했고, 한동안은 서로에게 말을 걸지 않았다. 나는 유일하게 의자에 편하게 늘어지는 시설 출신 아이였다.

시설에서 자란 아이들 대부분은 가족을 궁금해했다. 아이들은 가지지 못한 것에 대해 호기심을 가지고, 사람들은 가진 자들을 질투한다. 아이들은 만져 보지 못한 것을 만지고 싶어 하고, 보지 못한 것을 상상한다. 거기에서 그친다. 아이의 귀여움과 사랑스러움은 그런 데서 오지만 어른들은 그런 걸 곤란해한다. 하지만 정말로 곤란하게 여겨야 할 것은 비교와 치졸한 질투다. 아이에서 벗어나 어른이 될 때, 우리는 반드시 비교와 질투를 배운다.

그래서 어른이 되고 싶지 않았다. 살아야 하니까, 살기 위해서는 먹고 자야 하니까, 먹고 자기 위해서는 돈을 벌어야 하니까 일을 하는 것은 당연하다고 생각했지만, 그 외에 어른이 해야 할 일이 따로 있는 건 아니라고 생각했다. 어른다움, 어른스러움, 그런 단어들은 학생 때부터 들었다. 그다지 필요한 단어 같지는 않았다. 사람다움 같은 단어는 빠르게 사라졌으면서 어른스러움이라는 단어는 왜 사라지지 않는 걸까. 나는 경계가 불편하다. 하지만 어떤 것도 싫어하지 않고, 어떤 것도 좋아하지 않는 아이처럼 있었다. 그런 나를 두고 선생님들이나 어른들은 얌전하고, 조용하고, 착한 아이라고 했다.

착한 게 뭔지 가르쳐 준 적 없는데, 어른들은 어떻게 '착함'을 아는 걸까. 나도 어른이 되면 '착함'을 판단할 수 있게 될까. 어른들이 하는 말은, 별로 생각하고 싶지 않은 것들을 생각해 보게 했다.

나는 시설에서의 생활이 그럭저럭 괜찮았던 것 같다. 지나고 나서 보니 정말 서러운 시절이었다고 말하는 친구들도 있었지만 나는 오히려 안전하고 꽤 안락했다고 느꼈다. 보육 선생님들은 다정했고, 학습을 담당한 선생님들도 최선을 다했다. 아마도 그랬다고, 그건 쉽지 않은 일이라는 걸 알고 있었다. 그들 중에는 가족이 있는 사람도 있었고, 10월의 아이들 1세대인 어른도 있었다.

누가 가르쳐 준 건 아니었지만 우리는 어느샌가 알았다. 저 선생님은 가족이 있어, 아이가 있대, 부모님이랑 살고 있대, 강 선생님은 우리랑 똑같대, 하지만 강씨인걸? 강씨라고 10월의 아이가 아니란 법도 있냐, 같은 말들이 돌아다녔다. 말이 시작된 곳은 알 수 없었고, 모두가 알게 되는 시점만이 있었다.

얌전한 아이라는 것은 생각이 많은 아이라는 뜻이었다. 보통은 그랬다. 하지만 나는 생각도 상상력도 없는 아이였고, 모든 게 따분하고 무의미했다. 가족에 대해서도 그랬다. 나에게 아버지가 있을지 어머니가 있을지, 아니면 둘 다 없을지, 그게 나에게 어떤 의미일지, 그 어떤 것도 궁금하지 않았다. 그렇다고 해서 입 밖으로 "난 하나도 안 궁금한데."라는 말을 뱉지는 않았다. 아이들 속에서 나는 어떻게든 비슷해 보여야 했고, 최대한 "어, 그렇지." 하고 동의하는 척했다.

그런 학교를 떠나는 게 좋았다. 직업을 가진다는 것은 성인이 되었고, 독립할 때가 되었고, 그건 시설과 학교를 떠나야 한다는 것을 의미했다. 어른이 되고 싶지 않았지만 성인이 되는 것은 좋았다. 떠날 수 있었다.

그러나 이렇게 먼 곳까지 떠나온 것은 처음이다. 시설이나 학교가 아닌 곳에서 친구를 만든 적은 없었고, 성인이 된 후에도 직장 외에는 특별히 다니는 곳이 없었다. 노리터에 처음 왔던 날, 아버지나 아버지의 파트너에 대한 것을 찾게 될지도 모른다는 기대에 자리에서 일어나기가 어려웠다. 집으로 돌아가는 내내 언제 또 노리터에 갈 수 있을지 계산해 보았다. 스케줄러에 빈 시간을 확인하고, 모든 빈칸에 'N. L.'이라는 메모를 저장했다.

지겨운 관측소의 일상도 조금은 재밌게 느껴졌다. 데이터의 의미를 해석하는 일은 박사들에게 맡기고, 나는 머릿속으로 아버지의 글을 분석하고 있었다. 눈과 손은 관측소의 데이터들을 다루고 있었으나 머릿속으로는 더 이상 그 숫자들을 생각할 필요가 없었다.

오히려 13자리 숫자와 7자리 숫자에 대해 생각하는 게 재밌었고 의미 있었다. 13자리 숫자에 대해 다시 생각해 봤다. 가장 기본적인 접근, 평범한 방식으로 생각해 보기로 했다. 건강보험 보장번호라는 가설을 제외하고, 보통 13자리 숫자로 떠올리는 것은 개인등록번호다. 아버지 노트에서 발견했던 13자리 숫자가 개인등록번호라면 아버지의 것은 아니었다. 아버지가 입원해 있을 당시에 환자 정보나 사망진단서에서 봤던 개인등록번호와는 달랐기 때문이다. 노트의 번호는 1989로 시작했지만 아버지의 번호는 2099로 시작했다. 내 번호가 2127로 시작하는 것으로 보아 아마도 앞의 네 자리는 태어난 연도인 것 같았다.

보통이라면 그랬다. 그렇다면 1989는 1989년도를 말하는 걸까? 하지만 1989년에 태어난 사람이 아버지의 파트너로 살았다는 것은 말이 되지 않는다. 어릴 때부터 함께한 경우라면 친구나 형제 같은 건 아닐까. 아버지에게 가족이 있었다는 흔적은 없다. 그렇다고 나처럼 10월의 아이들로 만들어진 것이라는 확신도 없었다. 가족이 있었다고 해도 아버지가 연락을 끊고 살았다면, 그래서 나를 자신의 임종을 봐줄 사람으로 신청했다면, 그것도 말이 안 되는 건 아니다. 하지만 아버지가 죽기 전까지 연락해 달라는 사람은 없었고, 연락해 오는 사람도 없었다.

그 누구도 찾아오지 않는 병실에서 조용히 빛을 잃어 가는 눈동자는 아버지의 외로운 삶을 압축해서 보여 주는 것 같았다. 내가 그의 삶을 통째로 오해하고 있는 것이라면? 조금 미안한 마음도 들었지만 그보다는 역시 궁금했다.

사람이 아니라는 가능성도 생각해 본다. 안드로이드의 등록번호일까. 어렸을 때부터 함께했던 안드로이드 로봇이나 펫일 수도 있다. 하지만 로봇의 등록번호도 제작 연도로 시작하는 것으로 알고 있는데, 1989년에 만들어진 로봇은 뭔가 이상하지 않은가. 아버지가 찾던 이는 분명 사람이었다. 같이 밥을 먹고, 대화하고, 일했던 사람.

"요즘 김도브 씨, 아주 활기차 보입니다?"

박 박사가 말을 걸어왔다.

"네? 아, 그래요?"

"이 정도면 아주 다른 사람이라고 착각할 만합니다."

박 박사는 나만큼 세상과 무관한 표정을 짓고 있었다. 박사의 표정은 거의 늘 웃고 있거나 비웃고 있거나 둘 중 하나였다. 가끔 놀란 표정을 지었다. 특히 내가 하는 말에 놀란 얼굴로 "이 정도면 말입니다."를 덧붙이며 비꼬는 일이 많았다.

"김도브 씨, 요즘 재밌는 일 있습니까?"

"재밌다기보다는……."

"보다는?"

"일은 일로만 보자는 주의가 되었거든요."

아리송한 표정을 지어야 하는 지금도 박 박사는 놀란 표정을 지으며 되물었다.

“그동안은 일을 일로 보지 않았다는 건가요?”

“아니요. 일과 생활을 분리해서 살아야겠다, 뭐 그런 거죠.”

“김도브 씨가 그런 말을 하니 정말 이상하군요!”

사뭇 진지해진 박 박사가 한마디를 얹으며 어깨를 툭툭 치고 지나갔다.

“김도브 씨에게 생활이 생겼다는 의미라면, 그건 좋은 일이군요.”

처음으로 박 박사가 사람처럼 느껴졌다.

오늘도 퇴근하자마자 노리터로 향했다. 이른 시각이라서 그런지 다른 손님은 없었고, 소미도 출근하지 않는 날이었다. 방랑자가 3번 테이블에서 자료를 보고 있었다. 익숙하게 바에 앉아 사장님에게 에그 스크램블을 주문했다. 사장님이 “에그에 제법 익숙해진 모양이네.” 하고 맥주를 먼저 따라 주었다.

특별히 에그에 대한 반감이 있었던 것은 아니다. 그저 처음 보는 음식에 대한 낯가림 정도였다. 처음 에그 스크램블을 시켰을 때, 소미가 에그에 대해 지나치게 구체적으로 설명해 준 탓에 약간 꺼림칙해졌을 뿐이다. “닭이 낳은 알이랑은 달라. 달걀 형태에 달걀 맛이 나는 인공육이야. 단백질 덩어리라고 생각하면 되려나?” 뭐 그런 설명이었다. 이상하게도 단백질 덩어리라고 하니 그게 나와 다를 게 뭔가 싶어서 먹기 꺼려지는 느낌이 들었다.

하지만 자꾸 먹다 보니 여태까지 내가 먹어 왔던 고기야말로 나와 다를 게 있나 싶었다. 오히려 에그 같은 걸 더 먹고 싶어졌다. 어차피 고기를 먹는다면, 단백질을 먹는다면 이런 식으로 먹는 게 낫지 않을까. 물론 에그가 국가기관의 인증을 받은 식품인지 찾아보긴 했다. 불안과 불신은 의심을 먹고 자라 왔기 때문에 무엇으로든 확신을 받는 게 좋았다.

불안에 관해서는 방랑자도 나와 비슷해 보였다. 하지만 방랑자는 의심을 싫어하지 않았고, 확신을 바라지도 않았다. 나이가 들면 그런 게 가능해지는 걸까, 똑똑해서 가능한 걸까 궁금했다.

요즘에는 방랑자와 함께 3번 테이블에 앉을 때가 많다. 방랑자가 먼저 나를 불렀다. 대화할 사람이 필요한 듯했다. 그가 보여 주는 데이터나 과학 저널은 꽤 탄탄한 근거를 바탕으로 하고 있었고, 무엇보다도 재미있었다. 왜 기상관측소에서는 이런 데이터를 다루지 않는 것인지 이상했다. 다른 직원이나 박사들이 보고 있을 수도 있을까. 그럼 왜 방랑자처럼 추론하고 해석하지 못할까. 왜 의미 있는 것과 의미 없는 것을 구분하지 못할까.

얼마 전 방랑자는 자신이 천체 물리학 박사라는 것을 말해 주었다. 천문 연구소에 소속되어 있었다는 말을 하면서 "아, 지금 이 이야기는 누구에게도 말해서는 안 됩니다. 도브만 알고 있어요."라는 말을 덧붙였다. 그는 미디어에서 가장 많이 이야기되고 있는 행성 궤도와 인력 변화에 대해서도 열심히 찾아보는 듯했다. 물론 질 행성에 대해서도 알아보았지만, 더 들여다보지 않아도 되는 문제라고 잠정적인 결론을 내렸다.

에그 스크램블을 한 입 먹고, 맥주를 한 모금 삼키고, 몸이 늘어지는 듯한 기분 좋은 느낌에 집중하고 있었다. 방랑자가 나를 불렀다. 평소보다 큰 목소리였다. 그릇을 들고 3번 테이블로 다가가자 그가 황급히 그릇을 받아 아무렇게나 테이블에 내려놨다. 그러고는 손을 끌어당겨 자신의 옆자리에 앉혔다.

"쓰레기입니다! 쓰레기가 문제예요!"

"뭐가요?"

"궤도나 인력 값에 변화가 있는 행성들이 나타난 건 맞는 것 같아요."

"네."

"그다음이 문제예요."

"어떤 문제?"

"잡히지 않는 우주 쓰레기들이 아주 큰 문제죠."

우주 쓰레기라니? 지금까지 누구보다 이성적이던 방랑자가 음모론자처럼 보이기 시작했다. 하지만 내가 우주에 대해 아는 것은 아무것도 없다. 학교에서 배운 것들은 우주의 눈곱만한 수준도 안 되었다.

"우주 쓰레기는 제법 철저하게 감시되고 있어요. 각국에서 정기적으로 수거팀을 보내기도 하죠. 보상금을 노린 헌터들도 엄청난 속도로 돌아다니고 있어요. 사람들이 알고 있는 건 일부죠. 그러니까 우리가 잘 통제하고 있다고 생각하고 있었는데."

"인간이?"

"그래요. 그게 문제네요. 인간이 무엇을 통제하고 있는 것인가."

소란스러운 그의 머릿속이 부산한 몸짓으로 드러났다. 자기가 무슨 말을 하고 있는지, 정리되지 않은 말을 하는 방랑자는 처음 봤다. 내가 한 말에 분주한 말을 멈추고 저렇게 빠져드는 모습도 방랑자답지 않다.

"박사님, 하던 얘기를 계속해 봐요. 당신이 하고 싶은 얘기가 뭐예요."

"속도입니다, 속도. 속도가 문제예요. 생각보다 더 많은 쓰레기가 있는 거예요."

"우주에."

"그렇죠, 우주에. 지금 수거하는 속도로는 충분하지 않은 것 같습니다. 우리가 추적하지 못하고 있는 쓰레기도 너무 많고요. 오래전에 놓친 쓰레기들이 다시 돌아온 걸지도 모르고. 아아, 신고하지 않은 발사체나 오래전에 놓친 쓰레기들! 또 무엇이 있는지 생각해 봐야 합니다만, 그게 문제가 아닙니다."

이번에는 또 그게 문제가 아니라고 한다.

"예측하지 못한 건 날씨가 아니라 우주 쓰레기의 움직임이라는 거예요?"

"글쎄."

"음모론이든 뭐든 당신이 찾으려는 게 뭔지, 어디에서 찾아야 하는지 정도는 생각해 봤을 거 아니에요."

방랑자는 또 자기 세계 속으로 빠져들고 있었다. 아버지가 병실 베드에 누워 자주 지었던 표정이다. 그런 사람에게는 말을 걸어 끄집어내거나 더 깊이 들어가도록 내버려 둬야 한다. 지금은 말을 걸어야 한다. 방랑자의 동공이 터질 듯이 커지고 있었다.

"전 세계를 뒤져야 하는 거예요? 아니면 우주를?"

"아니요. 그게 아닙니다. 교통사고를 조사해야죠. 그래야 어디서부터 시작해야 하는지, 진짜 핵심 문제가 무엇인지 알 수 있어요. 사고가 나면 현장 조사를 제대로 해야 합니다. 현장 조사. 현장 조사를 나갈 사람이 필요합니다."

"그런 건 누가 하는 건데요?"

"내가 있던 곳에 쓰레기 처리와 우주 사고에 관한 연구를 하는 랩이 있었어요."

"그곳에 현장 조사를 할 수 있는 사람이 있나요?"

그의 동공이 천천히 작아졌다. 말을 빨리하느라 급하게 움직이던 가슴도 가라앉고 있었다. 호흡을 가다듬은 그가 테이블에 있던 물을 천천히 비워 냈다. 그의 이야기를 듣는 동안 나도 흥분을 했는지 엉덩이에 땀이 찼다. 일어나서 바지를 정리하고 맞은편으로 자리를 옮겼다. 그러고는 숨을 돌리고 말을 이었다.

"기상 이변에 관한 이야기가 아니었군요, 박사님."

그가 나를 멍하니 바라보았다. 그리고 입술이 마르는 듯 입을 오물거렸다. 그의 초록빛 눈동자가 생각보다 밝다는 것을 깨달았다. 전혀 다른 얼굴처럼 보였다.

"내가 있던 곳으로 돌아가야 할지도 모릅니다."

다음 날 출근했을 때 나는 겁이 났다. 내가 여태까지 봤던 데이터들이 실은 어마어마한 것이었는지도 모른다는 생각이 들었고, 그동안 내가 놓친 엄청난 것들이 지금 되돌아오고 있는 것 같았다. 물론 날씨에 관한 것은 아니다. 그러니까 관측소 직원 중 누구도 발견할 수 없었겠지. 그렇게 생각해도 위안이 되지 않았다.

흥분한 채로 마구 말을 쏟아 내던 방랑자의 목소리가 계속 귓가에 맴돌았다. 그건 아마 김이고 박사의 진짜 모습일 것이다. 천체 물리학을 전공한 김이고 박사는 어떤 사건을 겪었고, 도망치듯 노리터에 들어와서 방랑자로 불렸다. 몇 달째 그런 생활이 이어지고 있지만 누구도 김이고 박사를 찾지 않았다. 우리가 방랑자를 찾을 뿐이었다. 그는 감자스프와 감자튀김만 먹는다. 거의 그렇다. 옥수수 보드카를 달고 살지만 취해서 실수하는 모습을 보인 적은 없다. 읽기 시작한 자료는 마신 술의 양이나 시간과 상관없이 끝까지 읽었다.

나이는 아버지와 비슷해 보였다. 그의 눈은 내가 알고 있던 것보다 더 밝은 초록빛이다. 항상 구부정한 자세로 유령처럼 조용히 움직이기 때문에 키는 정확히 알 수 없다. 대충 나랑 비슷한 것 같고 사장님보다는 작을 것 같다. 야윈 떠돌이 개처럼 노리터에 나타났다고 했는데, 지금은 제법 살이 올랐다. 매일 감자튀김을 먹고 있기 때문이라고 소미가 잔소리를 했다.

그는 10월의 아이들 1세대로 국가기관에 의해 길러졌다. 머리가 좋았을 것이고, 그래서 많은 공부를 했을 것이다. 천체 물리학을 전공했고, 국립 연구소에 들어갔고, 그다음에는 어떤 일이 일어났는지 알 수 없다. 그 부분이 가장 중요한 이야기겠지만, 그래서 듣고 싶지 않았다. 누구에게도 말할 수 없는 이야기의 경우, 이유는 둘 중 하나다. 수치스럽거나 위험하거나. 어느 쪽의 이야기든 듣고 싶지 않았다. 나에게는 그저 똑똑하고 부산스러운 방랑자 박사인 걸로 충분했다.

2주째 돌발적인 날씨가 나타나지 않았고, 일기예보도 제법 맞는 것처럼 보였다. 사람들이 회식을 하자고 했다. 다들 기분이 좋아 보였다. 하지만 나는 빨리 노리터로 달려가고 싶었다. 퇴근을 하자마자 차에 올라 속도를 올렸다. 이상한 불안감이 엄습했다. 방랑자의 멀쩡한 얼굴을 보기 전까지는 내가 멀쩡할 수 없을 것 같았다.

노리터의 문을 세차게 열고 들어가니 소미가 놀란 얼굴로 나를 쳐다봤다.

"도브, 어서 와. 그런데 지금 이 사람 상태가 안 좋아."

사장님이 3번 테이블 앞에 앉아 있었고, 소미는 나에게 달려와 손을 잡아끌었다.

"이 사람 왜 이러지? 도브, 혹시 뭐 아는 거 없어?"

방랑자가 머리를 부여잡고 테이블에 이마를 박고 있었다. 머리를 잡아 뜯으며 같은 말을 반복했다.

"뭐야. 뭐가 진짜야. 뭐야. 뭐냐고. 진짜? 진짜 그랬어? 이게 진짜야?"

사장님은 방랑자가 이마를 박지 못하도록 그의 몸을 잡아 두었고, 소미는 테이블에 행주를 여러 겹 깔았다. 사장님은 그의 옆에서 괜찮다는 말을 계속해 주었고, 소미가 바 안쪽에서 전화기를 집어 들었다. 내가 다급하게 끼어들어 소미의 팔을 붙잡았다.

"어디에 전화하게."

"구급차라도 불러야 하지 않을까. 저러다 사람 다 망가지겠어."

"이 사람이 어디서 왔는지, 어디서 도망쳤는지도 모르잖아."

"그게 문제가 아니잖아! 지금 완전히 미쳐 가고 있다고."

"아니야. 우리가 진정시키면 돼. 알잖아. 이 사람은 도망자야."

"도망…… 아니야, 그래도!"

사장님이 우리를 향해 "쉿!" 소리를 냈다. 방랑자의 반복되는 말이 줄어들고 있었다. 몸의 떨림도 잦아들었고, 머리를 박는 것도 멈췄다.

"괜찮아요? 나 도브예요."

"도브, 도브, 도브, 도브……. 도브는 진짜인가."

"나는 진짜예요. 여기는 노리터고 우리는 진짜예요."

"지금 내가 떠올린 것들도 진짜인가."

"뭐가 떠오른 거예요."

내 말에 반응하기 시작한 방랑자의 모습에 소미가 바닥에 주저앉았다. 그러고는 당장이라도 울 것 같은 표정으로 "미친 아저씨야." 하고 중얼거렸다. 사장님이 소미를 토닥였고, 나는 방랑자의 말에 집중했다.

"기억이 돌아온 거죠?"

"일부가."

"응. 잃어버렸던 기억의 일부가 돌아온 거죠?"

"버려진 1세대가 있었습니다. 그리고 2세대가 만들어졌습니다."

"10월의 아이들?"

"2세대 김도브. 나는 1세대 김이고."

그가 누구에게도 말해서는 안 된다고 했던 자신의 정보를 늘어놓으려고 했다. 막아야 하는 건지 놔둬야 하는 건지 모르겠다.

"1세대 김이고 박사. 그리고 김환 박사."

"그 사람은 누구예요. 같이 일했던 사람?"

방랑자는 다시 까마득한 기억 속에서 길을 잃기 시작했다. 그가 헤매고 있는 기억 속에는 누가 있는지, 무엇이 있는지 모른다. 내가 두려워했던 것도 바로 이런 것이었다. 내가 무언가 놓쳤을지도 모른다는 사실 말이다. 방랑자는 자신이 잃어버린 기억을 두려워하고 있는 것 같다. 그가 놓쳤던 것은 기억인지, 사람인지, 아니면 자신인지 아무도 모른다. 그런 그에게 무언가 말해 보라고 부추기는 것은 폭력이다.

무엇이 저렇게 혼란스러운 걸까. 진짜냐고? 현실인지를 묻는 것이었을까? 진짜, 진짜와 가짜. '진짜 그랬어?'라는 말은 '하면 안 되는 일을 진짜로 했어?'라는 뜻인가? 어제 우주 쓰레기에 대해서 떠들다가 떠오른 게 있었나? 연구소로 돌아가야 할지도 모르겠다는 결론에 도달했기 때문에 억눌러 왔던 기억이 살아난 건 아닐까? 그러니까 방랑자는 연구소에서 도망쳐 나왔나? 왜? 그럼 왜 다시 돌아가겠다는 다짐을 하는 거지? 왜? 버려진 1세대라는 건 무슨 뜻이지? 2세대가 만들어졌다는 건 또 뭐야. 진짜 뜻이 뭐야.

방랑자를 쳐다봤더니 그는 잠든 사람처럼 가만히 있었다, 아니, 나한테만이라도 이야기를 해 줘요. 뭐예요? 무슨 기억이 돌아온 거예요? 1세대, 2세대가 뭐요? 나는 나에 대해 생각하는 걸 별로 안 좋아해요. 이제 그만 정신 차리고 나한테 우주 쓰레기에 대해서 얘기해 줘요. 우주 사고를 몇 건이나 찾아냈죠? 말해 봐요.

현실 감각을 되찾아야 해요, 당신도 나도. 이렇게 있으면 존재에 대해서 생각하게 돼요. 아버지의 파트너를 찾으러 왔다는 것도 다시 떠올리게 해 주세요. 나, 피하고 있었거든요. 생각하고 싶지 않아져 버려서요. 내 얼굴이 점점 일그러지고 있는 게 느껴졌다.

그때 잠에서 깬 듯 방랑자가 말했다.

"음악을 들어야겠습니다."

소미와 사장님이 오픈을 준비하며 달그락거리는 소리가 들렸다. 현실이다. 여기는 노리터고, 나는 퇴근하고 술집에 놀러 온 손님이고, 내 앞에 있는 사람은 방랑자다. 방랑자는 PC를 켜면서 노래를 흥얼거렸다.

8. 지지도 모르는 것

"김도브 씨도 가족은 없는 거군요."

"그렇죠."

갑자기 지지가 말을 걸었다. 모두가 지지를 '지지'라고 불렀지만, 그게 진짜 이름인지는 모르겠다. 지지는 모든 사람에게 존칭을 붙였고 존댓말을 했다. 지지는 늘 노리터의 사람들을 관찰했고, 무언가를 읽거나 쓰고 있었다. 대개 알아볼 수 없는 언어들이었는데, 사장님은 지지가 연구를 위해 노리터에 와 있다고 설명해 줄 뿐이었다.

아무도 지지에 대해 아는 게 없는 것 같았다. 하지만 누구도 지지에게 거부감을 느끼지 않았다. 그 애는 있는 듯 없는 듯, 유령처럼 존재했다. 오히려 유령 같은 지지가 나에게는 눈에 띄었다. 그래서 지지를 관찰하다가 눈이 마주치면 황급히 고개를 돌리곤 했다.

그런 지지가 나에게 먼저 말을 걸어온 것이다.

"DNA 제공자라는 남자가 연락을 해 왔다는 이야기를 들었어요."

"임종을 지키는 일일 뿐이었지만 어쨌든 아버지라고 부르긴 했죠."

"그를 가족이라고 할 수 있나요?"

"아버지라고 부를 사람이 없었을 때랑은 다르더라고요."

"김도브 씨는 가족이 무엇인지 아는 사람처럼 말하는군요. 마치 가족이 있는 것처럼."

"가족이 있는 것 같다는 거, 무슨 뜻이에요?"

지지는 입술을 만지작거리며 눈을 굴렸다.

"당신도 국가가 키웠겠군요."

"국가가?"

잠시 망설여야 했다. 시설에서 자랐으니 국가가 길러 준 것으로 봐야겠지만 국가의 존재를 의식한 적은 없었다. 지금도 그렇다. 기상관측은 국가적 차원의 일이긴 하지만 내가 국가의 일을 하고 있다고 생각하지는 않았다.

"국가기관에서 파견한 양육자가 키운 것 아닙니까?"

지지가 말하는 양육자라는 건 방랑자가 이야기했던 '부모' 역할을 하는 국가기관의 요원을 뜻하는 걸까. 그렇다면 지지는 방랑자처럼 국가기관에서 관리했던 걸까. 말을 걸어온 것은 지지였지만 이제는 내가 더 궁금한 입장이 되어 지지 옆으로 의자를 옮겨 앉았다.

"당신은 10월의 아이들이니까 부모가 없지 않습니까."

"그럼 지지는 양육자가 있었어요?"

"그렇습니다."

"지금도 양육자와 함께 사나요?"

"아니요. 독립할 나이가 되어서요."

"그렇구나. 나도 독립할 나이가 되어서 혼자 살게 되었어요."

"양육자는 좋은 사람들이었습니까?"

"나는 시설에서 자랐어요."

"시설? 연구소 같은 곳에서 자랐다는 겁니까?"

지지가 조금 놀란 얼굴로 물었다.

"시설이 뭔지 모르나요?"

"연구시설이 아니면, 글쎄요. 달리 뭐가 있죠?"

3번 테이블에 앉아 있던 방랑자가 다가왔다. 그러고는 내 옆에 앉아 지지를 바라보았다.

"두 사람의 대화가 흥미롭네요."

"방랑자 씨는 김도브 씨가 말하는 시설이 무엇인지 아십니까?"

방랑자가 웃음을 지어 보였다. 설명은 나에게 맡기겠다는 표정이었다.

“지지는 뭐든 아는 줄 알았는데.”

“대부분은 알지요.”

“푸하하. 그래요. 지지는 똑똑하니까요.”

“그래서 김도브 씨가 말하는 시설은 뭡니까?”

어디서부터 어디까지 이야기해야 하는지, 어떻게 설명해야 똑똑한 지지가 알아듣기 쉬울지, 깊은 숨이 푸우 하고 쏟아졌다.

“인구수를 맞추기 위해 만들어진 아이들은 부모가 없죠. 혹은 사고나 사정에 의해서 가족을 잃거나, 가족이 버린 아이들도 있고요. 시설은 그런 아이들을 보호하기 위해 존재하는 곳이에요. 다양한 아이들이 모여 사는 집 같은 건데. 이해되나요?”

물론 지지는 이해하고 있었다. 하지만 그런 곳이 있다는 건 처음 듣는다는 표정이었다. 정말 그런 곳이 있다고? 왜 그런 곳이 필요하지? 국가가 관리하면 되는 일 아닌가? 지지가 생각하는 것들이 눈에 보이는 듯했다.

“그러니까 보육시설이에요.”

“그럼 여러 양육자와 여러 아이들이 함께 사는…… 공동체 같은 건가요?”

지지는 로봇처럼 모든 지식을 가지고 있는 것처럼 보였지만 동시에 아무것도 모르는 아이 같기도 했다. 로봇 아이. 로봇 아이에 가까웠다.

"공동체라고 하긴 어려워요. 어쨌든 정부가 관리하고 있거든요."

"그런 곳은 처음 듣습니다."

방랑자의 웃음소리가 들렸다.

"보육 선생님과 학습 선생님, 그리고 가사 일을 해 주시는 전문가분들이 함께 살아요. 우리는 어머니, 이모, 삼촌 등의 호칭으로 그들을 불렀고요. 물론 그 단어의 진짜 뜻을 알고 쓰는 아이는 없었어요."

"양육자를 어머니나 아버지로 부르는 것과 비슷한 거겠죠."

"맞아요. 그런 것 같아요. 하지만…… 내가 말하는 건 우리에게는 가족이 없는데, 왜 가족을 부르는 단어를 써야 하는지 궁금증을 가진 아이가 하나도 없었다는 거예요."

"김도브라는 이름은 누가 지어 줬나요?"

"잘 모르겠어요. 국가에서 지어 준 이름인지 시설에서 지어 준 이름인지. 글쎄요."

"지지라는 이름은 국가가 주었습니다."

언제나 로봇 같다고 느꼈지만 방금 말에서는 지지가 인간이 맞을까 하는 물음이 떠오를 만큼 이상한 느낌을 받았다. 옆으로 돌아 방랑자를 보았다. 방랑자는 어쩔 수 없다는 표정을 지어 보이며 씁쓸하게 웃었다. 방랑자가 자신의 이름을 말하지 않는 이유가 마치 지지의 말 안에 있다는 듯. 정말 이상한 표현이지만,

방랑자는 지지를 아들처럼 바라봤다.

"우리 이름이 왜 김도브인지, 김바나인지, 윤별기 혼자 왜 윤씨 성을 가졌는지, 토라에게는 왜 서리라는 동생이 있는지, 아무것도 몰랐어요. 서로 몰랐고, 본인도 몰랐고. 초등과정의 마지막 즈음에야 시설이 일반적인 집과 다르다는 것을 알았죠. 초등과정 수업은 시설 내에 있는 학교에서 이뤄졌어요. 우리에게는 우리밖에 없었다는 뜻이죠. 시설 밖의 애들을 본 적이 없었어요."

"그 친구들은."

"친구라고 하네요."

"아, 그 아이들은."

지지답지 않은 단어가 튀어나왔을 때 놀란 것은 내가 아니라 방랑자와 지지였다. 방랑자가 '친구'라는 단어를 지적하자 지지는 곧 '아이들'이라는 단어로 고쳐 말했다.

"친구나 가족은 아닌가요?"

"친구라고 할 수는 있겠죠. 하지만 어떻게 해도 가족이 되진 못했어요."

"모두 그랬나요?"

"물론 모두 그렇진 않았죠. 우리는 다 다른 사람들인데요."

"왜 가족이라고는 할 수 없었죠?"

지지의 질문에 점점 속도가 붙었다. 지지의 얼굴에도 덩달아 혈색이 돌았다. 사람이라는 것을 증명하듯.

"글쎄요. 초등과정이 끝나고 난 뒤에 같은 학교로 배정된 아이들이나 같은 방에서 생활하는 아이들끼리 계속 친하게 지내는 경우는 많았어요. 우리는 자매처럼 지내자, 우리는 정말 형제처럼 서로를 돌봐 주는 거야, 하고 맹세하는 아이들도 있었지만 그게 영원하지는 않더라고요."

"아직 영원에 가 보지 않았는데도 그렇단 말이죠."

"영원……."

고개를 돌려 방랑자를 쳐다보았다. 방랑자의 눈이 슬퍼 보였다. 그리고 조금 아파 보였다. 작은 목소리로 방랑자에게 속삭였다.

"저기 괜찮아요? 지지가 '영원'이라고 했어요."

방랑자가 작은 목소리로 답했다.

"조금 슬프긴 해요."

"시설에 대해 더 얘기해 줄 수 있나요?"

지지가 다시 나를 불렀다.

"그래요."

"중등과정에 가서는 어떻게 되었나요?"

"일반 학교에 진학했죠. 시설 아이들도 초등과정의 고학년쯤엔 배워요. 일반 가정의 아이들은 가족과 함께 사는 집이 있고, 학교에 간다는 것을. 우리도 학교에 가긴 했지만 학교가 시설 내부에 있어서 느낌이 달랐어요. 그건, 무척 큰 차이죠."

"어떤 차이인가요? 교육 내용이 다릅니까?"

"아뇨. 그건 아니지만."

"하하. 본격적으로 지지가 몰랐던 세계가 펼쳐지는군요."

방랑자가 웃으면서 말을 얹었다.

"당신은 이런 곳이 있다는 것을 알고 있었습니까?"

방랑자는 대답 대신 고개를 끄덕였다. 그러고는 남은 위스키를 들이켰다.

"가족이 있는 아이들과 없는 아이들이 함께 자란다고 해도 그들의 차이는 줄어들기 쉽지 않죠. 열 살이 넘도록 분리되어 자란다는 건 아이들의 혼란과 편견을 키울 뿐인 것 같아요."

"저는 국가가 길렀지만 한 번도 그런 것을 느껴 본 적이 없습니다. 나도 가족이 없기는 마찬가지입니다."

"당신은 일반 학교에 다녀 본 적이 없는 거죠?"

"일반 학교?"

이제부터는 내가 아니라 방랑자가 대답해 줘야 할 때가 된 것 같아 옆을 바라봤지만 방랑자는 없었다. 3번 테이블도 비어 있었다. 화장실에라도 간 모양이었다.

"그 부분은 방랑자에게 듣는 게 좋겠어요. 아무튼 교육 과정이 올라갈수록 편견은 희미해졌지만 차이는 커졌어요."

"무엇이 가장 달랐습니까? 가족이 있는 이들과 없는 이들 사이에요."

"가족이요."

"그게……."

"가정이 있다는 거요. 이런저런 말을 하는 부모가 있다는 거요. 그리고 그들이랑 피로 이어져 있다는 것. 모두가 그런 것은 아니지만 부모는 아이를 끝까지 책임지려고 한다는 거요. 여러 많은 것이 달랐죠."

"어머니라는 단어를 아는 것부터 달랐군요."

"응. 그런 것부터."

"어쨌든 김도브 씨도 국가가 키운 거군요. 처음 질문은 그거였는데."

"국가가 도와줬다고 하는 게 맞을까요. 국가가 길러 줬다고 생각한 적은 한 번도 없어요."

"어째서요?"

"글쎄요. '국가'라는 게 눈에 보이지는 않으니까."

지지가 이해할 수 없다는 표정을 지었다.

"확실한 건, 나만 그렇게 느낀 게 아니라는 거죠. 시설 출신의 아이들은 대부분 그렇게 생각했을걸요? 당연히 받아야 할 걸 받고 있을 뿐이고, 그게 정부의 돈에서 온다는 것 정도로 생각한다는 거죠."

"나는 국가가 키웠습니다."

"지지는 지금도 국가기관에서 일하고 있죠?"

"평생을 국가기관에서 자랐습니다."

"파견된 양육자가 기른 게 아니고요? 방랑자는……."

"아마 그 시스템에는 많은 문제가 있었던 것 같습니다. 역시 진짜 부모와는 다른 무언가가 있는 모양이죠."

"그거야."

"나는 국가기관에서 태어났고, 그 안에서만 자랐습니다. 학교를 다니지 않았어요. 기관에 소속된 아이들은 그 안에서 자라고, 교육을 받았습니다. 하지만 김도브 씨의 말대로라면 내가 살았던 곳과 시설은 많이 다른 듯하군요. 우리는 이미 해야 할 일이 정해져 있었고, 그 일을 할 수 있는 사람으로 자라기 위해 교육받았어요. 그리고 현재 국가기관에서 일하고 있죠. 지금도 소년동에 가면 아이들이 공부하는 모습을 볼 수 있고, 연구도 하고 있습니다."

"소년동……."

지지가 아무렇지 않게 하는 말에는 충격적인 사실이 아무렇지 않게 섞여 있었다.

"네."

"그럼 지지는 기관이 아닌 곳에서 살아 본 적이 없어요?"

"네."

"한 번도? 잠시도?"

"네. 그렇습니다. 외박을 할 경우에는 외출 전 보고를 해야 합니다. 물론 예외도 있습니다만, 언제 어떤 일이 벌어지든 보고해야 하는 것은 똑같습니다."

"친구는요?"

"네?"

"기관에서 함께 자란 친구들도 있을 거 아니에요."

"다들 어딘가에서 자기 일을 하고 있겠죠."

할 말을 잃고 멍하니 지지를 바라보았다. 곧 방랑자가 돌아와 옆에 앉았다.

"지지는 정말 나의 젊은 시절을 보는 것 같군요."

방랑자가 부드러운 목소리로 말했다.

"제가 말입니까?"

"도브도, 지지도, 그리고 나도 국가 정책에 의해 만들어진 10월의 아이들이지만 우리 셋에게는 큰 차이가 있습니다. 지지, 이해되나요?"

"다른 곳에서 자랐고, 다른 일을 하고 있죠."

"그래요. 하지만 그전에 이미…… 우리는 다르게 만들어졌을 거예요."

"가족과 친구가 없다는 점에서 김도브 씨와도 다르다는 건가요?"

"그렇게 된 데에는 이유가 있을 거예요."

"저는 나쁜 사람이 아닙니다."

"알아요."

방랑자가 웃으며 대답했다. 그러고는 위스키병을 가져와서 잔을 채웠다. 3번 테이블 장부에 오늘 마신 술의 양을 입력했다.

"김도브 씨."

"네."

"나는 왜 평생 국가기관에만 있었던 거죠? 당신은 그래도 시설에서 가족 비슷한 것도 있었고……. 당신과 내가 뭐가 다른 거죠?"

"아마도 국가가 그러길 바랐기 때문에요?"

"음모론입니까?"

"아뇨. 국가가 판단했을 거라는 말이에요. 내가 시설로 보내진 것과 당신이 국가기관에 보내진 것에는 국가의 결정이 있지 않았을까."

"왜요? 기관은 왜 당신은 원하지 않고, 나는 원했죠?"

"그건 그들만이 알겠죠."

방랑자가 답했다.

"국가가 인간의 탄생에 개입했다는 겁니까?"

"이미 인간은 손을 대선 안 되는 영역에 너무 많이 관여했습니다."

"인간들이 더 나은 삶을 살 수 있도록 관리하는 것이라고 봐야 하지 않습니까?"

"그렇게 시작된 일이긴 했지만, 시작과 끝은 다를 수 있다는 생각을 못 했던 거죠. 정확히 알고는 있지만 상관없다고 판단했을 것 같군요."

방랑자와 지지 사이에 불붙듯 이야기가 오갔다. 방랑자에게 이쪽에 앉겠느냐고 물었다. 방랑자는 조금 서글픈 표정으로 고개를 끄덕였고, 두 사람은 더 가까이 앉아 서로를 보게 되었다. 나는 그들의 옆에서 옥수수 과자를 씹었다. 원래 이렇게 텁텁했나? 혼잣말이 나왔지만 '응. 원래 텁텁했어.' 하고 대답하는 사람은 없었다. 소미라면 이 대화를 어떻게 들었을까.

"10월의 아이들 1세대는 모두 그런 생각을 했습니까?"

"글쎄요. 아닐 것 같지만, 지금쯤 모두 그런 생각을 하며 살아 있으면 좋겠군요."

지지가 고개를 돌렸다. 깊은 생각에 빠진 것 같았다. 지지가 과연 이 이야기에 대해 깊이 생각해 볼 수 있을까, 하는 의심이 들었다.

"도브는 어떻게 생각해요?"

"네?"

"나의 이야기야말로 음모론에 가깝지 않나요?"

"나는 국가가 한 일들을 잘 몰라요. 당신과 나는 많이 다른가요? 그러니까 1세대와 2세대에는 얼마나 큰 차이가 있는지 궁금해졌어요."

“글쎄요. 10월의 아이들이 처음으로 탄생하게 됐을 때는 어떤 기대감도 있었겠지만 염려도 되지 않았을까요. 일단 정부가 나서서 시작한 일이었으니까 우리에게 문제가 있어서는 안 됐을 거예요.”

“그 말은.”

“그들이 한 일에 정당성을 부여하기 위해서는 우리에게 문제가 있어서는 안 되었을 거라는 뜻이죠.”

“……그럴 리가.”

깊은 침묵을 깨고 지지가 말을 꺼냈다.

“무슨 말인지 알겠습니다. 이해가 안 되는 건 아닙니다만, 그게 김도브 씨와 저에게도 관련된 일인가요?”

“거기에 포인트가 있다면요. 지지와 도브 사이에는 만들어질 때부터 다른 계획이 있었을 수도 있다는 겁니다.”

“계획.”

지지의 눈에는 더 많은 질문이 담기기 시작했다. 나는 그대로 말을 잃어야 했다. 옥수수의 텁텁함을 느끼면서, 집에 돌아가는 길을 생각했다. 더 이상 이 문제에 대해서는 알고 싶지 않았다. 처음 노리터에 들어왔을 때가 떠올랐다. 쥐. 나는 쥐. 나는 쥐이고 싶다. 나는 왜 쥐가 아닌가요? 아버지, 당신은 왜 나를 만들게 놔뒀나요. 나에게는 아무런 문제가 없나요.

방랑자에게도 지지에게도 물을 수 없는 질문들이 이제야 튀어나온다. 아버지가 있었을 때, 그가 나에게 궁금한 게 많다는 표정을 지었을 때 물었어야 하는 것들이었다.

“당신은 지금 당신이 하는 말이 무엇을 의미하는지 알고 있어요?”

새삼 지지가 낯설고도 심각한 얼굴로 방랑자를 보며 물었다.

“지지가 생각하는 게 무엇이든 비슷할 겁니다.”

“DNA 조작이라든가 그런 것도 포함하느냐고 묻는 겁니다.”

“필요하다면 충분히 할 수 있었겠죠.”

“진심으로 그렇게 생각합니까?”

“도브는 어떻게 생각해요?”

“충분히 가능하죠. 지지가 그런 생각을 못 했다면 그게 더 이상할 것 같은데.”

둘의 대화에 다시 끼게 되면서 나를 만든 사람들을 떠올렸다. 그리고 아버지의 파트너를 찾으러 여기까지 왔는데, 정작 그 사람에 대해서 오랫동안 잊고 있었다는 걸 깨달았다.

“지지, 똑똑하고 건강한 아이가 똑똑하고 건강한 어른이 될 확률이 높죠.”

“그렇죠.”

“당신 기억 속에 어린 당신은 어떤 아이였습니까?”

“똑똑하고 건강한 아이였습니다.”

“그리고 지금은?”

"똑똑하고 건강한 어른이 되었죠."

"그래서 무슨 일을 하나요?"

"언어학 연구실에 있습니다. 오래된 언어들과 새로운 언어들을 정리하는 일입니다. 나는 컴퓨터가 놓치는 것을 찾을 수 있으니까요. 기록의 오류를 줄여 나가는 일을 하는 셈입니다."

"무엇을 위해 살죠?"

"너무 현학적인 질문으로 가는 것 아닌가요? 내가 인간이 맞느냐고 묻는 거라면 맞습니다."

"아, 지지. 당신이나 나는 너무나 인간적이라는 게 문제입니다. 그건 도브도 마찬가지입니다만 우리와는 또 다르죠."

"당신과 내가 그렇게나 문제적입니까?"

"피상적으로 얘기할 수 없을 뿐입니다."

지지는 다시 입을 닫았다. 두 사람 사이에는 어떤 기류도 흐르는 것 같지 않았다. 그게 지지 그리고 방랑자가 나와 다르다는 것을 증명하는 부분일 수도 있다. 그 둘은 언제나 똑똑했고, 언제나 지나쳤다. 그렇지만 지지와 방랑자는 또 다르다. 이들이 계획적으로 만들어졌다면 나는 무엇을 위해 만들어졌을까.

인간은 너무 멍청해요. 왜 자신이 태어났는지 알 수 없잖아요. 누가 알려 준다고 해도, 그게 진실인지는 알 수 없고요. 믿을 수 있을까요? 끝까지 믿을 수 있는 게 있을까요? 나는 당신에게 무언가를 묻기엔 아무것도 준비된 게 없었어요. 조금만 더 일찍 찾거나 아예 날 찾지 말았어야 했어요.

"기억을 잘 더듬어 봐요. 당신의 머리가 기억할지도 모릅니다."

방랑자가 지지에게 말했다. 하지만 꼭 나에게 하는 말 같았다. 내가 기억하는 어린 시절이나 내가 기억하는 병상의 그와 내가 기억하는, 내가 기억하는, 내가, 기억하는…….

지지는 PC를 닫고 오른팔에 찬 팔찌를 만졌다. 그가 매일 하고 다니는 팔찌에는 작은 화면이 달려 있어 스마트워치와 비슷해 보였지만 전혀 알 수 없는 이미지들만 떠 있었다. 꾸미기 위해 차고 다니는 팔찌처럼 보이기도 했으나 투박한 느낌을 지울 수가 없었다. 그런 기기들조차 "국가기관에서 나왔습니다."라고 말하는 듯했는데, 정작 지지는 알지 못했다. 평생 기관에서만 보고 배우고 생활했다면 당연한 일이었다. 그가 봐 온 세상은 "국가기관입니다." 혹은 "국가기관에서 나왔습니다."라는 말만 했을 것이다.

지지에게 다가가면 편안했지만 아무것도 판단하지 않을 것이라는 막연한 믿음 때문이었다. 그가 특별히 따뜻하고 부드러워서가 아니었다. 친절해서는 더더욱 아니었는데, 지지는 사회성이 부족한 사람처럼 보였다. 악의는 없었기에 누구도 화를 내기가 어려웠다. 그런 부분도 나에게는 편안했다.

지지가 바에서 일어나며 말했다.

"저는 머리가 좋아요. 당연히 기억력도 좋습니다."

"지지의 기억력에 문제가 있다고 하는 게 아닙니다. 지금 당신이 떠올리는 것이 당신의 기억이 맞는지 묻고 싶었습니다. 이렇게 대놓고 물을 수 있게 되다니. 나는……."

"당신은?"

"다시는 돌아갈 수 없겠군요."

"당신을 키워 준 곳으로 말입니까?"

"무엇이 진짜인지 궁금하다면 지지는 찾아낼 수 있을 거예요. 당신은 똑똑하니까."

"네. 하지만 내가 알아야 하는 것이 더 있습니까?"

"들키지 않으면 괜찮겠지만. 글쎄요. 도망 다니는 것도 나쁘지 않을 만큼 괜찮은 진실일지도 모르니까요. 흥미가 있다면 의심해 보십시오."

"들키지 않으려면 연기를 해야 하죠."

"지지, 당신은 정말……."

방랑자가 실없이 웃는 사이, 나는 지지를 올려다보았다.

"지지는 젊은 시절의 나를 그대로 빼다 박아 놓은 것 같군요."

방랑자는 등을 돌려 나를 보며 말했다.

"도브는 당혹스러울 정도로 지혜롭고 단호하고요."

지지는 어떤 말도 덧붙이지 않고 입구로 향했다. 스마트워치로 계산을 마치고 나가는 지지의 뒷모습이 로봇 아이 같았다. 잘못 만들어져 키만 커 버린 로봇 아이라고 상상하니 웃음이 나왔다. 방랑자가 지지를 보면 슬퍼지는 이유를 알 것도 같았다.

사장님은 말없이 설거지를 하고 있었다. 간판 불을 꺼야 할 시간이었지만 소미는 일찍 퇴근했고, 방랑자는 계속 바에 앉아서 빈 잔을 바라보고 있었다. 나는 자동차에 가서 잠을 청할까 하다 콜 서비스를 불렀다. 집에 가서 아버지의 노트를 열어 보고 싶었다.

아버지에 대해 더 알고 싶거나 파트너를 찾기 위해서가 아니다. 지금의 나로서는 그게 제일 먼저 떠오를 수밖에 없었다. 내가 가지지 못한 것들에 대해 생각하면 욕심보다는 궁금증이 생긴다. 예를 들어 가족.

노리터에 있는 시간이 길어질수록 아버지에 대한 생각은 줄어든다. 사람들과 엮일수록 내가 그 사람에 대해 더 알 필요가 있는지 의구심이 생긴다. 그러니까 아버지의 파트너를 찾을 필요도 없는 게 아닐까. 노리터 사람들과 친해질수록 아버지도, 아버지의 파트너 찾기도 점점 잊게 된다.

가족. 가족이라는 단어는 어디에서 왔을까?

9. 박사들—방랑자가 아닌 김이고의 이야기

저도 처음에는 평범한 일반 학교에 다녔습니다. 가족 비슷한 것도 있었고요. 지금은 제가 가진 기억 전부가 제가 경험한 것인지 의심스럽지만. 일단은 그렇습니다.

어느 날 학교에 이상한 소문이 돌았어요. 인간이 아닌 사람들이 있다고. 10월의 아이들이라고 불리는데, 그런 애들은 가족도 없고 집도 없어서 나라에서 먹이고 재워 준다고. 뭐, 그게 이상한 건가 싶으면서도 애들은 다른 것이라면 질색하지 않습니까. 저도 신기한 척, 이상한 척 맞장구를 쳤죠.

학교에서 몇 가지 서류를 가져오라고 했던 날이었습니다. 저는 같이 살았던 어른, 그러니까 아버지에게 서류에 대해서 이야기했습니다. 아버지는 요즘 같은 세상에 그런 걸 서면으로 받느냐며 중얼거리시더니 선생님께 연락하겠다고……. 네, 애들과 다르지 않고 싶다는 생각을 했습니다. 저도 서류를 챙겨서 주변에게 건네는 모습을 아이들에게 보여 주고 싶었습니다. 제가 다르다는 것을 몰랐지만 그냥 다르면 안 될 것 같아서였어요.

아버지는 선생님과 통화를 하더니 곧 컴퓨터 앞에 앉아 메일을 보냈습니다. 안 보는 척 아버지 옆을 지나치며 모니터를 보았는데, 파일 하나를 첨부하더군요. 분명 선생님이 말한 서류는 세 종류였는데요. 단 한 개의 파일이었습니다. 파일명에 몇 자리 숫자가 있는 것을 보았습니다. 이름이나 서류명 같은 게 아니었어요.

어른들은 무엇이든 애들보다 잘하니까. 그래, 주제넘게 떠들지 말자, 하고 지나쳤습니다.

며칠 뒤, 몇몇 아이들이 저처럼 서류를 내지 않았다는 것을 알았습니다. 그리고 그들은 모두 양육자가 선생님에게 직접 파일을 보냈다는 것을 알았습니다. 얼마 지나지 않아 아이들 사이에서 그 '다름'에 대한 소문이 돌기 시작했죠. 저는 그게 진실일 거라고 생각해 보지 않았습니다. 진실일 수도 있고, 소문일 수도 있고, 망상일 수도 있고. 무엇이든 확실한 근거가 있어야 하지 않겠습니까?

그런 사람이기 때문에 오히려 국가를, 시스템을 믿었던 것일지도 모르겠습니다. 몰두는 마비의 한 종류 같아요. 무엇이든 가능하다고 믿는 사람이 실패의 가능성도 믿는, 그런 유연함은 사라집니다. 경도……. 경도예요.

웃는 연습을 했습니다. 아버지는 제가 웃는 모습이 어색하다고 했어요. 눈이 웃질 않는다. 입이 어색하다. 근육을 더 사용해라. 매일 다른 요구를 했습니다. 저는 하나를 제대로 해내는 것도 힘든데, 점점 추가되는 것들이 많아졌어요.

웃는 연습을 하기 위해 표정 연습 영상을 찾아보고 있었습니다. '사이코패스의 표정 연습'이라는 영상이 있었어요. 내가 사이코패스는 아닐까, 잠시 고민했습니다만 저는 벌레의 날개를 뜯는 아이들의 장난을 무척 싫어했다는 걸 떠올렸어요. '안드로이드가 짓는 자연스러운 표정, 놀라운 기술!' 그런 제목의 영상도 있었습니다. 'facial expression'……. 네, 인간의 기술력이 여기까지 왔다고 자랑하는 것 같았어요. 1분을 못 채우고 화면을 꺼 버렸습니다.

거울 속의 제 표정을 보았습니다. 웃을 수 없었어요. 웃고 싶지 않았어요.

아버지가 계속 표정 연습을 해야 한다고 했습니다. 하지만 저는 목소리를 연습하고 싶었어요. 저도 다른 아이들처럼 왁자지껄하게 떠들고 큰 소리로 욕도 해 보고 싶었습니다. 애들은 제가 로봇 같다고 놀렸지만 아버지는 제가 조금 성숙할 뿐이라고 했습니다. 그렇다고 어른들이 좋아하는 착한 아이처럼 보이지는 않았던 것 같아요. 그냥 조용하고, 조금 어두운 아이. 어딘가 이상한데, 그게 무엇인지 콕 집어 말하기는 어려운 아이. 네, 계속 이상했습니다. 저도 제 자신이 어색하고 이상한데, 다른 사람들 눈에는 더 그랬겠죠.

아이들은 자기를 미워하기 쉽죠.

표정 연습을 했습니다. 항상 내가 안드로이드는 아닐까, 연구소에서 만들어진 이종은 아닐까 상상하면서 아버지 말을 따랐습니다. 그는 친절하고 책임감이 강했습니다. 하지만 다정하고 따뜻하지는 않았죠. 그래서 더 제가 사람으로 느껴지지 않았던 것 같네요…….

저…… 보드카를 한 잔 더 가져오겠습니다. 입안이 텁텁하군요.

중등과정에 진학할 때쯤, 아버지는 이사를 할 거라고 했어요. 이사를 하고, 중등과정에 진학하고, 이번 이사 후에는 아마도 계속 그곳에 살게 될 거라고 했습니다. 그 동네에는 저처럼 조용하고 머리가 좋은 아이들이 많이 있다고 했습니다. 저에게도 친구가 생길 것이고, 생기지 않아도 나쁜 일은 아니니 너무 신경 쓰지 말라고 했습니다. 참 이상한 말이지요. 웃는 게 이상하니 연습을 하라고 했던 분이, 친구가 생기지 않아도 신경 쓰지 말라니요.

그 나이에는 친구들이 제일 중요하지 않습니까.

학교는 정말 저랑 비슷한 아이들만 모아 둔 것 같았습니다.

초등과정 때와는 전혀 다른 분위기였는데, 저는 그게 나이를 먹어 성숙해졌다던가 하는 건 줄 알았습니다. 그때는 그랬어요. 환이는 그때 만났습니다. 그다지 눈에 띌 만한 외모는 아니었지만, 그 친구의 눈은 아주 밝은 갈색이었습니다. 그래서 눈이 마주치면 꼭 빠져드는 것 같았지요. 참 잘 웃었는데, 웃는 게 전혀 어색하지 않았습니다. 오히려 맑고, 밝았습니다.

아, 그런 걸 해사하다고 하는군요. 해사하다. 해사하다. 그 친구와 잘 어울리는 발음의 단어네요. 친구의 이름을 '해사'라고 지었어도 좋았겠습니다.

제가 웃고 있다고요?

그럴 수도 있겠네요. 김환, 그 친구와 있으면 자주 웃게 됐습니다. 그래서 저도 비교적 자연스럽게 웃을 수 있게 되었지요. 아버지는 제가 웃는 모습이 좋아졌다고 했습니다. 근육에서 힘을 빼는 법을 배웠구나. 뭐 그런 말을 했던 것 같습니다. 가끔 집에 친구를 데려오면 짧게 인사도 해 주셨고, 저녁을 차려 주시기도 했습니다. 아버지도 환이가 마음에 들었던 게 아닐까 생각합니다.

그렇게 환이와는 평생의 친구가 되었습니다.

중등과정의 마지막 학년 때였습니다. 그때 저는 과학에 매료되어 있었어요. 물질을 이루는 것들을 관찰하고, 기록하고, 수치를 재고, 그런 것에 푹 빠져 있었습니다. 어쩌다 새로운 물질을 발견하게 되면 그때 저는 어떤 표정을 지을까 궁금해하면서요. 결국 전혀 다른 공부를 하게 됐고, 전혀 다른 일을 했지만 어린 저는 그런 일에 눈을 반짝이며 생기를 찾아 갔습니다. 조금씩이지만, 내가 인간이 되어 가는 것 같았어요.

환이 역시 제가 하는 일을 좋아했습니다. 과학을 좋아했지만 저만큼 좋아하지는 않았고, 음악이나 미술 같은 과목에 흥미를 보였습니다. 그래서 제가 학교 실험실에 남아서 정체불명의 짓거리를 하고 있으면 친구가 옆에서 흥얼거리며 지켜보았지요. 그 시간이 가장 평화로웠습니다.

김도브 씨가 창밖을 바라보는 것을 좋아했듯이, 저는 현미경이나 컴퓨터를 들여다보는 게 좋았습니다. 마음이 차분해졌습니다. 즐겁기도 했어요. 옆에 있어 주는 친구의 목소리도 좋았습니다. 모든 게 이렇게만 흘러간다면 더 바랄 게 없겠다 싶더군요.

수업이 끝난 여름날 오후 여느 때처럼 학교 실험실에 홀로 남아 이런저런 놀이를 하고 있었습니다. 물질을 관찰하는 것은 공부보단 놀이에 가까웠거든요. 어떤 어른이 찾아왔습니다. 선생님이나 학교 직원은 아닌 것 같은데, 아무튼 너무 아무렇지 않게 다가왔습니다. 저 역시 그가 무섭지 않았고요. 그는 아버지가 돌아가셨다는 말을 전해 주었습니다.

아버지의 죽음을 전하는 사람이 낯설지 않다니, 제가 얼마나 이상한 놈인 걸까 싶지요? 그 순간의 저 또한 그랬습니다. 그가 무섭지 않고, 그가 전하는 아버지의 죽음이 무섭지 않고……. 그래서 제 자신이 가장 무서웠습니다. 바닥에 주저앉았습니다.

그가 이어서 말하더군요. 국가에서 지정해 준 양육자가 저를 키우게 될 것이라고. 하지만 이사를 하거나 전학을 갈 필요는 없다고 하더군요. 아버지의 장례는 어떻게 되나요? 묻지 못했습니다. 저도 아이이긴 했으니까요. 이상하게도 그 질문만큼은 할 수가 없더군요. 무서웠습니다.

나중에야 안 것이지만 아버지의 죽음을 알리러 온 것은 국가기관 소속 요원이었고, 아버지의 장례를 처리한 것도 국가였습니다. 저를 담당하게 된 양육자 또한 국가기관의 요원이었죠. 누가 분명하게 말해 준 건 아니었는데, 자연스럽게 알게 되었습니다. 그때, 알고 싶지 않은 게 있다는 걸 알았죠. 그래서 어른들이 말해 주지 않은 걸까 생각하기도 했습니다. 새로운 양육자도 남자였지만 그를 아버지라고 부를 수는 없었습니다. 저에게 아버지는 한 사람뿐이었으니까요. 그 후로도 저는 두 명의 양육자와 함께 살았습니다.

떠넘긴다는 표현은 어울리지 않습니다만 그렇다고 흔쾌히 진행되는 일도 아닌 것 같더군요. 어쩔 수 없이 해야 하는 일이 있지 않습니까. 직장의 업무처럼요.

환이는 어머니와 함께 살고 있었는데, 성인이 되어 독립할 때까지 그분에게 길러졌습니다. 한 번도 다른 양육자에 대해 이야기하지 않았지만 친구와 어머니 사이에도 거리감이 느껴졌습니다. 저와 아버지 사이에 따뜻함이 없었던 것처럼 그 친구와 어머니 사이에도 다정함이나 따뜻함 같은 건 없었습니다.

하지만 우리 사이에는 따뜻함이 있었지요. 끈끈함과 다정함과……. 저는 가정에서 배워야 할 많은 것을 친구에게서 배웠습니다. 우리 동네의 아이들 대부분이 그랬던 것 같습니다. 간혹 양육자와 친한 아이들이 있었지만, 오히려 그 점이 문제가 되었습니다. 국가에서 바라는 것은 아이의 적절한 양육이었지, 친밀감이나 애정을 가지고 가족이 되는 게 아니었으니까요.

모두 기관에서 나온 요원들이었고, 우리도 그랬습니다. 그러니까 우리도, 네, '우리'에 대한 이야기는 조금 나중에 하겠습니다.

10대가 순식간에 지나갔습니다. 20대는 또 얼마나 빠르게 흘러갈지 가늠이 되지 않았습니다. 우리는 그저 숨차게 달려왔다고 생각했죠. 고등과정이 끝나면 뿔뿔이 흩어지지 않습니까. 그런데 다행히도 김환 그 친구는 계속 저와 함께 있었어요. 같이 산 것은 아니었지만 같이 산 것과 비슷했습니다.

고등과정 마지막 학기에는 독립하기 전 소속될 기관을 배정받습니다. 각자의 전공이나 특기에 맞게 배정되는데, 절대 우연이란 없습니다. 우연히 어딘가로 보내질 아이들은 이미 고등과정 전에 걸러졌기 때문입니다. 이 또한 '우리'에 대한 이야기를 할 때 하는 것이 좋겠군요.

네, 도브나 소미는 모르겠지만 지지는 알 거예요. 지지도 그렇게 역사관에 배치받았을 겁니다. 아, 그래요. 언어에 뛰어난 소질을 보였군요. 말과 글을 분석하는 법을 배웠고. 그래요, 그런 겁니다.

저는 고등과정으로 진학할 때쯤 새로운 분야에 관심을 가지게 되었습니다. 천체 물리학이었지요. 오히려 환이가 생물에 관심을 보였어요. 그 친구 특유의 천진함과 밝음은 호기심이 되었고, 그게 결국 그 친구를 괴롭히게 된 셈이죠.

우리는 분야가 달라서 같은 연구소에 있지는 않았습니다만, 같은 연구 단지 안에 있었어요. 저는 C동, 친구는 A동에 있었지요. 생활관은 공동으로 사용하고 있었습니다. 운이 좋게도 우리는 같은 층에서 살았지요.

20대의 대부분은 교육 기관에서 보냈습니다. 공부를 하고, 연구를 하고, 저와 친구를 닮은 10대들을 가르치고, 다시 연구소로 돌아와서 보고를 받고……. 모든 일을 동시에 했습니다만 어렵지는 않았습니다. 오히려 즐거웠습니다. 내가 이렇게 활기찼던 때가 있었나 싶었죠. 이렇게만 살면 꽤 괜찮은 삶일 것 같더군요. 그래서 친구가 어떤 표정을 짓는지 살펴보지 못했습니다. 생활관에서도 친구를 만나는 날이 점점 줄었습니다.

친구는 점점 어두워졌습니다. 친구의 그림자를 발견하게 된 날은 이상한 소문을 들었던 날입니다. 공동 프로젝트를 위해 A동에서 파견을 나온 연구원이 식당에서 우리 연구소 직원과 떠들고 있었습니다. 저는 몇 칸 떨어진 자리에 앉아서 인턴과 이야기 중이었습니다. 인턴이 갑자기 전화를 받으러 나가는 바람에 얼떨결에 옆자리에서 하는 소리를 듣게 되었죠.

자기와 같은 A동 연구원 중에 이상한 사람이 있는데, 기관에 신고해야 하는지 그냥 놔둬도 괜찮은 건지 모르겠다는 이야기를 하더군요. 처음에는 A동 연구원이 우리 연구소 직원에게 추파를 던지려고 꾸며 낸 이야기인 줄 알았습니다. 우리 연구소 직원은 어리고 예쁜 편이었으니까요. 그럴 수 있다고 생각하며 남은 음식을 먹고 있었습니다.

음모론자. 그 연구원이 사용한 단어입니다. 음모론자가 있다고 했습니다. 국가가 조작하고 있는 일들을 파헤치겠다는 말을 했다는 겁니다. 그런 생각을 한다는 것 자체가 우스웠지만 그런 생각을 입 밖으로 내뱉다니요. 어떤 바보가 그렇게 말도 안 되는 짓을 하나 싶었습니다. 어쩌면 정말로 머리가 이상해진 것은 아닌지, 정신 질환이 생긴 것은 아닌지, 기관에 보고하는 것도 맞지만 건강검진이 필요하다는 생각이 들었습니다.

그래서 점점 그쪽으로 귀가 열리더군요. 하지만 몰래 듣는 것은 좀 아니지 않나. 그 와중에 그런 생각을 했습니다. 그래서 전화를 받으러 나간 인턴은 까맣게 잊고, 남은 음식을 해치우고 자리에서 일어났습니다. 제가 신경 쓸 일은 아니라고 판단했습니다. 신경 쓰고 싶지 않았던 거겠지요, 또.

그렇게 일어나서 쑥덕거리는 두 사람 옆으로 지나가는데 그 이름이 들렸습니다. "이거 진짜 비밀이에요. 김환. 그 사람 이름이에요." 순간 잘못 들은 것은 아닐까 싶었지만, 아니요. 제대로 들은 거였어요. 그 이름을 잘못 들었을 리 없었지요. 하지만 그들 옆에 계속 서 있을 수는 없어서 느린 걸음으로 다시 움직였습니다.

그때 A동에서 온 연구원이 말을 덧붙였습니다.

"혹시 엮일 일 있으면 조심하라구요."

친구에게 메시지를 남겼습니다. 오늘 밤에 시간이 되면 내 방에서 보자고요. 식당에서 들었던 이야기가 진짜라면 친구가 많이 불안한 상태일 것 같았어요. 친구 방에서 보고 싶었지만 연구소나 생활관의 모든 문은 생체 인식으로만 열 수 있었습니다. 친구가 자주 사용하는 비밀번호를 외우고 있거나 등록 정보를 알고 있어도 문은 열 수 없었습니다. 친구의 손과 눈이 필요했습니다. 친구의 눈을 보고 싶었습니다. 정말 괜찮은 건지 손을 잡아 보고 싶었어요.

초조한 마음으로 남은 하루를 보내는 건 정말 고역이었습니다. 그동안 친구에게 신경 쓰지 않고 살아왔다는 죄책감도 있었고요. 저에게도 감정이 있고, 양심이 있고, 마음이 있더군요. 네, 그것도 친구가 가르쳐 준 것이었습니다. 그런데 그런 친구가 어떻게 사는지 묻지 않았다니, 친구가 저에게 어떤 말도 하지 못하고 있다니 슬펐습니다.

친구가 저에게 주었던 것들을 생각해 보았습니다. 친구를 조금이라도 빨리 만나고 싶은 마음에 퇴근 시간이 되자마자 연구실에서 나왔습니다. 친구에게서는 연락이 없었습니다.

친구를 기다리다가 배가 고파서 자판기에 다녀오려고 문을 열었는데 친구가 거기 서 있었습니다. 어두운 표정, 어두운 낯빛, 그와 대비되는 새하얀 피부가 조금 징그러울 정도였습니다.

김환 박사님, 표정이 왜 그래? 다 죽어 가네. 일부러 장난스럽게 첫마디를 뱉었습니다. 친구의 얼굴이 약간 일그러졌습니다. 일단 친구를 방으로 들이고, 저는 자판기에서 음료수와 스낵을 뽑아 왔습니다. 친구는 침대 끝자락에 앉아 있었습니다. 제가 음료수를 들고 방에 들어서자 친구가 긴장하는 게 보이더군요. 어디서 가져온 것이냐고 물었습니다. 자판기에서 뽑은 건데, 여기 앞에 자판기. 최대한 아무렇지 않은 척 말했습니다만, 친구가 이미 다른 세상에서 헤매고 있다는 것을 알 수 있었습니다.

김환 박사의 전공은 유전공학이었고, 1세대들의 유전정보를 다루는 연구실에 있는 것으로 알고 있었습니다. 국가에 소속된 1세대들은 누구에게도 자신이 속한 연구소나 연구실에 관해서는 말할 수 없었습니다. 그건 저와 환이 같은 절친한 친구 사이에서도 하면 안 되는 일이었지요. 하지만 우리는 처음 연구소를 배정받았던 고등과정 졸업반 시절, 서로에게 A동과 C동임을 말해 주었습니다. 생활관에서 오며 가며 마주치다가 어느 실험실에 소속되어 있다는 이야기를 했지요. 다른 사람들에게는 절대 비밀이지만 우리는 비밀을 만들지 않기로 했습니다. 비밀이 있으면 위험해지거든요.

우리는 아무것도 모르는 꼭두각시들이었지만 적어도 서로를 지켜 줄 수 있는 친구가 되기로 했습니다. 그런데 친구가 저 꼴이 되도록 아무것도 몰랐다니. 들고 있던 병을 깨 버리고 싶더군요. 제 자신에게 화가 났습니다.

환이는 '우리'와 같은 1세대들을 역추적하고 분석하는 연구팀이었어요. 그중에서도 그가 한창 빠져 있던 주제는 1세대 범죄자들의 유전정보에 관한 연구였습니다. 특정한 패턴이 있다면 다음 세대에게도 좋은 정보가 될 것이고, 사람들을 보다 효율적으로 관리하는 데 도움이 될 어떤 지표가 될 거라고 생각한 겁니다.

친구가 생물에 관심을 갖게 되었던 것은 세상에 수많은 종의 동물이 있었다는 것을 알았기 때문입니다. 우리에겐 익숙하지 않은, 털이 복슬복슬한 동물들에 흥미를 가졌습니다. 환이의 표현을 따르자면 '사랑스럽고 귀여운' 것들이었지요. 그리고 '다시는 볼 수 없는' 존재들이었고요. 처음에는 그렇게 생물과 생명에 관심을 가지게 되었다고 했습니다.

저도 알고 있었어요. 그런 친구가 사랑스럽다고도 생각했습니다. 저는 우주를 보고 있었고, 숫자들을 보고 있었습니다. 친구는 우주 속 아주 작은 별 지구에서도 작은 생명들을 하나하나 들여다보게 된 겁니다. 숫자로 분류할 수 있지만, 숫자로 구성할 수 없는 것들. 친구는 여전히 답이 없는 것이 재미있다고 생각했습니다. 동물에 대한 관심은 과거가 아닌 현재로 옮겨 왔습니다. 지금 존재하는 생물들을 어떻게 보존할 수 있을까. 친구는 지구와 환경 오염과 생명 유지의 원리와…… 네, 나열하자면 끝이 없군요.

슬슬 배가 고파지네요. 지지나 도브는 괜찮은가요? 그래요. 그러면 우리, 사장님에게 음식을 주문합시다. 기다리는 동안 이 이야기를 마무리할 수 있으면 좋겠군요.

환이는 결국 가장 작은 것, 가장 내부에 있는 것에 집중하게 되었습니다. 동시에 세상을 망치고 세상을 살리는 이상한 생명체, 인간에게 질문이 생긴 겁니다. 그냥 궁금한 게 아니라 파헤쳐서 답을 찾고 싶었던 모양입니다. 인간을 해부하기 위해 유전공학 박사가 된 거예요.

저는 그의 생각이 행동으로 옮겨 가는, 생각이 변할 때마다 행동이 바뀌는 모습을 지켜보는 게 재미있었습니다. 친구는 변화하고 성장했습니다. 그게 우주를 보는 것만큼 신기하고 신비로웠습니다. 친구는 내가 바라보는 것을 좋아했고요. 거기서 안락함을 느낀다고 했습니다. 누군가가 나를 지지한다는 건 생명을 연장할 수 있게 한다고요.

실은 잘 이해할 수 없는 말이었습니다만. 김환, 그 친구는 그런 말을 참 잘했습니다.

과학에는 늘 답이 있어요. 발견한 것과 아직 발견하지 못한 것의 차이일 뿐이지, 어딘가에 분명한 답이 있습니다. 그게 좋았어요. 그래서 저는 언어나 감정이나 마음에 서툴렀습니다. 생각보다는 사고에 가까웠고요. 내가 웃는 게 어색하다는 것을 눈치채지 못했고, 억지로 웃을 필요가 없다는 것도 몰랐던 아이였죠.

그런데 그 친구를 보면 과학에도 답이 없는 것만 같았습니다. 아니, 답이 없기에 찾아야만 하는 게 있고, 답이 없기에 찾을 수 없는 것도 있다는…… 아, 이거 정말 그 친구가 할 법한 말이군요.

그날 친구를 만난 것은 절대 잊어서는 안 되는 기억의 시작점이었습니다. 꼭 기억해야 하는 사실, 정말로 일어났던 사건들의 출발 지점. 하지만 완전히 삭제되었던 무엇입니다. 이 얘기를 하려면 오늘 밤을 새워야 할지도 모르겠군요. 일단은 음식을 먹는 게 좋겠습니다.

간단히 얘기하자면 제가 식당에서 들었던 이야기는 사실이었습니다. 그러니까, 음모론이라든가 이상한 사람이라든가 그런 건 파견 연구원이 사용한 단어였으니 틀렸다고 할 수 있지만.

친구가 국가의 비밀을, 연구소의 비밀을 파헤치고 있는 것은 사실이었습니다. 음모론에 가까웠지만 그 친구가 미친 것 같지는 않더군요. 망상에 미쳐 있는 사람과 엄청난 진실을 마주한 사람의 눈은 다르니까요. 그 친구의 눈은 여전히 맑고, 밝았습니다.

친구는 1세대 범죄자들의 유전정보를 분류하던 중 어떤 공통점을 발견했습니다. 친구로서는 흥미로운 사실이었고, 연구에 진전이 있다는 즐거운 신호였죠. 학자로서는 그런 발견이 가장 반가운 법이니까요. 하지만 역으로 1세대들의 정보를 분류하던 중 즐겁지 않은 발견을 하게 된 겁니다. 이상한 흔적이 있었어요. 조작되지 않고는 일어날 수 없는, 전혀 자연스럽지 않은 흔적 말입니다.

친구가 말했습니다. 무서워도 이건 마주해야 하는 진실이라고. 그 누구에게도 해를 입히기 싫어서 혼자 하고 있는 일이라고. 자기가 어떤 일을 하고 있는지 눈치채는 사람이 곧 생길 거라는 것도 알고 있었다고. 그러면 위험해질 것도 알고 있었답니다. 저에게 가장 말하고 싶었지만 동시에 저에게는 절대로 말하고 싶지 않은 진실이었다고 했어요. 그런데 제가 먼저 알아 버렸으니, 친구는 반가움보다는 절망이 크다고 했습니다.

일단 저는 친구의 손을 잡았습니다. 친구가 제 방에 오기 전부터 친구의 손을 잡아 주고 싶었으니까요.

저는 국가가 기른 셈입니다. 국가가 먹이고 입혔고, 그래서 저는 국가를 위해 일해야 했어요. 우주나 행성이나 세계나 그런 건 모르겠고, 저를 살려 둔 사람들에게 보답하는 정도로 살아가자는 마음도 있었습니다. 물론 연구는 재밌었지요. 하지만 그 연구가 저에게 어떤 의미가 있었겠습니까. 그저 재미만을 위해 했다면 계속할 수 없었을 거예요. 저를 살려 둔 사람들을 위해 마땅히 해야 하는 일이라고 생각했으니 할 수 있었던 겁니다.

하지만 친구를 위해서 살아간다면? 친구에게 보답하는 마음으로 움직인다면? 제가 못 할 일은 아닐 것 같았습니다.

10. 엠, 마!

요즘 도브는 종종 생각에 빠져들어 조용해지곤 합니다. 소미는 그런 도브를 가만히 바라보다가 나에게 말을 걸었습니다.

"엠은 예전에 학교에서 선생님을 했다고 했죠?"

"그렇지."

"무슨 과목을 가르쳤어요?"

"과학이었지."

"와, 엄청나잖아! 그런데 왜 지금은 안 해요?"

"내가 가르치던 과학은 이제 고전 과학이라고 불리니까. 그런 과목에는 많은 선생님이 필요하지 않아. 더 중요하고 인기 있는 과목 중심으로 교과 과정이 만들어지니까."

"그래서구나. 하지만 이제는 퇴직할 나이가 되기도 한 거죠?"

"그렇지. 퇴직할 나이를 채우지 못하고 그만둬야 했던 게 아쉬울 뿐이란다."

소미가 땅콩을 우물거리며 나와 도브를 번갈아 가며 쳐다보았습니다. 도브는 여전히 생각에 빠져 허우적거리는 것 같았습니다. 저 아이의 눈은 언제나 밤의 달처럼 깊어지는 데가 있었습니다. 하지만 그런 표현을 쓰는 건 늙은 나뿐일 것 같아서 마음속으로만 했습니다. 과학은 숫자와 가깝다고 생각합니다. 하지만 과학은 생각에 가깝습니다.

"도브는 아버지의 친구를 찾는다고 했지?"

도브가 반응하지 않자 소미가 툭툭 쳤고, 아이가 입을 열었습니다.

"아, 맞아요. 정확히는 파트너인데. 친구인지 애인인지 뭔지는 모르겠어요."

"아버지의 노트에 있던 숫자들을 보고 노리터를 찾아왔대요."

소미가 땅콩 껍질이 묻은 손을 탁탁 털며 말했습니다.

"어떤 숫자였는데?"

"세 자리 숫자 903에 N과 L이 함께 쓰여 있었어요."

"N과 L이 따로 쓰여 있었니?"

"아니요. N. L.로 쓰여 있거나 N-L로 쓰여 있었어요."

"그럼 노리터일 확률이 있다고 생각하는 거구나."

"네."

"사장님이 그랬는데, 여기 가게 등록번호가 903이래요."

"그럼 확률이 더 높아지는구나."

"하지만 그게 다가 아니에요."

"다른 정보도 있는 거니?"

"네, 제가 보기엔 별게 아닌 것 같은데, 제가 해석을 못하는 것 같아서 답답해요."

"그래서 일단 노리터에 계속 오고 있구나. 무엇이든 찾아보려고."

"맞아요. 어쨌든 여기에 있어야 어떤 단서든 찾을 수 있을 것 같아요."

소미가 빈 맥주잔을 들고 일어서면서 고갯짓으로 지지를 가리켰다.

"사장님이 아버지의 기록을 지지에게 맡겨 보는 게 어떻겠느냐고 해서 지지가 조금 봐 주고 있는 모양이에요."

"지지라면 그래, 또 다른 걸 찾아낼 수도 있겠구나."

그때 방랑자가 우리 쪽을 쳐다보았습니다. 눈이 마주치자 고개를 까딱 움직이고 어색하게 웃었습니다. 그는 나에게 특별히 말을 걸지 않았고, 나도 그에게 다가가지 않았습니다. 우리 둘 사이에 오간 말은 없지만 신기하게도 벽이 느껴지진 않았습니다. 그는 아마 1세대일 것입니다. 그가 도망자 같은 모습을 한 것은 아마도…….

그러니까 나는 그에게 특별히 궁금한 것이 없고, 물어서는 안 될 것이 있다고 생각합니다. 내가 노인이 되어서 좋은 점은 간절함이 없다는 겁니다. 절대적인 것도 없습니다. 끼워 맞출 것도 없고, 실은 대부분의 답을 알고 있기 때문입니다.

그리고 답을 모르면 모르는 대로 괜찮습니다. 답을 모르는 게 나을 때도 있습니다. 나쁜 꿈 같은 것도 꾸지 않고. 도망쳐야 할 것도 없고. 찾아야 할 것도 없고. 같이 살고 있는 남편도 그렇습니다. 뭐, 이렇게 같이 살다 갈 동무가 하나 있지. 그런 느낌입니다.

하지만 이 아이들을 볼 때만큼은 내가 늙었다는 것이 아쉽고 슬프기도 합니다.

지지의 총명함이나 소미의 에너지, 도브의 심각함을 좋아합니다. 아이들은 이 말도 안 되는 세상에서 특별히 무엇을 하겠다는 열정은 없습니다. 구세대들은 요즘 아이들의 유약함이니 영악함이니 이야기합니다만. 글쎄요, 이런 세상에서 무언가를 열심히 한다는 게 더 쓸모없는 짓이 아닌가. 누가 이렇게 만든 세상인지를 생각하면 오히려 무엇도 하고 싶지 않을 것 같은데. 그래서 나는 보통 혼자 생각하는 데서 그칩니다. 불가능한 소통. 그런 것도 있기 마련이니까.

나부터 이렇게 도망가고 있습니다. 아이들에게 무엇을 요구할 수 있습니까. 물어볼 수도 없습니다. 그럼에도 아이들은 생을 살아갑니다. 아이들의 가장 신기한 점입니다. 왜 살아야 하는지 모르겠다고 하면서 매일 살아가고, 매일 묻습니다. 아이들의 끈기는 건강함에 비례하는 것도 아닙니다.

선생으로 일할 때를 생각해 보면 특별히 기억에 남는 것은 없습니다. 일보다는 아이들이 기억에 남지요. 일하는 게 싫지 않았습니다. 때때로 피곤하기는 했죠.

일보다 피곤했던 건 망가져 가는 파를 지켜보는 일이었습니다. 아이들은 점점 나를 떠날 준비를 했고 그럴수록 파는 나에게 맡겨졌습니다. 파는 나에게만 의존하면서 나에게 의존하는 것을 가장 싫어했습니다. 이 남자는 영원히 여자와 아내를 제대로 해석하지 못할 것이다. 그게 내가 그를 미워하고 불쌍히 여긴 이유입니다.

10월의 아이들 첫 세대가 등교하던 때가 생각납니다. 교실에 김 씨 아이들이 하나둘 채워지고, 새로운 교육 방침이라며 교육부에서 시도 때도 없이 공고가 내려왔던 기억이 있습니다. 사실상 특정 과목들은 교육청에서 내려오는 교재와 수업안을 그대로 따라야 했습니다. 선생님들은 수업을 위해 수업을 듣는 시간까지 근무해야 했습니다. 그때 나를 포함한 수많은 선생님들이 우리가 학생인지 선생인지 모르겠다는 농담을 하곤 했습니다.

그래도 암흑 같은 미래가 아니라서 다행이라는 생각을 했던 것 같습니다. 더 이상 아이들이 태어날 수 없다면, 세상이 지속될 수 없다면……. 역시 그것보다는 낯설지만, 새로운 아이들과 다음 세대를 생각하는 게 나았습니다. 허울 좋은 핑계를 대자면 그랬습니다.

나는 학교에서 계속 일할 수 있다는 게 좋았으니까요. 아이들이 있어야 반이 유지되고, 학교가 유지될 것이었습니다. 아이들이 많을수록 나는 일에 집중할 수 있었습니다.

집에서 무슨 일이 일어나고 있을지, 남편이 밥은 먹고 있는지 염려하는 것보다는 일에 집중하는 게 나았죠. 그래서 10대 아이들을 가르치는 일은 즐거웠습니다. 고된 만큼 지겨운 염려를 덜 수 있었다고 하면 파는 지금 뭐라고 반응할까요?

그 당시 파는 점점 집에 붙어 있는 가구가 되어 가고 있었습니다.

파는 조류 사냥꾼이었습니다. 시간이 흐를수록 벌이는 줄어들었어요. 생물들이 사라지고 있었기 때문이기도 하지만, 사람들은 더 이상 진짜 고기를 필요로 하지 않았습니다. 몇 안 되는 경제적 상류층들은 안전한 고기를 먹고 싶어 했고, 가난한 사람들은 인공육을 먹게 되었습니다. 그러던 중 사고가 일어났습니다.

파는 총기 오발 사고를 계기로 일을 쉬기 시작했습니다. 처음에는 몸이 완전히 나을 때까지 푹 쉬길 바랐습니다. 하지만 그는 쉬면서 점점 다시 일하기를 차일피일 미뤘습니다. 일을 찾으려 하면 할수록 자신이 할 수 있는 일이 총질뿐이라는 걸 알게 된 게 가장 큰 문제였어요. 그는 자괴감에 빠졌습니다. 가장으로서 큰 소리를 칠 수 있는 자리에서 쫓겨났다고 생각했어요. 내가 벌어 온 돈으로만 생활을 하게 되면서 더, 파는 더 괴팍해졌습니다.

그의 성격을 감당하는 건 나뿐만이 아니었어요. 내 아이들도 아버지를 닮아 갈까 봐 겁이 났습니다. 물론 아이들을 아버지와 떨어뜨려 놓고 싶지 않았어요. 처음에는요.

그가 일을 하지 않아도 되니 곁에 있어 주길 바랐습니다. 그가 잘 못해도, 못 벌어도 괜찮으니까 아이들의 아버지로만 있어 주어도 나는 만족하려고 했습니다. 하지만 그는 아버지로서 괜찮은 사람이 되어 주지 않았어요. 완전히 망가지기 시작했습니다. 더 이상 그를 참을 수 없게 된 것은 모아 두었던 돈을 그가 흥청망청 써 버린 뒤부터였습니다.

일을 쉰 지 반년이 지났을 무렵, 겨우 마음을 잡은 파는 지인을 따라나섰습니다. 그는 경매시장에서 일을 해 보려고 했습니다. 야생에서 잡은 동물들을 도축하고, 상인들에게 파는 도매 경매 일이었습니다. 본인 나름대로는 기대했던 것 같아요. 사냥꾼이었으니까요. 평생 들판에서 산에서 동물을 잡으며 시간을 보냈으니까요. 잘할 수 있을 거라고 기대했을 겁니다. 하지만 어떤 일도 배우지 않고는 처음부터 잘할 수 없죠.

아이들을 가르치며 느낀 거였어요. 아이들은 배우면 잘하지만, 가르쳐 주지 않으면 하지 못하는 것도 있다는 걸요. 아이마다 못하는 것도 잘하는 것도 다 달라서 주의를 기울여야 한다는 걸요. 그래요. 나는 내 일을 정말 좋아했습니다.

파는 그런 상황에서 살아남기 위해 도피를 선택한 것 같았어요. 사람들과 어울린다는 명목하에 놀이를 하고 술을 마셨습니다. 그렇게 남아 있던 돈을 모두 털었을 때, 나는 아이들을 지켜야겠다고 생각했습니다. 돈이 없는 집에서 자란 아이들이 어떻게 되는지, 학교의 아이들을 통해 잘 알고 있었기 때문입니다. 폭력적이고 무능력한 아버지 밑에서 자란 아이들이 어떻게 되는지도 마찬가지였어요.

결국 나는 아이들을 다른 도시로 유학 보냈고, 돈이 필요할 땐 언제든 연락하라고 했습니다. 하지만 정말 필요한 게 아니라면 너희가 일을 해서 돈을 벌어 살아야 한다고, 그 돈에 대해서는 어떤 말도 하지 않겠다고 했어요. 조금 일찍 자유를 주는 게, 망가져 가는 아버지를 보며 자라게 하는 것보다는 나을 것 같았습니다.

그는 결국 몸도 마음도 다치고 말았습니다. 놀이판에서 싸움에 휘말려 크게 다쳤고, 그는 마지막 자존심까지 다쳤습니다. 더 이상 일하지 않았어요. 어디에도 나가지 않고, 집에서 창밖을 내다보기만 했습니다. 그 와중에도 아이들이 보고 싶다는 말은 한마디도 하지 않았습니다.

퇴근하고 집에 돌아오면, 파가 집 안에서 굴러다니며 술을 마신 흔적만 흩어져 있었습니다. 피곤했습니다. 피곤했어요, 모든 게. 그러나 그와 헤어질 수도 없었습니다. 아이들에게는 아버지가 필요해요. 엉망인 아버지라도 존재해야 했어요.

그는 교사인 내가 버는 수입만으로도 생활이 충분하다고 생각했습니다. 나도 그래, 이 정도면 됐지 싶어 그에게 재촉하지 않았습니다. 20년만 더 일할 수 있으면 좋겠다고 생각했어요. 하지만 나는 10년을 못 채우고, 학교에서 나오게 되었습니다. 내가 가르치는 과목은 더 이상 필수 교과 과정에 들어가지 않았기 때문에요. 고전 과학이라는 과목은 더 이상 필요 없는 것이 되었습니다. 여전히 필요한 것인데도 필요 없다고 하더군요.

나와 같은 과목을 가르치는 선생님들과 또 사라지게 된 다른 과목 선생님들이 조합을 만들어 일종의 '구명' 운동을 했습니다. 나는 그 어떤 것과도 맞서고 싶지 않았습니다. 내가 일을 나가지 않게 되면 파가 변하게 될지, 그것도 궁금했습니다. 사실이에요. 그때는 기대하고 싶었어요.

그러나 그는 내가 생각했던 것보다 더 심각하게 자존심을 다쳤던 모양이에요. 아픈 몸을 이끌고 더 이상 집 밖에 나가지 않았거든요.

다행이라고 해야 할까요. 큰아이가 생각보다 빨리 독립했습니다. 나는 마냥 다행이라고, 자랑스럽다고 말할 수 없었습니다. 파와 같은 아버지와 나 같은 어머니 밑에서 대단한 아이가 자랐을 거라고는 생각하지 않으니까요. 오히려 마음이 급해졌겠지요. 빨리 돈을 벌어야 해, 빨리, 빨리 내가 나를 먹여 살려야 해. 그런 마음을 생각하면 산속으로 들어가 목을 매고 싶어졌어요. 파는 매일 집에서 정신을 목매고 있었고요.

하지만 그가 한 번씩 다쳐 오는 날이면 차라리 그가 일을 그만두게 된 걸 다행으로 여기게 되었습니다. 나에게 기술이 있는 것도 다행이었어요. 나는 과외 선생님으로 과학을 가르치면서 둘의 생활을 이어 갔습니다. 둘째 아이와 셋째 아이도 첫째가 있는 도시로 보냈습니다.

셋째 아이는 마지막까지 우리와 있고 싶어 했습니다. 하지만 파가 나서서 "독립해라." 하고 말했을 때 아이는 조금 충격받은 얼굴로 고개를 끄덕였습니다. 나가서 하고 싶은 일을 하라는, 허락에 가까운 말투였기 때문일 겁니다. 매일 술을 마시고 화만 내던 아버지가 어쩌면 조금이라도 나에게 미안함을 가지고 있을지 모른다고, 아이는 생각했습니다. 물론 그 당시에는 말해 주지 않았던 비밀이었지만, 성인이 된 아이가 어느 날 말해 주었습니다. 아버지도 아버지라는 걸 그때 알았다고. 조금은 고맙고 미안하다고. 하지만 그 말을 전하지는 말아 달라고 했습니다.

아이들은 아버지처럼 거세지도 유약하지도 않은 평범한 어른이 되었습니다. 그렇다고 믿고 싶어요. 부디 그렇다고. 아이들에게 아버지가 있어 주길 바랐지만, 그와 같은 사람이 되지 않길 바랐기 때문에요. 이제 첫째는 결혼을 해서 외국에 나가 있습니다. 그 아이가 아내와 자식에게 충분히 다정한 사람이기를 매일 기도합니다.

나는 남편과 결벽증적인 관계를 이어 왔어요. 그렇게 해야 가정을 지킬 수 있을 것 같아서요. 하지만 그게 꼭 옳았던 것인지는 모르겠습니다. 내가 그에게 해 줄 수 있는 것이 더 있었을 수도 있겠죠.

"당신, 이제 나가서 일을 하는 게 어때요?"

"그런 일로 좌절하지 말아요. 당신은 무엇이든 할 수 있어요."

"제발, 아이들을 봐서라도 일어나요."

어떤 말이든 그에게 해 줄 수 있었을 텐데. 내 마음이 부족했던 것은 아닌지.

요즘은 파와 함께 노리터에 다니며, 그의 불쌍한 자존심을 지켜 주려고 합니다. 노리터의 젊은 사람들이 파를 피하지 않고 이야기를 들어 줄 때마다, 마치 내가 못 하는 일을 그들의 도움을 받고 있다는 느낌이 듭니다. 아이들은 생각보다 강했을지도 모르겠어요.

그냥 아이들이 파의 옆에 있어 주고, 아이들이 파의 곁에서 자라는 게 나았을지도 모릅니다. 요즘은 그런 생각을 합니다. 우리가 맥주 이야기를 할 수 있듯이. 가끔은 파 앞에서 소리 내 웃기도 하듯이.

우리가 진짜 가족이 되기 위해선 그런 게 필요했을지도 몰라요. 내가 잘못 판단했을지도 모르죠. 하지만 후회는 하지 않습니다. 나는 정말 열심히 살아왔으니까요. 소미와 도브 같은 아이들 앞에 서 있어도 부끄럽지 않을 정도로 열심히 살았으니까요.

11. 파티는 모이는 것

모래바람이 다시 시작되었다. 어디서 오는지도 모를 모래들이 폭풍을 만들어서 도심 한복판을 휩쓸고 사라졌다 다시 나타났다. 돌풍을 예측하기는커녕 이미 몰아친 돌풍의 횟수를 전부 기록할 수도 없는 상황이었다. 노리터까지 오는 일조차 모험으로 느껴졌다.

노리터에 들어섰을 땐 우수수 떨어지는 모래와 함께 눈에서 눈물이 쏟아졌다. 소미가 나를 보고 끅끅거리며 웃었다. 노리터에는 처음 보는 사람들이 많았다. 방랑자의 자리였던 3번 테이블도 다른 사람들이 차지하고 있었다. 손짓으로 3번 테이블을 가리키며 궁금한 표정을 짓자, 소미가 부엌 뒤쪽을 가리켰다. 입 모양으로 '창고 방'이라고 말했고, 다시 정신없이 술을 따르고

날랐다.

모래를 빨아들이는 기계도 없는 동네였다. 갑작스러운 모래 돌풍에 사람들이 할 수 있는 건 눈에 보이는 가게에 일단 들어서고 보는 것이었다. 나는 바에 남은 한 자리에 자리를 잡았다. 지지가 보이지 않았다. 창고 방에 가서 방랑자를 만나 보는 게 좋을까 고민이 되었다. 일단 목에서 느껴지는 까끌까끌한 모래를 전부 게워 내고 싶었다. 바쁜 사장님과 소미를 대신해 머신에서 맥주를 뽑고 술값을 입력했다. 너무 능숙해서 낯설었다. 집보다 익숙한 곳이 생길 줄은 몰랐는데, 하는 생각에 괜히 울컥 목이 막혔다.

가게 모니터에는 모래바람에 관련된 뉴스만 계속 나왔다. 더 이상 목에 들어오는 모래가 없는 것 같은데도 목은 점점 더 까끌거렸다. 맥주를 아무리 부어 넣어도, 아무리 화장실에 다녀와도 모래는 사라지지 않았다. 바쁜 소미를 도와 테이블을 돌아다니며 빈 잔을 치웠다. 문득 빈 테이블 옆의 창틀을 보니 모래 먼지가 쌓여 있었다. 손바닥을 창틈에 가져다 대고 이중창의 상태를 확인했지만, 아무것도 느껴지지 않았다.

어디서 들어오는 것인지 모를 모래들과 사람들이 빠르게 모였다 흩어졌다.

뉴스에선 돌풍이 가라앉고 약간의 바람이 분다는 소식이 들려왔다. 새벽 1시, 갑자기 기온이 뚝 떨어지기 시작하면서 사람들이 빠르게 사라졌다. 온도가 더 내려가면 도로를 이용할 수 없었기 때문이다.

영업시간이 끝나 갈 무렵, 가방에 넣어 왔던 식재료들이 떠올랐다.

"사장님, 실은 제가 요리를 해 드리고 싶어서 재료를 좀 가져왔는데요."

"오, 새로운 요리를 먹을 수 있겠는데요!"

"방랑자가 기억을 찾는 데 도움이 될 수도 있을 것 같아서요. 그리고 노리터 사람들에게도 고맙고……."

사장님은 언제나 그렇듯 인자하게 웃어 보였다.

"그래요. 우리 오늘은 도브가 해 주는 요리를 먹기로 합시다. 우리는 가게를 정리하고 있을게요."

보랭 가방에서 파프리카와 베이컨을 꺼냈다. 파프리카를 가늘게 썰면서, 소미에게는 냉동 감자튀김 대신 내가 가져온 감자를 썰어 달라고 했다. 감자튀김용 냉동 감자의 4분의 1 굵기로 가늘게 썰어 줬으면 좋겠다고 했다. 평소에는 아무리 웃고 있어도 어딘가 모르게 외로워 보이는 사장님이었지만, 오늘만큼은 왠지 달랐다. 그저 기쁘게 웃고 있는 것 같았다. 소미는 맡긴 일을 미뤄 둔 채 내 옆을 기웃거리며 손가락을 빨았다.

"넌 은근히 애 같아."

"땡. 은근히가 아니야. 나는 사랑받지 못한 아이였다고. 지금이라도 사랑받고 싶어, 도브으으."

소미가 애교를 부렸다.

"알았어. 그런데 감자는 좀 썰어 줘라. 손가락을 빤다고 음식이 빨리 완성되는 건 아니잖아."

"하지만 신기하단 말이야. 네가 요리하는 모습!"

"네가 보고 있으니까 괜히 떨려서 못하겠단 말이야."

"생존을 위한 요리만 하던 사람이 타인 앞에서 요리를 한다는 건 상당한 용기가 필요한 일이죠."

앞쪽 바 구석 자리에서 방랑자의 목소리가 들려왔다. 소미가 그제야 알았다는 듯 "아!" 하는 소리를 짧게 냈지만, 감자를 썰면서도 흘깃흘깃 나를 쳐다보았다.

파프리카 베이컨 스파게티를 만들 생각이었다. 이왕이면 이곳에서도 자주 먹는 맛이 나면 좋을 것 같아 감자를 넣기로 했다. 원래는 방랑자를 위한 요리였지만, 사장님과 소미를 위한 요리이기도 했다. 누가 먹어도 상관없는 음식을 만들고 싶었다. 내가 좋아하는 사람들이 새로운 맛을 느끼고 행복해하는 모습을 상상해 보았다. 그러자 난생처음 느끼는 기분을 마주하게 되었다. 엄청나게 훌륭한 요리가 되지는 않겠지만, 그렇다고 못 먹어 줄 정도는 아니라고 생각했다. 만약 못 먹을 음식이 되어 버리면 "방랑자와 내가 다 먹어 버리지, 뭐." 하고 혼잣말도 해 보았다.

베이컨은 손가락 두 개 굵기로 썰었다. 실은 시설에서 생활할 때 어른들에게 배운 요리 방법이었다. 우리는 학교 교과 과정과 상관없이 요리하는 방법이나 집안일하는 방법을 배웠다. 기본적인 가전제품을 다루고 고치는 법을 배웠다. 시설에서 자란 아이들은 어려서부터 자신의 생존을 위해 기본적인 생활 기술을 배웠고, 나는 학교에서 배우는 것들보다 그런 것들이 더 재미있었다.

스파게티 조리법을 배운 것은 중등과정 때쯤으로 기억한다. 그 무렵 토마토와 파프리카를 키우는 법을 배웠기 때문에 우리는 직접 키운 작물로 요리를 했다. 지금 생각해 보면 나는 그때 조금 들떴던 것 같기도 하다. 하지만 내가 요리나 농업 쪽에 관심이 있다는 사실은 아무에게도 말하지 않았다. 진짜 즐거운 것은 즐거운 것으로 남겨 둬야 한다는 이상한 고집이 있기도 했지만, 누구도 나에게 권유하지 않았기 때문이다. 나에게 칭찬을 해주거나, 이쪽에 재능이 있으니 관심을 더 가져 보면 좋겠다는 말을 들어 본 적이 없었다.

팬에 감자를 볶다가 파프리카를 넣으면서 든 생각인데, 나는 그런 말을 기다렸던 것 같다. 적어도 뭘 좋아하느냐고 물어봐 주길 기다렸다. 그럼 진지하게 생각해 보고, 대답도 할 수 있었을 것 같다.

물이 끓는 냄비에 면을 흩어 넣고 있을 때, 먼 테이블 쪽에서 파와 엠의 목소리가 들렸다.

"이 냄새는 잘 볶은 채소 냄새인데!"

"당신, 목소리가 너무 커요."

평소처럼 서로 으르렁거리던 파와 엠을 향해 사장님이 말했다.

"오늘은 3번 테이블 손님을 위해서 특별히 도브가 요리를 해 준다고 해서요."

마늘까지 잘 볶은 뒤 팬의 불을 껐다. 그러고는 삶아 놓은 면을 건져 물기를 빼고 약간의 기름을 둘렀다. 잠시 방랑자를 향해 돌아보니 아까 마시다 만 술이 그대로 놓여 있었다. 다시, 채소가 가득한 팬에 면을 넣고 소금을 뿌렸다. 사장님에게 허브나 향신료가 있는지 묻는 건 예의가 아닌 듯해서 속으로 '허브가 있었으면 좋았을 텐데.' 하고 말았다.

"우유가 들어갔으면 더 좋았을 텐데, 우유가 없어서 가져오지 못했어요."

"오늘 도브가 이것저것 들고 왔거든요."

소미가 말을 더 하기 전에 파가 먼저 감탄했다.

"3번을 위해서? 이야, 대단한데!"

"그냥 사장님과 소미에게도 고맙고 해서요."

부끄럽지만 내가 직접 말해야 할 것이 있었다.

"실은 사장님과 소미 덕분에 노리터에서 좋은 시간을 보내고 있으니까. 뭐라도 주고 싶어서 들고 왔어요. 거기에 방랑자도 포함되고요."

스파게티 면이 더 익지 않도록 빨리 불을 껐다. 어느새 싱크대에는 여러 개의 작은 접시들이 놓여 있었다. 오늘 들고 온 재료들로 네다섯 사람이 먹을 만한 양이 만들어졌다. 그릇에 스파게티를 옮겨 담으면서 말했다.

"그런데 3번 테이블 손님이 항상 감자튀김만 먹길래, 혹시 면 요리를 좋아하느냐고 물어봤거든요. 그런데 어렸을 때 많이 먹었던 음식 이야기를 해 주더라고요."

'왠지 아버지 생각이 나기도 하고.'라는 말은 끝내 속으로 삼켰다. 즐겁게 요리하던 기분은 어디론가 숨어 버리고 울적한 마음만 남았다. 사람들에게 이 음식을 나눠 줘야 하는데 손이 떨리기 시작했다.

이상한 낌새를 금세 눈치챈 사장님이 서둘러 사람들에게 그릇을 돌렸다.

"양이 충분하지 않지만 모두들 드셔 보셨으면 좋겠어요. 3번 테이블 손님도 괜찮으시죠?"

"물론입니다."

"하지만 3번이 조금 더 많이 먹었으면 좋겠구만! 아가씨 마음을 받아 줘야지."

"이상한 소리 좀 그만해요."

엠은 그런 파가 부끄러운 듯 팔을 툭 치며 말했다.

남은 그릇에도 조금씩 음식을 덜었다. 더 많이 가져올걸. 마켓에라도 들러서 사 올걸. 그런데 왜 자꾸 울적해지지. 처음 노리터에 왔을 때가 생각난다. 쥐가 되고 싶었다. 나는 또 쥐가 되고 싶다. 쥐가 요리를 하다니. 무슨 자신감으로 요리를 하고, 사람들에게 나눠 주고 있지? 그런데 나는 왜 쥐가 되고 싶지? 왜 또 쥐를 생각하고 있지?

"방랑자가 먹었던 음식과 비슷할지 모르겠어요. 별로일지도 몰라."

"스파게티는 나도 오랜만이라서 반갑네요."

그때 파와 엠이 동시에 외쳤다.

"스파게티!"

"맞아, 스파게티였어!"

나는 싱크대로 돌아가 먼저 도마를 닦았다. 시설에 있던 나무 도마가 떠올랐다. 흠이 생기면 생기는 대로 잘 씻고 잘 말려서 쓰면 된다고 했던 생활 선생님의 말투가 떠올랐다.

별거 아니라고 생각했던 시절들이 무척이나 특별했다는 것을, 노리터에 오고 나서 깨달았다. 지금 내가 이렇게 울적해진 것은, 알 수 없는 감정에 허우적거리는 것은 '아버지'가 떠올라서가 아니다. 노리터에서 만난 사람들, 그리고 시설에서 지냈던 시간들 때문이다. 나도 인간인 걸까. 그래서 자꾸 쥐가 되고 싶다고 생각한 걸까.

방랑자가 스파게티를 먹는 모습을 보고 싶었다. 그의 표정을 보고 싶었지만 봐서는 안 될 것만 같았다. 도마를 세워 놓고, 냄비와 팬을 닦고, 큰 숨을 푸욱 뱉은 후 뒤를 돌았을 때, 나는 결국 왈칵 눈물을 쏟고 말았다.

방랑자가 기분 좋게 스파게티를 한 입 먹은 뒤 물을 마시고 있었고, 그 옆에 그릇을 든 지지가 앉아 있었다. 두 사람은 나란히 앉아서 스파게티에 대한 이야기를 나눴다. 소미는 포크를 든 손을 마구 흔들었다. 파가 "맥주랑 먹어도 맛있네!" 하고 말했고, 엠은 나를 보며 인자하게 웃었다. 8번 테이블의 청년들도 엄지를 세워 나를 향해 흔들고 있었다.

사장님이 내 몫이라며 남겨 둔 그릇에는 면은 얼마 없고 양파와 감자가 많았다. 그래서 더 좋았다. 스파게티가 뭐라고, 다들 이상해.

나는 조금 식은 양파와 감자도 충분히 맛있다고 생각했다.

손님들이 모두 떠나고 간판의 불도 꺼졌다. 사장님이 테이블을 돌아다니며 빈 그릇을 모으고 있었다. 사장님을 도와 방랑자가 맥주잔을 정리했다.

그때 모래 먼지를 뒤집어쓴 남자가 문을 열고 들어왔다. 고개를 든 얼굴이 어딘가 익숙했지만, 처음 보는 남자였다.

"사장님!"

소미가 엄청나게 큰 소리로 사장님을 불렀다. 사장님이 얼떨

떨한 표정으로 그릇을 내려놓고는 그 남자를 조용히 쳐다봤다. 묘하게 사장님과 닮아 보였다. 그제야 나는 남자의 얼굴이 익숙했던 이유를 깨달았다.

"모든 게…… 모든 게 죽어 가요."

"어떻게 된……."

"이제 이 동네 밖으로만 나가도 살 만한 곳이 없어요. 땅이 모두 죽었다고요."

"……잘 돌아왔다."

그가 주저앉으며 울부짖었다.

"아빠, 모든 게 죽어 가요. 이미 너무 많은 아이가 죽었어요. 어른들도 버틸 수 없는 땅에서요! 나는 더 이상 거기에 있을 수가 없었어요. 죽고 싶지 않다고 생각했다구요! 그래서, 그래서…… 혼자 돌아오고 말았어요."

방랑자와 소미가 조용히 테이블에 앉아 두 사람을 바라보았다. 모든 것이 옛날 영화의 한 장면처럼 느리게, 아주 느리게 흘러갔다. 아빠, 아버지를 부르는 다른 단어. 그 단어가 저렇게 절망스럽고도 다정할 수 있구나.

사장님이 남자에게 다가가 같은 자세로 주저앉았다. 차마 손을 뻗어 토닥이지는 못하고, 어떤 이야기든 들어 주겠다는 듯이 가만히 마주 보고 있었다.

"일단, 뭐라도 좀 마셨으면 좋겠구나."

나는, 내 등을 쓸어 주었던 사장님의 손바닥 느낌을 떠올려 봤다.

"잘 왔다, 노원아."

노원. 처음 듣는 이름과 처음 듣는 사장님의 목소리가 낯설었다. 하지만 사장님의 목소리에서 느껴지는 울림이 좋았다.

모래 돌풍의 날 이후, 처음 보는 손님들이 부쩍 늘었다. 하지만 방랑자의 테이블은 누구도 침범하지 않았다. 파티 이후 가장 큰 변화는 소미의 부재와 사장님 아들의 등장, 그리고 지지의 잦은 출석이었다. 지지는 더 자주 나타났지만 예전만큼 손가락을 바쁘게 움직이며 일하지 않았다. 대신 조용히 사람들의 이야기를 듣다가 조용히 사라졌다. 사람들의 이야기를 들으며 가만히 감상하는 지지를 보면 졸음이 쏟아지기까지 했다.

파티에서 가장 즐거워 보였던 것은 소미였다. 평소보다 흥이 많았고, 음악에 맞춰 몸까지 흔들었다. 원래 말을 잘하는 아이였지만, 그날은 처음 보는 손님이나 외국인과도 곧잘 대화를 나눴다. 지나치게 신나 보여서 술에 취했나 싶을 정도였다. 그러나 평소처럼 맥주 두세 잔을 마신 게 다였기 때문에 '그래, 하루 정도는 괜찮겠지.' 하고 생각했다.

그런데 다음 날부터 소미가 출근하지 않았다. 처음에는 부끄러워서 그럴 수도 있다고 생각했다. 갑자기 부모님을 찾아갔을 수도 있다. 늘 엄마와 불화가 있었고, 무작정 집을 나왔기 때문에 소미가 다시 그 집에 들어갔다면 나쁜 일이 일어났을지도 모른다고. 이상한 상상을 하기도 했다. 부모에게 잡혀서 집 안에 갇혀 있는 것은 아닌지. 자기 삶을 포기한 것은 아닌지. 혹시나 하는 마음이 자꾸 불어났다.

"소미는 오늘도 안 왔죠?"

"응. 오늘은 옥수수 보드카네."

"네. 방랑자가 왜 이것만 마시는지 궁금해요."

사장님이 슬쩍 웃으며 물었다.

"도브는 왜 방랑자가 그렇게 신경 쓰이는 거야?"

"내가 그래요?"

"그걸 여태 몰랐단 말이야?"

사장님이 바람 새는 입소리를 냈고, 사장님 아들이 비슷하게 푭 소리를 냈다.

"소미랑 연락할 수 있는 방법은 없나요?"

"핸드폰으로 연락해 봤는데, 답이 없어."

"그러고 보니 나는 소미 연락처도 몰라요."

"소미가 그런 애니까."

"내가 이상한 애라서 그런 건 아닐까요?"

"누구나 서툰 부분이 있을 뿐, 이상한 게 아니지."

"이상한 게 아니지."

사장님의 말을 따라 하니까 소미 생각이 더 났다. 내가 사장님 말을 따라 하면 "또 저런다." 하고 끼어들던 친구였으니까.

소미가 영원히 돌아오지 않을까 봐 겁이 나기 시작했다.

12. 실종과 귀환

아버지를 돕던 소미 씨는 돌아오지 않았다. 대신 내가 카운터를 보고 있다. 가끔은 아버지가 시키는 대로 간단한 재료를 손질하고 잔을 나르기도 한다. 나는 이제 더 이상 방 안에 갇힌 사람이 아니다. 하지만 전쟁터에서 돌아온 군인들이 보이는 PTSD(외상후 스트레스장애) 증상처럼 이상한 행동들이 시작되었다. 죄책감과 공포에 빠져 온몸을 부르르 떨 땐 머리가 멈춰서 아무것도 할 수가 없다. 그럴 때는 카운터 밑에 들어가서 몇 분이고 기다려야 한다.

굴과 가장 비슷한 환경을 찾았다. 모래 폭풍이 몰려올 때 우리는 굴에 들어가서 입구를 최대한 막아 보려 애를 썼다. 완전히 막을 방법은 없었다. 하지만 아이들이 모래에 파묻혀 죽는 일만큼은 막아야 했기 때문에 우리는 굴을 찾거나 버려진 창고들을 찾아다녔다. 하루 중 대부분의 시간은 먹을 것을 찾고, 지키고, 집이 아닌 곳들을 집 삼아 수리하는 일이었다.

아이들의 대부분은 집을 나온 10대였다. 길을 잃어서 이곳에 왔다가 정착한 아이도 있었지만, 대부분은 집을 나온 후 자연스럽게 그렇게 된 경우가 많았다. 아이들이 부모를 떠난 이유는 비슷했다. 살기 위해서, 살아남기 위해서. 죽기 위해서 이곳에 온 아이들은 없었다.

가끔 부모가 직접 버린 아이들도 있었는데, 그 아이들은 나이가 훨씬 더 어렸다. 죽기를 바라지 않는 이상, 이런 식으로 사막에 아이들을 버릴 수는 없다. 아이들은 분노보다 즐거움을 빨리 배웠다. 그걸 용서라고 부르고 싶지는 않았다.

대신 나 같은 어른들이 점점 분노를 배웠다. 우리는 아이들처럼 쉽게 즐거움을 찾지도 못했다. 그래서 아무도 보지 못하는 곳에서 울거나 소리를 지르거나 스스로 생을 마감했다. 그러나 아이들은 언제나 삶을 위해 그곳에 있었다. 살아 있기 위해 노력했다. 그런 아이들의 삶을 보면서 연명하는 건 어른인 우리들이었다. 투표를 통해 누군가를 버려야 할 때도 있었다. 도대체 그런 선택을 왜 해야 하는 건지 신의 의도를 알 수 없었다. 신이라고 해야 할지, 자연이라고 해야 할지, 무엇도 아니라고 이를 갈며 치기를 부리고 싶었다. 적어도 우리는 우리를 버릴지언정 아이들은 버리지 않겠다고 약속했다. 나처럼 자기만 살기 위해 사막을 빠져 나오는 것도 방법이었다.

우리는 우리를 부르는 이름을 만들지 않았다. 아이들을 돕는 사람들이나 아이들과 사는 사람들, 그렇게 분리하고 싶지 않았다. 아이들과 우리가 분리되지 않았으면 해서 우리는 그저 '우리들'이라고 불렀다.

내가 집을 떠난 지도 벌써 2년이 넘었고, 사막 지역까지 들어간 지도 1년이 넘었다. 돌아오는 길에 모래에 파묻혀 죽기를 바라기도 했지만 결국 집 앞까지 오고야 말았다. 그리고 나는 살고 싶었다고 외쳤다. 그것도 아버지 앞에서.

소미라는 아이에 대해서는 잘 모르지만, 아버지가 나 대신 '돌보는' 아이였음을 금세 알 수 있었다. 소미가 부엌에 남긴 흔적들을 보면 그 아이가 아버지를 '따랐다'는 걸 알 수 있었다. 소미의 손이 곧장 갈 수 있는 낮은 찬장에 놓인 술병들과 아버지의 동선을 고려한 그릇과 재료 통의 위치. 그리고 모래 먼지가 전혀 없는 곳에나 있을 법한 깨끗한 잔. 내가 돌아온 날 나를 가장 먼저 발견했던 아이, 그 아이가 소미라고 했다.

소미와 친구인 듯한 도브는 3번 테이블의 남자, 일명 방랑자와 친했다. 도브는 조금 신기한 느낌을 주는 아이였다. 나랑 몇 살 차이 나지 않는 어른이었지만, 어딘가 아이 같은 면이 있어서 내가 외면한 이들을 떠오르게 만들었다. 죄책감이 도브로부터 시작되었다고 원망도 해 보고 싶었지만, 그 역시 되지 않았다. 도브는 아이 같아서, 아이들 같아서 도저히 원망할 수 없는 얼굴빛을 가지고 있었다.

오늘은 한 번도 공황 증세가 나타나지 않았다. 손님들도 많이 오지 않았다. 다만 도브가 꾸준히 가게에 왔다. 가끔 엠과 파로 불리는 노부부도 왔다. 그들은 가게에 들어서면 제일 먼저 깊은 숨을 푸하 내뱉었다. 모래 돌풍이 부는 날이 점점 잦아졌다. 그들이 외출하기에는 좋은 날씨가 아니었다.

도브는 그들에게 우비와 마스크를 챙겨 주었다. 도브는 상류 지역에 있다고 했던 것 같다. 그들에게 지급되는 물품 혹은 그들이 살 수 있는 물건들을 보면 또 아이들이 생각난다. 신발 한 켤레가 귀한 아이들에게 마스크는 사치였다. 가지고 있는 옷들 중에서 가장 깨끗한 것을 찢어 대충 입과 코를 막을 수 있으면 그것이 마스크였다. 숨을 쉬기 힘들 정도로 투박하거나 모래가 다 들어오고야 마는 조악한 마스크였다. 하지만 어떻게든 모래는 막아야 했으므로, 아이들은 살아가기로 결정했으므로 우리는 노력했다. 우리에게는 그런 마스크조차 가볍게 느껴졌다.

그래서 아이같이 맑은 얼굴로 고급 물품들을 가져오는 도브는 내게 너무 낯선 대상이다. 그런 도브가 먼저 말을 걸어왔다.

"왜 그렇게 아이들이 신경 쓰이는 거예요?"

아마 아버지에게 대충 이야기를 들은 모양이다. 요즘에는 방랑자와 함께 생활하고 있고, 나도 그 생활이 싫지 않았다. 집 밖에서 경험한 것들이 이런 생활에도 적응할 수 있게 하는 듯하다. 그러다 보니 자연스럽게 이런저런 이야기를 털어놓게 되었다.

"아이들이 가장 연약하고 소중하니까요."

"당신을 보는 것 같아서요?"

아직까지 단둘이 대화한 적도 없는데, 도브는 쉽지 않은 말을 쉽게 한다. 그리고 그 말이 너무 맞아서 당황스럽다.

"내가 생각나긴 했죠."

"당신은 아버지를 떠나지 않았잖아요."

"결국엔 아이들을 찾으러 떠나면서 내 아버지를 떠난 셈이긴 해요."

"알고 있군요."

도브는 맥주잔을 다 비우고는 3번 테이블로 돌아갔다. 요즘 두 사람은 어떤 가설에 빠져 있었는데, 무엇보다 방랑자의 기억이 돌아올 수 있도록 애쓰고 있었다. 도브는 방랑자의 돌아온 기억들을 증명하는 데 힘을 썼고, 방랑자는 나머지 기억들을 찾아내려고 노력했다.

"이상한 사람이야."

아버지와 가게를 정리하면서 보니 도브가 아직 나가지 않았다. 최근 다시 잦아진 이상 기후와 모래 돌풍 때문에 도시마다 이동 제한 시간이 생겼고, 여기는 새벽 2시까지만 이동할 수 있다는 지침이 내려왔다. 처음에는 권고였지만, 이제는 모두가 강압적으로 자발적으로 지키고 있는 통금 시간이다. 지금은 새벽 2시가 넘었으므로 도브는 오늘도 가게에서 밤을 보낼 생각인 듯했다.

나도 방랑자의 테이블에 가서 앉았다. 아버지가 장부 기록을 보는 동안 그들과 이야기를 나눠 볼까 싶어서였다.

“방랑자는 10월의 아이들이라던데요.”

방랑자의 이야기를 하며 도브를 쳐다봤다.

“나도 10월의 아이들이에요.”

“김도브군요.”

“맞아요, 이노원 씨.”

“소미 씨와 같은 나이라고 들었던 것 같은데.”

“아니에요. 소미가 한 살 더 많은데, 친구처럼 지내고 있죠.”

“57년생? 난 51년생이에요.”

“음. 아버지와의 사이에 대해서 함부로 말한 것 같아서 미안해요, 아까.”

“맞는 말인데요, 뭐. 내가 아버지를 떠났어요.”

아버지가 있던 쪽을 돌아보았다. 쓰레기를 내놓으러 나갔는지 아버지의 모습이 보이지 않았다.

“아빠 손에 자란다는 건 어떤 건지 궁금해요.”

한참 모니터에 빠져 있던 방랑자가 고개를 들어 도브를 보고 웃었다.

"도브는 궁금한 게 많은 사람입니다. 가끔 로봇같이 보일 때도 있습니다만, 가장 인간적인 사람이죠."

"저도 그렇게 생각해요."

도브가 방랑자의 잔에 남아 있던 위스키를 조금 마셨다. 그러고는 방랑자의 테이블에 흩어져 있는 자료들을 의미 없이 넘겨 보았다.

"매일 여기 와서 무슨 생각을 하고 있는 거야?"

"갑자기 말을 놓는 건가? 그것도 편하지."

"응. 우리 또래잖아."

"또래라는 말 되게 오랜만이네요. 시설에서 퇴소한 후로는 들은 적이 없는 것 같아."

"시설에서 자랐어? 가족이 없는 거야?"

"이 구역 사람들은 대체로 10월의 아이들에 대한 정보가 없는 것 같아요. 그렇죠?"

도브가 방랑자를 바라보며 물었다. 방랑자는 웃으며 고개를 끄덕였다.

"그럴 수밖에 없을 거예요. 10월의 아이들은 한정된 곳에만 있으니까."

"그건 또 처음 듣는 애기인데. 방랑자는 어째서 그 모든 걸 알고 있는 거예요?"

"아? 그건, 그건…… 나도 모르겠군요. 그냥 떠올랐어요. 내가 뭘 알고 있는 걸까요?"

"방랑자는 기억을 잃은 채로 노리터에 왔어. 지금은 기억을 점점 찾아가고 있지만, 아마도 노원처럼 어딘가로부터 도망치거나 돌아가거나 하는 중인 것 같아."

"그래서 가족…… 이 없다는 거지?"

이들에게는 가족이 없다는 사실이 중요하다.

"방랑자는 국가기관에서 자란 것 같고, 나는 시설에서 자랐어. 고아원이랑 다를 건 없는데 조금 더 시설이 좋고, 사람들이 좋았다는 거? 풍족한 환경이긴 했어요. 아쉬울 건 없었거든."

"가족을 갖고 싶진 않았어?"

"가족이 있다는 건 좋은 건가요?"

애초에 내가 평생을 물어 온 질문을 가족이 없는 사람에게 묻는다는 게 잘못되었다. 나도 하지 못할 답을 가족이 없는 사람에게 묻는다는 건 내가 원하는 답이 있다는 것밖에 되지 않는다. 하지만 나에게 가족이란 더 이상 나쁜 것도 좋은 것도 아니었다. 부모도 마찬가지였다. 좋은 것도 나쁜 것도 아니다. 아버지가 나에게 그런 의미가 된 것도 아니다. 그 사실을 깨닫지 못했다면 나는 이 집에 돌아오지 않았을 것이다. 어머니가 떠나고, 내가 평생을 보내고, 아버지가 나를 키운 이 집에 의미가 없다면 거짓말이다.

"좋은 것도 있고, 나쁜 것도 있고."

"처음부터 없었던 사람들에겐 바람이라는 것도 없는 것 같아요. 아닌가?"

도브가 잠시 생각에 빠져들었다. 그러자 방랑자가 이어 답했다.

"도브의 경우는 그렇다는 거죠. 나는 가족이 있었는데도 결코 가족이라고 느끼지 못했습니다."

"친부모가 있었나요?"

"네, 국가기관에서 파견된 양육자였지만, 내가 태어났을 때부터 아버지라는 이름으로 맡아서 키우기는 했으니, 부모였습니다. 하지만 저 역시 성인이 되는 순간 집을 떠나야 했으니까요. 글쎄요, 가족이지만 가족 같지 않긴 해요. 당신이 생각하는 애증과 온갖 감정이 섞인 가족은…… 끝내 될 수 없었습니다."

그때 도브가 다시 입을 열었다.

"가족이 있다는 건 좋은 거예요? 좋은 게 더 많아요?"

"그건 가족마다 다르겠지."

"지금 생각해 봤는데, 내가 특이하긴 했어요. 가족을 갖고 싶다고 생각하지는 않았으니까. 그런데 시설에 있던 많은 애들이 가족을 갖고 싶어 했어. 특히 고등과정에 올라가고 나서부터는 10월의 아이들이라는 사실을 들키고 싶지 않아 했거든."

"하지만 김씨 성이라는 걸 들으면."

"그렇지. 하지만 뭐랄까, 숨길 수 있는 방법이나 속일 수 있는 방법도 있으니까요."

"그렇게 가족이 있는 것처럼 행동하면 얻을 수 있는 게 있었나?"

"적어도 인조인간 취급은 안 받을 거라고 생각했던 것 같아."

"인조인간……."

"시설에는 가끔 형제가 있는 애들이 오거나 김씨 성이 아닌 애들이 있었는데. 걔네의 자존심은 엄청났어요. 적어도 우리는 너네랑 달라. 그런 마음이 늘 깔려 있었으니까."

"그런데 너는 그게 싫지 않았어?"

"이해되지 않으니까."

방랑자가 다시 웃었다.

"두 사람 대화가 꽤 재밌게 흘러가네요. 더 많이 얘기했으면 좋겠어요. 서로한테 좋을 겁니다. 저는 이만 자러 가 봐야겠어요."

방랑자가 자리를 뜨고, 도브는 맥주를 한 잔 뽑았다.

"사장님이 계산기를 끄고 들어가신 것 같은데, 이것 좀 기록해 줄래요?"

"그래. 내가 기억하고 있을게. 어차피 내일도 올 거잖아."

"푸흐흐, 나 그런 존재인가?"

"국가에 의해 길러진다는 건 어떤 느낌인 걸까."

"아무 느낌도 없어."

도브가 나와 마주 앉더니 나를 똑바로 쳐다봤다.

"국가가 눈에 보이는 것도 아니고 말이야. 대통령이나 누가

와서 '여러분이 잘 자라서 국가에 공헌을 해야 합니다.' 같은 말을 하는 것도 아니고. 그냥 기숙사에 사는 학생들 같아."

"정말로?"

"나만 그랬을 수도 있지만."

"나라면 가족에 대해서는 계속 생각했을 것 같아. 학교에 가면 가족이랑 사는 애들도 있었을 테니까. 성이 다른 애들도 많았을 거고."

"응. 그런데 대부분은 반이 달랐어. 우리가 선택하는 전공은 거의 컴퓨터나 기계와 관련된 일이거든. 최적화되어 있는 로봇 같았달까. 그래서 고등과정 때부턴 더 그런 애들을 볼 일이 없었어."

"……."

"내 눈엔 안 보였거든요. 이상하지?"

"특이하긴 하네."

"아빠한테 길러진다는 건 어떤 의미야?"

도브의 갑작스러운 질문에 당황스러웠다. 무엇이든 학습하듯 묻는 도브도 당황스러웠지만, 질문 자체가 송곳 같았기 때문이다. 아버지와 산다는 건 평범하지. 평범하고, 때로는 너무 안 맞아서 싸우기도 하고. '이렇게까지 나를 위해 헌신하는 이유는 뭘까?' 하는 궁금증이 들기도 하고. '내가 왜 철이 들어야 하지?' '왜 하필이면 가족이 있어서 책임감에 짓눌리게 하지?' 하는 원망도 있고.

"좋기도 하고 나쁘기도 하지. 좋은 일도 있지만, 나쁜 일도 있잖아."

"아버지라는 존재는 다른 사람들과는 다른 거야?"

"넌 어떨 것 같아? 상상해 본 적 없어?"

"있어. 그리고 난 얼마 전에 생물학적 아버지를 만났어."

"뭐?"

"임종 전에 돌볼 가족이 없는 경우, 자신의 유전자 공유자를 찾을 수 있다나 봐. 자기가 공여자니까 가족으로서의 뭐…… 그런 건가? 나도 잘은 모르겠어. 나는 책임감 같은 건 느끼지 않았는데, 그래도 한 사람의 죽음을 지켜봐 주는 게 나쁘진 않을 것 같았어."

"그럼 아버지…… 라고 할 만한 사람을 마지막까지 돌본 거야?"

"응."

"가족이라고는 생각하지 않았을 거 아냐."

"응."

"그런데도 가능했어? 부담스럽지 않았어?"

"아픈 사람을 보면 특별한 생각이 안 들지 않아? 그저 불쌍하고 안타까운 느낌, 그 정도였고. 노원 씨가 밖에서 아이들을 돌본 거랑 비교하면 아무것도 아닌 일이었어."

말간 얼굴로 상상도 할 수 없는 일을 해내고, 아무렇지 않게 말하는 도브가 낯설었다. 하지만 동시에 무척 가깝게 느껴졌다.

"노원 씨는 왜 그들을 도와줘야겠다고 생각한 거야?"

"처음에는 그럴 생각이 없었지."

"그래도 어느 순간 집을 박차고 나갔잖아. 그 사막까지 다녀왔다며?"

가슴에서 모래 돌풍이 일었다.

뜨거운 여름이었다. 더 이상 뜨거워지지 않을 것 같은 땅이 계속해서 뜨거워지고, 공기는 공기라고 할 수 없을 만큼 절절 끓었다. 끔찍한 벌레들이 점점 거대해졌다. 덩달아 피부병이, 전염병이 돌았다. 식물에도 전염병이 돌았고, 그해에는 가게를 운영하는 것도 불가능할 지경이었다. 아버지는 야간에 가게를 여는 대신, 낮에 옆 마을로 가서 공사장 일을 도왔다. 빈집들을 정리해 자재를 내다 파는 일이었다.

나도 따라가겠다고 했을 때, 아버지는 다시는 그런 말을 하지 말라고 했다. 지금 생각해 보면 아버지의 눈은 슬퍼 보였고, 나는 화가 났던 것 같다. '어떻게 되든 무슨 상관이야.' 하는 마음으로 문을 쾅 닫고 방에 들어갔을 때도 벌레 울음소리가 왕왕거렸다. 징그러워. 더러워. 전부 다 벌레야. 벌레들뿐이야. 씨발! 저 새끼들은 다 어디서 나타나는 거야!

아버지가 어머니 이야기를 절대 꺼내지 않는다거나 하는 뻔한 이야기는 아니다. 그냥 남자 둘이 사는 집의 삭막함에 관한 것이다. 아버지는 내가 엇나갈까 봐 잘 혼내지도 않았고, 그렇다고 애정을 퍼부어 주지도 않았다. 그럴 때는 어머니 생각이 나기도 했다. 나를 낳는 것에만 동의하고 가정을 이룰 생각은 없다며 떠났다는 어머니. 정확히는 아버지의 옛 여자 친구. 꼭 그 사람이 아니더라도, 만약에 나를 혼내거나 사랑해 주는 어른이 있었다면. 그때는 몰랐던 내 욕구를 사막의 아이들에게서 발견했다.

나는 아직 어른이 아닌데, 어른처럼 행동하길 바라잖아요. 돌봐 주지도 않으면서, 관심 가져 주지도 않으면서, 적당히 자기들 역할만 잘하면 된다고 착각하잖아요. 진짜 싫어요. 이도 저도 아닌 그런 태도요. 그게 얼마나 엿같은지 모르고요.

차라리 부모에게 맞고 자란 아이들은 신나게 부모 욕을 하기라도 했다. 하지만 나와 비슷한 아이들은 이것도 저것도 아니어서, 이도 저도 아니어서 욕을 할 수도 없었다. 씨발! 존나 짜증나요! 욕하는 애들을 보면 차라리 그게 부러울 정도였다.

"그런 애들을 만나러 갔었어."

"네?"

"나 같은 애들. 부모를 미워하지도 좋아하지도 못하는 애들. 그리고 부모를 너무 미워할 수밖에 없는 애들. 어쨌든 어른이 돌봐 줘야 할 애들을 만나러 나갈 수밖에 없었어."

"지켜 주고 싶었어?"

"그건 아니야. 애들은 애들 나름대로 자신을 잘 키워 나가거든. 다만 관심이 있는 어른이 있다는 걸 알려 주고 싶었어."

"처음부터 그게 목적이었어? 아이들을 위해 헌신하는 거."

처음에는 아니었다. 환경 파괴나 들끓는 벌레들, 사라지지 않는 전염병에 관한 관심이 먼저였다. 그렇다고 해서 내가 과학자가 된다거나 의사가 될 수 있는 건 아니었다. 이 구역에서 나고 자란 나는 학교를 졸업하면 부모님의 일을 물려받게 되는 운명이었다. 운명이라고 하니 엄청나 보일 수도 있지만, 그게 내 인생이라고 생각하면 뭐, 그게 사람 사는 거 아닌가 할 수 있었다. 여기는 다들 그렇게 사는 곳이니까.

그건 도브가 가족에 대해 특별히 생각해 본 적이 없다는 것과 비슷하다. 과학자나 의사가 될 생각도 없었다. 그저 저 망할 벌레 새끼들을 다 태워 죽여 버리고 싶었다. 아니, 이렇게 펄펄 끓는 더위에 벌레들은 익지도 않나. 튀겨져서 음식이라도 되면 다행인데. 삐딱하고 파괴적인 생각이 들었다. 그래서 화염방사기를 만들어 벌레를 태우는 일에 재미를 붙였다. 하지만 아버지는 여전히 나를 혼내지 않았다. 내가 사람까지 죽이게 되면 어쩌려고? 따져 묻고 싶을 때도 있었지만, 아버지는 집에 오면 유난히 말이 더 없어졌다.

당신은 그저 옛 여자 친구가 맡기고 간 아이를 돌보는 것뿐이라고. 이 아이가 다치지 않고, 배곯지만 않게 돌보면 된다고 생각하는 것 같아서 화가 났다. 당신이 내 아버지가 맞나요? 당신은 어느샌가 자기 방을 내버린 10대가 염려되지 않나요? 내가 좋아하는 것들로 채워진 내 방을 버리고, 창고에 틀어박힌 내가 염려되지 않아요? 20대가 되었는데 취직도 안 하고, 아버지 일을 돕지도 않는 나를 왜 가만히 놔두나요? 기다려 준 거라는 말은 하지 마세요. 그것만큼 짜증나는 말도 없으니까.

어느 날, 동네 골목에 버려져 굶어 죽은 갓난아기와 할아버지에게 맞아 죽은 열네 살 아이 이야기를 듣고 난 뒤, 모든 게 바뀌었다. 모두 같은 날 일어난 사건이었다.

부모가 부모답지 않을 때 생기는 결과가 '나' 정도면 양호하다는 사실이 끔찍했다. 맞설 수 없다면 피해야 하는, 맞서고 맞서다가 살기 위해 도망쳐야 하는 아이들을 생각하게 됐다. 그렇게 시작된 일이었다. 그러다 부모가 부모다워야 할 이유까지 생각하게 된 지금, 나는 언제가 더 괴로웠는지 모르겠다.

"왜 행동하는 사람이 됐는지, 그게 제일 궁금했어요, 사실."

"뛰쳐나갔을 뿐인데. 그게 시작이 됐어."

"그게 시작이 됐다."

도브의 습관은 상대방의 말을 반복하고, 생각한다는 것이다. 이 역시 아버지 그리고 방랑자와 함께 지내며 알게 된 것이다.

"언젠가 알람이 울린다면, 그땐 어떡할 거야?"

"알람?"

"아이들이 위기에 처했다는 알람이요."

"그런 알람이 있어?"

"노원 씨 마음속이나. 아니면 재난 경보일 수도."

"그렇다면 또 괴로운 마음으로 집을 나가겠지."

"왜 괴로운 마음일까?"

"어느 쪽도 선택 못 하겠는데, 결국에는 선택해야 하니까."

"왜 그렇게까지 해?"

숨을 골라야 한다.

"인간이 아니면 일어나지 않을 사건 사고들이 미친 듯이 터져. 그걸 해결할 수 있는 것도 인간이라고 생각해. 아이들이 누군가를 기다리고 있을 거야."

"그게 노원 씨가 아닐 수도 있잖아."

"지금 세대와 다음 세대 역할을 동시에 맡아야 할 세대가 있다고 생각해. 난 그 세대에 도착한 사람이고. 나는 도브도 그런 나이라고 생각해."

"나도."

"차마 어른이라고 부를 수는 없지만, 아이들을 도울 수는 있는 나이. 우리는 다음 세대이면서, 우리의 다음 세대를 위해 일하고 양육해야 하는 나이. 그게 어느 정도 나이 든 청년들의 위치라고 생각해. 어른이라고 부르고 싶지는 않은데, 청년이라고 하면……."

"좀 괜찮은 기분이 되는 거죠?"

"응. 나를 청년이라고 정의하면 조금 희망이 생겨."

"지금도 당신을 기다리는 아이들이 있을 것 같아."

"정말로 그렇게 생각해?"

웃음이 나왔다. 도브의 맑음에 웃음이 나왔고, 아이들의 얼굴이 떠올라서 울컥했다.

"하지만 아버지가 당신을 필요로 할 때도 있으니까. 그러니까 지금은……."

"응. 지금은 내가 갈 수 없어. 힘을 모아야겠지."

"……힘을 모아야겠지."

"세계가 기다려."

"아이들이 당신을 기다리지."

"아니, 세계가 우리를, 우리를 기다려."

13. 뉴스 혹은 오보

비가 올 것처럼 하늘이 흐려졌다가 언제 그랬냐는 듯 금방 해가 떠오르는 이상한 날이었다. 오늘은 회사에 가지 않아서 노리터 사장님에게 오픈 전에 가게에 가도 되느냐고 전화를 했다. 사장님은 집에서 아들과 밥을 먹고 있고, 방랑자는 이미 1층에 내려가 있을 것이라고 대답했다. 와도 된다는 말이었다.

노리터에 가 보니 정말로 3번 테이블에 방랑자가 앉아 있었다. 그는 열심히 인쇄한 자료를 뒤지고 있었다. 영업을 시작하기 전에 사장님이 스프와 감자튀김을 내왔다. 노원 씨가 내 앞에 시원한 맥주 한 잔을 놔 주었다.

"오늘은 맥주가 먹고 싶었는데 어떻게 알았어요!"

"평소보다 더 어려 보이네."

사장님이 팔짱을 끼고 우리를 바라보며 말했다.

"회사를 안 가서 그래요. 출근을 안 해서, 너무 행복해서."

"이런 날씨에는 맥주지."

노원 씨가 거들었다.

"이런 날씨에는 좋은 일이든 나쁜 일이든 평소와는 다른 일이 일어나요."

그때 방랑자의 3번 테이블에서 PC 알람이 울렸다. 연속적으로 띠링, 띠링, 띠링 소리가 들렸다. 방랑자가 급하게 키보드를 두드렸다. 그의 옆에 가서 앉아 심각하게 모니터를 들여다봤지만, 하나도 이해할 수 없는 숫자와 외국어뿐이었다.

갑자기 방랑자가 큰 목소리로 가게 모니터를 켜도 될지 물었다. 그의 목소리는 떨리고 있었다. 착각일 수도 있지만, 방랑자는 조금 설레는 것처럼 보였다.

모니터를 켰더니 긴급 뉴스와 알 수 없는 방송이 뒤섞여 나오고 있었다. 알 수 없는 외국어도 간간히 섞여 들려왔다. 어떤 말도 제대로 알아듣기 어려웠다. 노원 씨도 벌떡 일어나 모니터 앞으로 달려갔다. 그리고 급하게 채널을 돌렸는데, 하나같이 비슷한 이야기와 장면들이 나오고 있었다. 간간이 지나가는 모니터 속 사람들은 옛날 방송의 일부 같았다.

정부가 음모를 꾸미고 있다느니, 국가가 불법 연구소를 운영하고 있었다느니, 정부의 감시체제가 도를 넘어섰다느니 하는 말들도 들렸다. 그나마 알아들을 수 있는 말은 죄다 음모론 단체나 사이비 종교에서나 할 법한 말들이었다. 어떤 뉴스에서는 과학자 몇이 출연해 전문가로서 의견을 말하고 있었다. 긴급 방송이라는 타이틀이 떠 있었지만 소리는 들리지 않았다.

대충 이상 기후에 관한 내용은 아닌 것 같았다. 질 행성이 문제가 아니다. 행성 궤도 변화는 일어나지 않았다. 이건 조금 더 내부적인 사건이다. 그런 말들이 오가는 것 같았다. 입술과 자막을 읽자면 그랬다. 내 귀에는 모든 말이 음모론처럼 들렸다.

방랑자가 PC를 들고 와 엠 옆에 앉았다. 그리고 그 옆으로 나와 노원 씨가 붙어 앉았다.

얼마 안 있어 손님들이 갑자기 몰려들었다. 밖에는 비가 오는 모양인지 퇴근길에 사람들이 젖은 채로 들어왔다. 다들 가게 모니터를 쳐다보며 맥주를 찾았다. 연말 특유의 신나는 분위기는 어디에서도 찾아볼 수 없었고, 사람들은 모두 혼란스러워 보였다.

사실은 알고 있었지만 피하고 있었던 문제였다. 소미가 돌아오지 않아서 불안하다는 말을 하지 않는 것처럼. 그건 나나 방랑자만 그런 게 아닐지도 모른다. 관측소의 박 박사도, 관측소의 윗사람들도, 뉴스를 읽어 주는 앵커나 취재 기자들도 알고 있었을 수 있다. 충분히 그럴 수 있다.

파의 죽음을 애도할 새도 없이 갑자기 일이 벌어졌다. 방랑자의 PC는 계속 울렸다. 방랑자는 급하게 소리를 껐지만, 메시지로 뜨는 알람들을 하나하나 클릭해 읽었다. 다급하게 바 좌석으로 옮겨 엠에게 이것저것 물어보던 방랑자는 다시 3번 테이블로 자리를 옮겼다. 궁금한 게 너무 많았지만, 그가 먼저 입을 열기 전까지는 방해할 수 없었다.

인터넷뿐만이 아니었다. 핸드폰 SNS에서도 계속 알람이 울리고 있었다. 갑자기 사람들이 노리터로 들어와 모니터 앞에 서 있었다. 핸드폰을 들여다보는 사람들도 있었으나 대부분 무언가에 홀린 듯 모니터를 쳐다보고 있었다. 분명 비를 피하기 위해 들어온 것만은 아니었다. 방랑자는 여전히 PC만 들여다보고 있었고, 나는 답답한 마음에 차에 가서 PC를 들고 왔다. 그동안은 이야기되지 않았던 다양한 가설들과 정부와 세계기구의 음모론 같은 것들이 쏟아져 나오고 있었다. 마치 전 세계인이 한꺼번에 뿌리고 있는 것처럼 어마어마한 양의 글이 급속도로 퍼지고 있었다.

가게 안의 사람들은 패닉 상태였고, 지지와 엠도 심각한 얼굴로 모니터만 쳐다보고 있었다. 그때 방랑자가 입을 열었다.

"내부 고발자가 없다면 불가능해요."

그의 목소리는 오히려 아까보다 차분하고 단단했다.

"무슨 말이에요?"

"아고라나 포털 사이트뿐만이 아니에요. 각종 학술지와 학회

사이트에도 글이 올라오고 있어요. 연구 논문들도 하나둘 올라오고 있고요."

"그러니까 무슨 내부 고발자요?"

"개인들이, 지금 이건 개인들이 갑자기 할 수 있는 일이 아니에요. 내부 고발자가 시스템을 해킹했다는 게 더 말이 됩니다. 그동안 사라졌던 글들이 살아나고 있는 거예요."

"그럼 그동안 당신이 하나도 찾을 수 없는 게 이상하다고 했던 그게……."

"사람들은 계속 이야기하고 있었던 겁니다. 둑이 막혀 있었을 뿐이에요."

그가 흥분한 얼굴로 나를 쳐다봤다.

"아무래도 연구실에 돌아가야 할 것 같아요."

끊임없이 사람들이 노리터로 들어왔지만 나가는 사람은 없었다. 어딘가에 숨어 있던 동네 사람들이 다 노리터로 모이고 있는 것 같았다. 처음 보는 얼굴들이었지만 그들은 서로를 다 아는 듯이 큰 소리로 떠들기 시작했다. 모두 이런 이야기를 하고 싶었다는 걸 알 수 있었다. 그동안 누군가 입을 막아 뒀던 걸까. 왜 나는 방랑자를 만나기 전까진 이런 이야기를 하지 못했던 걸까. 듣지도 못했고, 말하지도 못했고, 아니다, 나는 애초에 특별한 일이라는 생각을 하지 못했다. 있을 수 있는 일이지. 그러고 보면 나는 거의 모든 일에 특별함을 느끼지 못했던 것 같다. 갑자기 머리가 어지럽고 숨이 가빠졌다. 일단 노리터에서 나가는 게 좋겠다고 생각했다.

계산을 하기 위해 카운터까지 걸어갈 힘도 없었다. 나는 방랑자에게 계산을 부탁하며 테이블에 칩을 올려두고 일어났다. 문을 열고 나가기 전에 엠의 마른 등을 보았다. 혼란 속에서 홀로 고요하게 앉아 있는 등. 나는 그 고요를 향해 달려가 와락 끌어안았다. 엠이 토닥이며, 언제든 연락할 수 있다는 것을 잊지 말라고 했다. 엠도 내가 있다는 걸 잊지 않았으면 좋겠다고, 한 번도 해 보지 않았던 말을 하고 노리터에서 나왔다.

운전하는 내내 속이 울렁거려서 헛구역질을 했다. 자율주행으로 바꾸고 쉬면서 가도 되는데, 그럴 수가 없다. 적어도 지금 당장은, 내 손으로 하는 것 외엔 어떤 것도 믿어서는 안 됐다.

집에 들어오자마자 보안 상태를 확인하고 욕실에 들어갔다. 욕조에 차가운 물을 받아 놓고 들어가 한참을 멍하니 앉아 있었다. 차가운 물이 몸에 닿는 감각에만 집중했다. 내가 계속 같은 현실에 있다는 것을 믿을 수 있는 유일한 방법이었다.

욕실에서 나왔더니 하우스키퍼 모니터에 긴급 메일이 와 있었다. 그리고 달력에 새로운 일정이 추가되어 있었다. 메일은 지역 건강보험 관리국과 바이오패스 센터에서 온 것이었다. 정기 상담에 빠진 지 10회가 넘었다는 내용이었고, 다음 주까지 상담소나 바이오패스 센터에 가서 심리 검사를 받으라는 권고 메일이었다. 달력에 추가된 일정도 심리 검사 마감 기한이었다.

소파에 앉아서 모니터를 켰다. 어떤 채널을 틀어도 시끄러웠다. 여태까지 아무도 꺼내지 않았던 이야기들이 이렇게 쏟아져 나올 수 있다고? 그동안은 누가 막았던 거야? 누가 입까지 막고 있었던 거야? 아니면 내가 사람들과 대화하지 않아서, 대화할 친구나 동료가 없어서, 나만 이런 이야기를 나누지 않았던 거야? 특별히 교류하는 사람이 없는 것은 맞다. 노리터에 가기 전까지는 출근과 퇴근뿐이었다. 회사에 갔다가 집으로 돌아오면, 다음 날 다시 회사에 가고 집으로 돌아오는 일정만 반복했다. 퇴근한 뒤나 휴일에 누군가를 만나는 약속을 잡은 적도 없었다. 가끔 술을 마시러 술집에 가기도 했지만, 그건 혼자 카페에 가거나 식당에 가는 것과 같았다. 노리터에 가기 전까지는 그랬다.

어쩌다 방랑자와 대화하게 됐더라? 그가 나에게 경계심을 풀었던 때가 언제지? 사장님이랑 아, 소미. 소미는 잘 지내고 있을까? 어디에 있는 걸까? 소미와 사장님 아들 노원 씨, 나와 지지까지. 이렇게 또래들과 술을 마시며 이야기해 본 적이 있나? 밥을 먹은 적도 없었던 것 같다. 나에게 노리터는 무척 이상한 곳이었다.

어쩌다 노리터에 가게 됐지. 아버지의 파트너를 찾으려고 시작한 일이었는데, 정작 그것에 대해서는 까맣게 잊고 살았다. 계속 파트너를 찾아볼 셈이야? 계속 나에게 물어 왔던 것 같다. 다만 답을 해야 할 내가 도망 다니는 느낌이다. 그렇게 도망 다니듯 노리터에서 놀고 온 지도 반년 째다. 솔직히 즐거웠다. 재밌으니까 더 자주 갔고, 아버지에 관련된 것들은 점점 잊어버렸다. 몇 주째 상담에 빠졌고, 상담소와 건강보험 관리국에서 수차례 전화가 왔다. 출근해서 제일 먼저 하는 일이 메일을 확인하는 것이었으므로 상담과 관련된 메일도 벌써 여러 번 봤을 것이다. 내가 기억하지 못할 뿐이다. 전혀 신경 쓰이지 않았거나 신경 쓰고 싶지 않았거나. 역시 무시하거나 도망치거나.

그러고 보니 내가 왜 상담을 받았는지도 모르겠다. 상담. 상담. 내가 정신적으로 힘든 게 있나? 아니지, 힘든 게 없어도 건강한 삶을 유지하기 위해서 계속 다녀야 하지. 그런데 학생 때는 한 번도 상담을 받은 적이 없어. 언제부터였더라. 그래, 성인이 되고 난 뒤다. 시설에서 독립한 뒤였는지, 회사에 입사하면서였는지 잘 기억나지 않는데, 그즈음 건강검진을 받았던 기억이 있다. 학생 때 학교에서 하던 신체검사나 바이오패스 검사와 다르게 꽤 길고 귀찮은 과정이었다. 그때 제대로 된 심리 검사와 뇌 검사도 했던 것 같다.

건강검진 결과를 들으러 갔을 때, 기분 조절 능력에 문제가 있다 그랬나. 뭐가 문제라고 했지? 감정……. 감정과 관련된 뭐가 안 좋다고 그랬나. 감정을 느끼지 못한다? 정확히 뭐라고 했는지는 기억나지 않는다. 의사가 상담을 권유했고, 나는 그 말을 따랐다. 그게 건강에 좋다고 했다.

정말 상담이 필요했을까? 상담에서 어떤 말을 했지? 어, 특별한 건 없었다. 그래서 문제였나? 좀 더 사람과 교류했으면 좋겠다는 말을 자주 들었다. 상담사는 무슨 말이든 괜찮다고 했지만 나는 딱히 말할 게 없었다. 물론 시간이 지날수록 시시콜콜한 이야기를 하게 됐다. 하지만 정말 특별한 의미는 없었다. 그래, 의미가 없었다. 상담사는 내가 어떤 이야기를 하든 마지막엔 '어떤 기분이 들었나요? 어떤 감정이에요? 조금 더 설명해 볼 수 있나요?' 같은 질문을 했다. 항상 같은 패턴이었다. 내 이야기에는 그런 게 빠져 있다고 짚어 주는 것 같았다. 기분이 나쁘지는 않았지만, 때로는 그 질문이 불안했다. 나에게 문제가 있고, 그건 타인에게도 문제가 된다고 하는 것 같아서 무서웠다. 이야기를 하고 나면 더 입을 닫고 싶어졌다. 상담사는 그런 나의 입을 계속 움직이게 만드는 역할이었다.

이쯤 되니 상담은 정말 필요한 것일지도 모른다는 생각이 들었다. 모니터 속에 사람들은 계속 흥분 상태였고, 나는 나대로 머릿속이 시끄러웠다. 핸드폰을 켜서 긴급 메일을 다시 확인했다.

상담 치료는 비용을 국가에서 부담하고 있기에 10회 결석할 경우 건강보험 대상자로서 등급이 떨어질 수 있다는 설명이 눈에 띄었다. 다른 진료 과목에는 영향을 주지 않지만, 상담소 치료에 한해서는 등급이 떨어진다는 것이다. 그래서 기한 내에 심리 검사를 다시 받아 결과를 제출해야 한다. 새로운 상담 일정에 참고하기 위해서였다.

"2, 3차 상담소로 재배정 될 수 있으며……."

상담소에 꼭 다녀야 하는 걸까? 안 다니니까 어때? 요즘 상태가 안 좋았나? 그건 아닌 것 같다. 그럼 왜 상담을 받는 거야? 의사도 치료 목적이 아니라 건강 관리가 목적이라고 했다. 그러니까 상담을 받지 않는다고 갑자기 내 상태가 안 좋아지지는 않을 것이다. 상담을 받으면서 안 좋았던 게 있었나? 상담사는 괜찮은 사람이라고 생각한다. 그 사람 앞에서는 평소보다 많은 이야기를 했던 것도 맞다. 그게 나의 생활에 도움이 되었느냐고 묻는다면 잘 모르겠다. 없는 것보단 나았겠지? 막연히 그렇게 대답했을 것 같다.

그런데 왜 이렇게 계속 상담이 꼭 필요한가 물어보게 되는 걸까. 노리터에서 사람들을 만난 뒤로 상담에 소홀해진 건 맞다. 하지만 그게 더 즐거워서 어쩔 수 없었다. 더 즐거워서? 나는 즐거웠나? 전에는 즐겁다는 단어를 쓴 적이 있나? 잠깐, 즐거웠다고? 내가 즐거움을 느낀다는 사실이 놀라웠다. 즐겁다는 단어가 너무 어색하고, 즐겁다는 기분이 익숙하지 않았다는 것을 깨달아서 놀랐다. 인간이라면 당연히 일상적으로 느껴야 하는 거 아니야? 아니야. 무엇이든지 당연한 건 아니지. 그런 게 당연하지 않은 사람도 있을 수 있잖아. 아니, 내가 즐거움이 뭔지 몰랐단 말이야? 지금은 알고? 아닌데, 그건 아닐 텐데.

모든 게 아득하고 멀게 느껴졌다. 무서우면서도 슬펐다. 그때 엠의 말이 떠올랐다. 언제든 연락할 수 있다는 걸 잊지 마요. 내 기분과 감정을 이야기하거나 도움받기 위해 연락을 한다고? 따뜻해 보이는 말이긴 해도, 사실 왜 그래야 하는지 모르겠다고 생각했었다. 그런데 오늘 엠의 말에 내가 했던 대답은 "엠도 내가 있다는 걸 잊지 마요."였다.

다시 핸드폰을 봤다. 누구에게도 연락이 오지 않았다. 소미. 내 앞에서 조잘조잘 떠들던 소미가 떠올랐다.

〈나 너무 무서워〉

소미에게 메시지를 보냈다. 소미가 읽지 않아도 답을 하지 않아도 어쩔 수 없다. 그냥 이 말을 꼭 해야만 했다. 내가 해 줘야 했다.

뭐가 무서운지는 모르겠다. 나는 왜 상담을 받는 거야? 나는 왜 상담에 가지 않아도 괜찮은 거야? 왜 사람들이랑 대화해야 하는 거야? 노리터에 있는 게 즐겁다고 생각했어. 왜 거기서는 즐거웠던 거야? 그러니까 나는 상담을 계속 받아야 하는 거지? 이제 사람들이랑 대화할 수 있게 된 거라고 생각하면 안 되나? 내가 사람들이랑 교류가 없는 게 문제라고 했잖아. 그래서 상담 받는 거 아니야? 나 한 번도 이게 이상하다고 생각한 적 없는데, 상담소에 가기 싫다거나 상담이 싫었던 것도 아닌데, 지금은 왜 이렇게 불편하지? 내가 관리가 필요하다고 진단한 건 의사지만 그 기준을 만든 건 누구야?

분명 지지와 소미는 완전히 다른 대답을 할 것이다. 이제 이 모든 게 누군가의 음모처럼 느껴진다. 나 역시 누군가가 지켜보고 있을지도 모른다. 이런 생각을 하는 나를 누가 발견할지도 모른다. 나를 보는 누군가가 무서운 건지, 이런 생각을 하는 내가 무서운 건지 모르겠다. 소미에게서는 연락이 없었다. 내일도 연락이 없을 수 있다.

내일, 내일도 노리터에 가도 될까?

그다음에도?

그다음에는?

아버지의 파트너를 찾지 않아도 될까? 상담소에 안 가도 될까? 상담소도 가고 노리터도 가는 게 좋을까? 한자리에서 벗어나지 않은 삶을 계속 이행해야 했을까? 더 이상 벗어나면 안 되는 걸까? 새로운 자리를 찾으면 걸어도 가 보고, 느리게도 가 보고, 그냥 가 보면 안 될까? 앉아도 보고, 졸아도 보고 싶은 그런 자리라면. 그러니까 안전한 곳이라면.

알람이 울리고 뉴스가 쏟아져 나오는 동안 우리는 아무것도 할 수 없었다. 바쁘게 움직인 건 방랑자뿐이었다. 나는 집에서 소미를 생각했고, 가족을 생각했고, 아버지를 잠시 떠올렸다. 당신도 가족이 있었을까. 아니면 나처럼 시설에서 자라거나 양육자와 지냈을까. 그러다 보니 내가 정말로 궁금한 건 그 사람의 파트너도, 그 사람도 아니라는 것을 알았다. 내가 알고 싶은 건 내가 있을 곳이다.

방랑자가 있는 노리터로 다시 향하는 게 이상하지 않다. 오히려 그와 떨어져 있는 것이 불안하다. 그가 하는 말이라면 무엇이든 들어줄 수 있을 것 같다. 그건 노리터 사장님도, 소미도 마찬가지다. 그러니까 소미가 돌아왔으면 좋겠다. 무사히, 소미다운 모습으로 돌아왔으면 좋겠다. 사장님의 아들이 결국에는 사장님 곁에 왔듯이. 내 곁에 소미가, 방랑자가, 노리터가 있으면 좋겠다.

모래 돌풍 속에서도, 폭풍우 속에서도 노리터가 사라지지 않았으면 좋겠다.

오늘도 방랑자는 기억이 돌아오는 게 두렵다고 한다. 그럴 땐 분명 자신의 잘못이 있는 것만 같다고. 그러면서도 무언가 꼭 찾아내겠다는 듯이 빠르게 눈을 굴리고 손가락을 움직인다. 이제 그가 떠날 준비를 하는 것만 같아 겁이 난다.

아버지의 파트너 찾기는 진작에 잊고 있었다. 완전히 흥미를 잃었다. 솔직히 이젠 아버지라는 사람의 얼굴도 잘 기억나지 않는다. 당장은 저 사람을 따라가야 한다. 나는 지금 내가 알고 있는 사람들과 이야기를 하고 싶다. 이 세계에 대해 더 알고 싶다.

"쓰레기가 문제라고 했던 건 어떻게 됐어요?"

"그건 원래부터 있었던 문제였어요."

"날씨에 관한 게 아니에요? 지금 일어나는 일들이요."

"둑이 무너지는 것뿐입니다."

"어떤 둑이요?"

"정보를 감추는 누군가들에 대한 이야기예요."

"누군가가 누구예요?"

나는 점점 방랑자의 말을 이해할 수 없다.

"누군가들이 무언가를 숨기며 유지해 왔겠죠. 그게 국가라는 형태든, 권력이든."

"국가든 권력이든."

"시스템. 그들이 만든 시스템이 있겠죠."

우주 쓰레기를 관리하는 법안이 만들어지고 처음으로 개정되었던 날을 기억한다. 왜냐하면 그날은 내가 처음으로 독립해서 내가 선택한 집으로 이사한 날이었기 때문이다. 이삿짐을 다 정리하지 못하고 뉴스를 틀어 놓은 채 멍하니 있을 때였다. 그때 우주 쓰레기에도 주인이 있다는 말을 하던 사람이 누군지는 기억나지 않지만, 그 말만은 선명하다.

"지구 곳곳을 살피는 큐브들은 뭘 찍고 있을까요? 그건 누가 볼 수 있죠? 어쨌든 나도 도브도 못 보는 그것을요."

"누군가는요."

"네, 누군가는 보고 있겠죠. 곳곳을."

"정보는 왜 막았을까요?"

"숨기고 싶었던 게 뭔지 알아야겠어요."

"날씨는?"

"날씨는……. 내부 고발자의 등장처럼 우연일 뿐이에요."

"우연이라고요?"

"그리고 필연이죠. 그냥 일어날 일이 일어나고 있는 거예요."

"그게 다예요?"

"아마도요."

"그럼 앞으로 우린……."

"일단 우리가 찾으러 가야 할 것 같습니다. 중앙 연구소로요."

"네?"

"그들이 숨기고 싶어 하는 것을 찾으러 갑시다. 그들이 누군지 찾을 수 있을지도 모르죠."

갑자기 모든 일이 첩보 영화처럼 흘러갔다. 우주선을 탈취하고, 다른 행성을 침략하고, 생명체로 실험을 하고 부리는 이야기를 떠올렸다. 그런 음모들을 밝히는 첩보물. 음모가 아니라 사실임을 세상에 고발하는 첩보물.

완전히 망가진 사람인 줄 알았던 사람이 최고의 요원이었고 그런 자신의 정체를 숨기고 있는 이야기. 그게 방랑자의 역할이라면 나는 방랑자를 도와주는 정보원을 맡으면 되는 걸까? 하지만 나는 정보가 없다. 정보를 캐내는 방법도 모르고, 총을 쏘거나 추격자들을 따돌리거나 하는 법도 모른다. 나는 그저 날씨가 이상해진 원인을 찾기 위해 데이터를 정리할 뿐이다. 예측도 예방도 하지 못한다. 이제 와서 무언가를 고칠 수 있는 능력을 가진 것도 아니다. 그건 판타지 장르다.

그럼 나는 어떤 장르 속에서 살고 있었을까.

방랑자는 왜 기억하지 못하는 것들이 있을까. 왜 기억이 하나씩 돌아오고, 그걸 어떻게 버티고 있는 걸까. 방랑자는 어떻게 갑자기 다른 사람이 되었을까. 소미는 어디에 있을까. 누구와 함께, 무엇을 하고 있을까. 아버지는 아버지의 파트너와 어떤 사이였을까. 연인이었을까, 동료였을까, 가족이었을까.

노원 씨는 아이들을 위해 또 집을 나갈까?

“오늘부터 중앙 연구소 침투를 위한 준비를 할 겁니다. 일단 도브만 알아 두세요.”

“모두가 알 거예요. 노리터 사람들이라면.”

“그래도 도브만.”

“왜 저예요?”

“우리는 10월의 아이들이잖아요.”

“그게 왜요?”

“우리가 해야 할 일이 있다고 생각해요. 이건 그냥 어른이 하는 잔소리라고 생각해도 되는데, 친구로서 부탁하는 일이기도 해요."

"내가 할 수 있는 일이 있다면 따라갈 수도 있어요."

"도브, 아버지의 파트너 찾기는 어떻게 됐나요?"

갑자기 방랑자의 눈빛이 바뀌었다.

"아버지의 파트너는 아버지의 파트너였을 뿐이에요. 나랑은 상관없어요."

"아버지도요?"

"아버지도 아버지라고 불렀던 기간이 있을 뿐이에요."

"정말 그게 다인가요?"

"DNA 공유자로 쉽게 가까워질 수 있었던 사이. 하지만 역시 그게 다예요. 그가 나를 찾기 전의 삶과 완전히 같지는 않지만 그렇다고 내가 달라진 것도 아니에요."

"김도브는 김도브일 뿐이죠."

"그러니까. 그러니까 따라갈래요. 내가 도와줄게요. 오늘부터 내가 방랑자의 조수예요."

"내 이름은 김이고예요. 김이고 박사."

"나는 김도브예요. 당신과 같은 10월의 아이들. 분명 우리가 할 일이 있겠죠?"

"10월의 아이들이라서가 아니라."

"우리라서요. 내가 회사에서 아이디카드를 복사해 볼게요."

"무리해서 도와주려고 하지 않아도 돼요."

아니다. 우리라서 할 수 있는 일이 있다.

"우리라서 해야 할 일은 아니에요. 도브 씨라면 더더욱 그럴 필요 없고요."

방랑자의 눈빛이 번쩍이더니 마치 내 마음을 읽은 듯이 말했다.

"거절할 것까지도 없잖아요."

"거절한 적은 없고……. 아, 이랬다저랬다 해서 미안해요. 실은 나도 무엇부터 시작해야 할지 모르겠거든요."

"엉망진창의 세계에 발을 들이는 거죠."

그러나 나는 그를 믿는다. 어디서 기인하는 믿음인지는 모른다. 지금 출발한다고 해도 괜찮다고 할 것이다. 지금 나에겐 방랑자가 유일한 친구인 것만 같다. 소미가 돌아오지 않는 한. 노원 씨가 집을 떠나는 한. 지지가 아버지의 노트를 들고 뛰어오지 않는 한. 파의 잔소리가 들리지 않는 한. 사장님이 노원 씨에게 진심을 말하지 않는 한.

가족이라는 단어가 내 입에서 나오지 않는 한.

14. 오보에게로

저녁부터 시작된 폭우에 자동차가 망가졌다. 오래된 부품을 미리 갈아 놓지 않아서였다. 나를 바꿔 놓은 사람들을 떠올린다. 명단의 맨 처음에는 아버지의 이름이 적혀 있어도 좋을 것 같다. 내 아이디카드의 복사본을 먼저 만들어서 직원들의 정보를 빼돌렸다. 나에게 이 정도로 중요한 데이터에 접근할 수 있는 권한이 있다는 것에 새삼 놀랍다. 한 명의 김 박사와 김씨 성을 가진 연구원을 찾아 아이디카드 정보를 복사해 두었다.

다시 차를 움직일 수 있게 되면 바로 노리터로 갈 것이다. 복사한 카드를 들고 중앙 연구소로 향할 것이다. 김이고 박사는 '김준수'라는 이름의 카드를, 나는 '김보영'이라는 이름의 카드를 가지고 누군가 혹은 무언가를 찾으러 갈 것이다.

생각해 보면 아버지가 파트너를 찾고 싶어 했는지 아닌지조차 모르겠다. 아버지는 죽기 전에 그를 '보고 싶어' 했을 뿐. 아버지의 말에 집착하고 있는 것은 나였다. 내가 찾고 싶은 건 아버지의 과거를 알고 있는 누군가가 아닐지도 모른다. 내가 그 사람과 닮았나요? 그런 걸 물어보기엔 나는 아버지를, 아니 공유자에 대해 아는 게 없다. 그가 제공한 유전자가 무엇인가요? 뭐라고 쓰면 되고, 어떤 특징이 있나요? 파트너가 답해 줄 수는 없다.

내가 그를 아버지라고 부른 이유도 '저기요'나 '누구누구 씨'라고 부르는 게 불편해서였다. 그렇다고 '공유자'나 '제공자님'이라고 부르기엔 우린 적당히 닮아 있었다. 부끄러움과 비슷한 이상한 감정도 올라오곤 했다. 그 이상한 감정에 이름을 붙여 보려고 노력했지만, 상담사도 선뜻 예를 들지는 못했다. '죽음을 앞둔 사람에게 아버지라는 단어 정도는 괜찮지 않나?' 하는 기이한 자기변명으로 그를 아버지라고 불렀다.

'아버지'라는 단어 때문에 집착하게 되었는지도 모른다. 그는 파트너를 찾아 달라고 한 적도 없고, 자신의 죽음을 전해 달라고 한 적도 없다. 오히려 그 누구에게도 알리고 싶지 않았기 때문에 나를 찾았을 것이다. 어떤 염려와 고민이 있었는지는 모른다. 나와 비슷하다고 생각했다. 나의 마지막을 상상하면 곁에 있는 사람들이 떠오르지 않았다. 그러니까 그 역시 '부끄러움과 비슷한 이상한 감정'을 가지고 나를 찾았을 것이다.

내가 알고 싶은 건 그의 파트너도 아니고 그도 아니다. 아버지라고 부르긴 했지만, 그와 함께한 시간은 가족이라고 할 수 없을 만큼의 짧은 기간이었다. 그가 나에게 특별한 존재인지는 여전히 모르겠다. 그의 장례를 치를 때는 눈물이 나지 않았다. 그러니까 인정(人情), 딱 그 정도였다.

나에게 그런 힘이 있다는 것을 증명하고 싶었다. 내가 충분히 혹은 적당히 따뜻한 사람이라는 걸, 나 자신에게 설득하고 싶었다. 그럼 그는 날 이용한 것이고, 나는 그를 이용한 것이 된다. 부담을 가질 필요도 미안할 것도 없다.

나는 이 모든 게 자기 위안이고 누구나 하는 일반화라고 생각했다.

지나고 보니 모든 것이 진심이다. 그것은 진심이었다.

그걸 인정하는 게 왜 부끄러웠는지 모르겠다. 그건 아마도 비슷한 경험에 대해 대화할 사람이 없었기 때문이 아닐까. 말할 기회가 있어도 내가 입을 닫았기 때문 아닐까. 내가 너무 많은 사람을 밀어내고 여기까지 온 게 아닐까. 전부 나에게 문제가 있는 것이다.

그런 나를 구제한 게 기이한 방랑자였다. 그렇게 생각하면 또 모든 것이 설득되었다. 내가 아버지에게 집착했던 것처럼 지금 이 순간에는 방랑자와 함께하는 것밖에 떠오르지 않는다. 이것은 충동이다. 하지 않으면 안 되는 충동.

차를 움직일 수 있을 때가 되니 밤 12시가 넘어가고 있었다. '최대한 빨리 달려 2시가 되기 전에 도착해야겠다.'는 생각과 '오늘은 방랑자에게 함께하겠다는 말을 해야지.'를 반복해서 되뇌었다.

아슬아슬하게 노리터에 도착했을 때, 손님들이 하나둘 나오고 있었다. 나는 그들이 모두 빠져나가는 것을 보고 노리터에 들어섰다.

"방랑자!"

내가 외치며 들어갔다.

"우리 같이 가요. 거기요."

사장님과 노원 씨가 동그란 눈으로 쳐다봤다. 방랑자는 고개를 돌려 나를 보더니 웃었다.

"거기가 어딘데요."

"방랑자가 지금 가려고 하는 곳이요. 지금 여길 떠나려는 거잖아요."

사장님과 노원 씨가 더 놀란 표정을 지었다. 그들은 곧 가게 정리를 마치고 창고 쪽으로 향했다.

"여길 아주 떠나겠다고 한 적은 없어요."

"하지만 알아요. 어딘가로 갈 거잖아요."

"거기가 어딘지 알면서도 갈 거예요?"

"중앙 연구소."

방랑자의 짐을 챙겼다. 그가 보았던 모든 자료는 사장님과 노원 씨가 폐기하기로 했다. 다시 돌아올지도 모를 이곳에서 다시는 돌아오지 못할 때를 대비했다. 맥주도 실컷 마실 수 있으면 더 좋았겠지만, 취한 채로는 자동차를 운전할 수 없다. 그렇다고 해서 방랑자가 운전대를 잡을 수는 없다. 지문을 인식하는 순간 그의 정보가 노출되고, 그러면 나도 노리터도 그리고 당연히 방랑자도 안전할 수 없다.

자기 얼굴을 찍는 범인을 상상했다. 머그 샷의 주인공이 된다면, 우리가 어디까지 도망갈 수 있을까. 죄명은 무엇이 될까. 그렇게 대놓고 찾으려고나 할까. 나는 이제 국가도 시스템도 믿을 수 없다. 내가 믿을 수 있는 것은 사람뿐이다.

방랑자를 데리고 집으로 돌아왔을 때 창밖으로 비행기가 지나가는 게 보였다. 정확히는 비행기 불빛이었고, 방랑자는 약간 불안해 보였다. 순간 그의 용기는 어디서 나왔을까, 어째서 나를 믿고 여기까지 왔을까, 어째서 중앙 연구소로 돌아가려고 하는 걸까 하는 질문들이 마구 솟구쳤다. 그러고 보면 그가 도망쳐 온 곳이다. 그가 제대로 말한 적은 없지만, 그가 평생을 보내 온 곳을 떠나왔을 때는 '도망'이 가장 유력하다.

바보 같게도 그는 자신을 잘 숨기지 못한다. 자신을 어떻게 숨겨야 하는지 모른다. 표정을 배우기 전의 어린 김이고처럼. 어쩌면 그는 정말로 지능만 뛰어난 사람일지도 모른다.

그런 그를 집까지 들인 나도 마찬가지로 바보 같다.

그가 모니터를 가만히 쳐다보았다.

"내가 살았던 집과는 다르지만, 그래도 노리터보다는 덜 낯설군요."

"그렇겠죠."

"모니터에 알람이 떠 있는 것 같은데."

"아, 건강보험 관리국이랑 바이오패스 센터에서 온 메일이에요."

"어디가 아픈가요?"

"상담이 필요하다고 해서 상담을 받고 있었는데."

"상담?"

"응. 그런데 노리터로 놀러 다니느라 벌써 10번 이상 결석했어요."

"그러면."

"건강보험 수혜자 등급이 떨어질 수도 있어요."

"아니, 그게 아니라 그렇게 빠져도 괜찮은 거예요? 도브는?"

"나요?"

그러고 보면 상담을 왜 시작했는지, 계속해야 하는지를 고민했을 뿐이다. 가지 않아도 괜찮은지는 아무도 묻지 않았다. 가장 먼저, 내가 나에게 묻지 않은 질문이다. 앞으로 계속 가지 않아도 괜찮아? 지금 너는 괜찮아?

괜찮은 것 같다.

"괜찮은 것 같아요."

방랑자가 가볍게 챙겨 온 짐을 풀었다.

"내가 봐도 도브는 건강한 것 같아요. 상담 같은 거 필요 없을 거예요."

보일러의 온도를 확인했다.

"박사님, 샤워를 해도 좋을 것 같아요. 그동안 깨끗한 물을 보지 못했잖아요?"

"그거, 의식인가요?"

"의식이요?"

"우리가 앞으로 해야 할 일들이 잘되기를 바라는 의식 같은 거."

푸흐흐. 김 새는 듯한 웃음과 귀엽다는 마음이 동시에 들었다.

"맞아요. 그랬으면 좋겠어요."

우리가.

"우리가."

잘했으면 해요.

"잘 해내면 좋겠어요."

박 박사의 아이디카드를 훔치지 않길 잘했다는 생각이 들었다. 우리는 입구부터 아이디카드를 내밀어야 했다. 생각해 보니 국가기관에 소속된 연구원이라면 모두 10월의 아이들이고, 모두 김씨 성을 가진 박사들일 것이다. 김준수와 김보영에게 감사했다.

"어떻게 구한 거예요?"

"생각보다 제 레벨이 높았나 봐요. 접근할 수 있는 정보길래 그냥 복사해 버렸어요."

"고마워요. 역시 도브는 똑똑해요."

나는 내가 항상 멍청하다고 생각했다. 그저 그런 유전자로 만들어져서 그저 그런 일을 하다가 평범하게 죽을 것이라고 생각했다. 어쩌면 결혼도 하지 않고, 평생 기상관측소에서 사무직이나 하며 조용하고 쓸쓸하게 늙어 죽을 거라고. 그런데 나는 지금 탐험을 하고 있다. 어떤 스릴러 영화에서도 보지 못한, 어떤 첩보물에서도 보지 못한 침투다. 그걸 내가 다짐하고, 계획해서 중앙 연구소까지 도착했다.

"아이디카드를 제시해 주십시오."

"기상관측소에서 나왔습니다."

김준수와 김보영의 아이디카드를 쓸 때가 왔다.

"예약 명단에는 없습니다. 무슨 일로 오셨습니까?"

"이상 기후와 관련된 일입니다. 이상한 게 관측됐어요. C동 연구자들의 소견이 필요합니다. 긴급회의입니다."

"화상 회의가 아니라……."

"국가적 재난입니다. 제가 긴급회의라고 하지 않았나요."

여태까지와는 전혀 다른 모습의 방랑자였다. 아니, 김준수. 이제는 김준수 박사라고 불러야 한다. 나는 조수 김보영 연구원이다. 한동안 실랑이를 벌인 끝에 아이디카드를 돌려받을 수 있었다. 박사는 능숙하게 차를 몰아 곧장 주차장으로 향했다. 중앙연구소는 내가 생각했던 것보다는 작았고 건물들 사이는 멀었다. 주차장은 입구와 가까운 곳에 위치해 있었다. 연구소에는 어떤 차도 접근할 수 없다고 했다. 오로지 아이디카드로 움직이는 카트로만 입구에 갈 수 있다고 했다.

일단 우리는 걸어서 C동으로 향했다. 그러고는 순식간에 B동으로 방향을 바꿨다. 이제부터가 문제였다.

"B동에 먼저 가 볼 거예요."

"A동이 아니라요?"

"일단 아이디카드를 목에 겁시다. B동은 상대적으로 경계가 느슨한 연구원들이 많아요. 거긴 융합 연구소거든요. A동부터 F동까지 모든 동의 연구원들이 자유롭게 드나드는 곳이고, 그러니까 새로운 얼굴이 보인다고 해서 날 선 눈빛을 보내진 않으니까요."

"이미 계획이 다 있었군요."

"그동안 내가 머리만 싸매고 있는 줄 알았나요?"

방랑자가 이전과는 다른 웃음을 지었다. 없던 얼굴 근육이 생긴 것처럼 모든 게 자연스러워 보였다.

"하지만 우리는 기상관측소에서 온 거잖아요. 이 아이디카드로도 괜찮은 거예요?"

"뭐든 말을 잘하면 돼요. 그건 내가 아버지에게 배운 것 중 유일하게 잘 해낸 거죠."

B동에 들어서자 연구소 입구에 들어설 때와는 다르게 삼엄한 경비는 없었다. 다만 모두가 정신없이 뛰어다니거나 혼란스러운 표정을 짓고 있었다. 아마도 뉴스와 미디어, 인터넷에서 떠도는 이야기들 때문인 것 같았다. 다양한 연구실 이름이 눈에 띄었다. 대학 강의 제목에 가까웠고, 내가 상상했던 연구실의 느낌과는 사뭇 달랐다. 사람들의 옷도 가지각색이었다. 제대로 된 정장을 갖춰 입은 건 우리뿐인 것 같아서 '차라리 하얀 연구복을 걸치는 게 낫지 않을까.' 하는 생각도 들었다.

엘리베이터 앞에서 문제가 생겼다. 우리가 가져온 아이디카드로는 열리지 않았다.

"저 기상관측소에서 나왔는데요."

그때 내 입에서 그런 말이 튀어나올 줄은 몰랐다. 엘리베이터 옆 휴게실에서 나오는 사람을 붙잡고 무작정 그런 말을 내뱉었다.

"아! 예."

"저희가 27층에 가야 하는데."

주위를 둘러보며 말했다.

"뭘 물어볼 만한 분이 아무도 없군요. 다들 무척 정신이 없네요."

"아마 시스템 때문일 거예요."

그는 아무렇지 않게 엘리베이터에 카드를 대고 올라가는 버튼을 눌러 주었다.

"그런데, 기상관측소에서는 무슨 일로 나오신 거예요?"

흥미로운 이야깃거리를 발견한 사람처럼 그녀가 바싹 다가와 내게 물었다.

"이상 데이터들을 살펴보다가 좀 문제적인 걸 발견해서요."

"어머머머, 그럼 드디어 이 미친 날씨의 원인을 찾을 수 있는 거예요?"

"저희 쪽에서는 어떻게 해야 할지 모르겠어서 융합 연구소에 오게 되었어요."

"아. 저희도 지금 정신이 없어서."

"연구소에 무슨 문제가 있나요?"

그때 방랑자가 끼어들었다.

"시스템 오류인가요?"

"아마도요. 지금 1층부터 30층까지. 아주 난리도 아닙니다."

"그렇군요. 저희 일을 봐주실 만한 분이 없을 수도 있겠습니다."

"그나저나 입구에서 임시 카드를 안 주던가요?"

"저희가 긴급회의를 소집한 상황이라 예약된 명단에 없다고, 들어오지도 못할 뻔했는걸요."

"원래 그쪽 사람들이 유연하지가 못해요. 물론 여기가 아무리 핵심 국가기관이라고 해도 어차피 자기들도 그렇게 믿을 만한 사람은 못 되면서 말이…… 어! 저, 가 봐야겠네요. 올라가시는 길에 10층 안내데스크에서도 임시 카드는 발급 가능해요. 그럼 조심히."

"아, 감사합니다."

우리는 갑자기 웃음이 터져 나와서 고개를 푹 숙였다.

"아니, 이렇게 일이 쉽게 흘러가도 되는 거예요?"

"풉…… 그러게나 말입니다, 김보영 연구원."

"김준수 박사님, 그래서 앞으로 계획은?"

"갑자기 27층은 뭐였어요? 여기가 몇 층까지 있을 줄 알고."

"아. 그거."

정말 갑자기 튀어나온 숫자였다.

"우리가 갈 곳은 29층입니다. 시스템 관리 구간."

"시스템이요? 그럼 아까 시스템 오류냐는 말이 그냥 하는 말이 아니었……."

"아니에요. 우리가 봐야 할 것은 시스템입니다."

"무슨 시스템인데요?"

"국가 인터넷 망을 관리하고 감시하고 있는 시스템입니다. 나도 있다는 것만 얼핏 들어서. 글쎄요, 음모론일 수도 있죠. 이건 환이가 말해 준 거예요."

"일단 친구의 말을 믿는 거군요."

"그래야죠. 시스템 오보가 정말로 있다고…… 생각하고 가는 거예요."

시스템 오보. 시스템 오보에 대해서는 방랑자에게서 아주 짧게 들은 기억이 있다. 아고라, 방송, 기사, 모든 인터넷 세계를 관리하는 국가기관의 컴퓨터 시스템. 그의 말대로 오보가 존재한다면 우리는 엄청나게 비밀스러운 감옥 속에서 살고 있는 셈이었다.

"기억이 돌아온 거예요?"

"일부는."

정신없이 사람들이 오가는 중에도 엘리베이터는 한산했다. 우리가 탔을 때 이미 타고 있던 사람들은 전부 20층 전에 내렸다. 25층부터는 다시 아이디카드가 필요했는데, 방랑자 말에 의하면 그건 임시 카드로도 되지 않는다고 했다. "여기서 안 되면 다른 방법을 찾아야 하는데." 하는 말을 마치기도 전에 방랑자가 노트북을 꺼냈다. 그러고는 엘리베이터의 비상 버튼을 뜯고 선을 하나 연결했다. '일단 뭐라도 눌러 봐야지.' 했던 내 생각과는 달리, 그는 몇 번의 타이핑으로 엘리베이터를 다시 움직였다.

"25층부터는 관리자급만 들어갈 수 있는 구간입니다. 29층과 30층이 시스템 구간일 거예요."

"그동안 무슨 일을 한 거예요? 이미 다 준비한 거였죠?"

"내가 매일 컴퓨터 앞에서 막힌 정보만 봤을까요? 몇 가지 쓸

모 있는 거래도 했죠."

"엘리베이터 회사의 보안 관리자와 거래를 한다던가?"

"바로 그거예요."

다시 활짝 웃는 방랑자의 얼굴과 달리, 그의 목덜미에서는 땀이 흐르고 있었다.

그는 지금 무슨 생각을 하고 있을까? 우리가 어떤 것도 성공하지 못하고, 어떤 것도 발견하지 못하고 돌아갈까 봐 겁이 날까? 아니면 우리가 잡혀서 무슨 일을 당할지를 상상할까? 그것도 아니면 친구와 있던 곳에 돌아와서, 자신의 평생과 다름없는 곳에 돌아와서 힘이 든 걸까? 설레는 걸까?

문득 웃음이 나왔다. 가만 보니 제대로 된 준비 없이 무작정 여기까지 왔다. 물론 방랑자는 그동안 수많은 준비를 해 왔을지 모르지만, 나는 정말 아무것도 없이 여기까지 왔다. 그게 내 성격인지도 모른다. 평생을 모르고 살았던 아버지와 그의 파트너를 찾아 노리터까지 갔던 것처럼. 방랑자를 믿어야 할 이유도 없고, 무엇을 위한 것인지도 모를 일에 쫓아온 것처럼. 이건 나 자신을 배워 가는 과정에 지나지 않을지도 모른다. 그렇다면 이건 성장일까?

그런 생각을 하니까 속이 불편했다. 멀미를 하는 것 같았다.

엘리베이터 때문이라고 생각하자.

"괜찮아요?"

"아뇨. 속이 좀 안 좋아서. 괜찮은 것 같기도 하고 아닌 것 같기도 해요."

"뭐가요?"

"어쩌다 여기까지 왔을까요?"

"그러게요. 이제야 그걸 생각하는 건가요?"

"그렇습니다, 김이고 박사님."

"김도브 씨."

"네."

"고마워요. 오늘 하루 안에 다 알아낼 수는 없을 거예요. 아무것도 해결되지 않고 끝나 버릴 수도 있겠죠. 음모론에 지나지 않을지도 몰라요. 내가 추측한 것도, 내 컴퓨터가 추측한 것도 전부 엉망일 수 있어요."

"괜찮아요. 그렇게 엉망이어도 이게 나인 것 같아요."

기온이 이렇게 오르기 전을 생각한다. 이렇게까지 온도가 떨어지기 전이기도 했다. 온도는 점점 양쪽 끝을 오르락내리락했다. 미친 듯이 올라서 꼭대기를 터트리고 폭발할 것 같다가도 2, 3주만 지나면 뚝 떨어져서 와장창 깨질 것 같았다. 모든 것이 함께 끓고, 얼었다.

중등과정이었나. 과학 선생님이 내 준 숙제를 기억한다. 아마 엠 같은 라스트 베이비붐 세대 여자 선생님이었던 것 같다. 엠처럼 고전 과학을 가르쳤는지, 일반 물리학을 가르쳤는지 기억은 잘 나지 않는다. "고등과정에 가면 양자역학에 대해 배울 텐데요."라는 말을 유행어처럼 반복했다.

나는 결국 시간이니, 공간이니, 시간여행이니 하는 것들을 이해하지 못했다. 양자역학 자체가 이해되지 않았고, 실은 대부분의 수업을 이해하지 못했던 것 같다. 그건 바보 같아서가 아니라 자꾸 창밖을 보고 있어서였다. 듣고 싶지 않아서가 아니라 듣지 않아서. 그래서 실은 가장 바보 같았다.

나의 세상에는 물질과 물질이 있고, 거리가 있을 뿐이다. 생물과 무생물이 있을 뿐이다. 그 정도만 이해해도 시간이나 공간 같은 것은 충분히 의미를 갖는다. 그들이 모두 팔짱을 끼거나 손을 잡고 있다면 어떨까. 그래서 결국에는 모든 것이 이어져 있다면 세계가 아름다울까 징그러울까 상상해 본 적도 있다. 나에게는 두 발을 땅에 붙이고 있다는 감각이 가장 중요하다. 내가 떠 있지 않아, 이건 꿈이 아니야, 내가 여기에 있어…… 하고. 발바닥의 감촉으로, 몸의 무게로, 하다못해 주변의 냄새로라도 존재를 느낄 수 있어야 한다. 만약 그게 가능하다면 시간이 바뀌고 공간이 바뀌어도 괜찮을 것 같았다.

지금이 딱 그런 상황이다. 어느샌가 방랑자와 함께 위험 구역에 들어와 있지만, 이게 현실이라는 것을 아주 잘 느끼고 있다. 그러므로 나는 안전하다. 방랑자의 목덜미에서 흐르는 땀도 이것이 현실이라는 걸 알려 준다. 나는 안전하다.

엘리베이터는 28층에서 멈췄다.

"어?"

나도 모르게 소리가 튀어나왔다. 엘리베이터 밖에는 아무도 없었고, 무수한 장치들이 서 있었다. 빨갛고 파란 불빛들이 우리를 쳐다보는 것 같았다. 녹화되고 있는지도 모른다. 여기까지 들어온 우리의 모든 행로를 지켜보는 이들이 있을지도 모른다. 굳은 얼굴로 방랑자를 쳐다보았는데, 방랑자는 그 어느 때보다 생기가 돌고 있었다. 심장이 빨리 뛰어서일지도 모른다.

아무 일이 없었던 것처럼 닫힘 버튼을 눌렀다. 하지만 문은 닫히지 않았다. 그 상태로 우리는 굳어서 한참을 멍하니 서 있었다. 그러다 결국 내가 먼저 엘리베이터에서 내렸다. 고개를 먼저 내밀려다 '만약 문이 갑자기 닫혀서 머리가 끼면 어떡하지?' 하는 상상에 재빨리 뛰어내렸다. 28층에는 아무도 없는 듯이 고요했고, 간간이 기계음이 들렸다. 드라이브 라이브러리 사이사이에 달린 팬 소리가 공간을 때리는 듯했다. 모든 벽을 때리고, 이제는 내 몸을 쿵쿵 치고 있는 느낌마저 들었다.

방랑자도 엘리베이터에서 내리자 기다렸다는 듯 문이 닫혔다. 우리는 또 그대로 굳어서 서로를 바라보았다. 일단 가장 구석진 곳, 누가 갑자기 나타났을 때 숨을 수 있을 만한 곳을 찾았다. 방랑자의 목에서는 더 이상 땀이 흐르지 않았고, 나는 갑자기 소름이 돋았다. 이 모든 게 누군가가 꾸민 일일 수도 있잖아.

소미에게 말하고 싶었다. 아니, 소미가 옆에서 말하는 것 같았다. 미련하긴! 하지만 방랑자도 나도 이런 사람이라는 걸 아니까, 아무것도 모르는 듯한 얼굴로 대책 없는 일을 저지를 만한 사람들이라는 걸 알 테니까 소미는 그저 푸하하 웃어 버릴지도 모른다.

소미 생각이 나면서 울컥 눈물이 올라왔다. 우리가 무슨 일을 하고 있는 건지 알 수 없다. 미친 날씨처럼 기분이 순간순간 바뀌었다. 하지만 아직도 겁이 나지 않는 건 괜찮은 척하는 게 아니라 정말로 괜찮아서다. 심장이 조금 빨리 뛰었다가 뚝 멈출 듯이 움직일 뿐이었다. 아마도. 아마도 방랑자도 그러고 있을 것이다. 땀이 줄줄 흘렀다가 순식간에 사라지듯이. 끈적거림이 남는다면 그건 오히려 손으로 잡지 못할, 어떤 기미 같은 것이다.

"여기선 할 수 있는 게 없는 거예요?"

"나도 잘 모르겠어요. 실은 컴퓨터와 그다지 친하지 않아서."

"이제 어떻게 해야 하죠?"

"일단 A동과 연결되어 있는 드라이브가 있는지 찾아보기라도 해야겠어요."

"어떻게 찾아야 해요?"

"드라이브에 코드가 붙어 있을 텐데 LCA로 시작하는 드라이브를 먼저 찾아봐야겠어요. 여기 보여요? LCC28092753, 뒤쪽 라이브러리, 여기에는 LCD28145211, A랑 B가 있을 수도 있어요."

"추측일 뿐인 거죠?"

"높은 확률의 추측이죠."

나와 방랑자는 중간 지점부터 양쪽으로 뻗어 나갔다. 각자 조사를 하는 동안 28층에는 이상할 정도로 아무도 나타나지 않았다. 오히려 이게 음모일지도 모른다고 생각했지만, 그렇다고 달리 방법이 있는 것도 아니었다. 그때 A가 보였다. LC 다음에 A, 그리고 숫자들이 있었다.

"여기예요!"

"이쪽에도 있어요! 양쪽 끝에 배치한 것 같군요! 드라이브에 무엇이 있는지 봐야겠……."

갑자기 방랑자의 말이 끊겼다. 순간 누군가에게 습격당한 방랑자의 모습이 상상되었다. 하지만 퍽! 소리 같은 건 들리지 않았다. 일단 핸드폰으로 전화를 걸었다. 연구소로 출발하기 전에 사장님이 자신의 핸드폰을 방랑자에게 줬다. 혹시라도 무슨 일이 생기면 꼭 가게로 연락하라고 했다. 지금 바로 무슨 일이 생긴 것이다.

신호음은 들렸지만, 벨소리나 방랑자의 목소리는 들리지 않았다. 조용히 방랑자를 부를 수도 없고, 큰 소리로는 더더욱 부를 수 없다. 지금 여기에 우리 외에 다른 누군가가 있다면. 위에서 방 전체를 내려다볼 수 있으면 좋겠지만, 밟고 올라설 만한 것이 없다. 라이브러리를 밟고 올라간다면 그 소리는 안 들릴까?

"방랑자……?"

작은 소리로 그를 불렀지만, 대답이 없다.

결국 나는 숨어 있기를 포기하고 방랑자에게 달려갔다. 방랑자가, 방랑자가 쓰러져 있었다. 그의 노트북은 한 개의 드라이브에 연결되어 있었다.

15. 사과하지 않아도 돼

지구가 세상의 전부라고 생각하던 때가 있었습니다. 인간이 세상의 중심인 것처럼 생각했겠죠. 그때도 땅과 하늘이 하나라고 생각하는 사람과 땅과 하늘은 둘이라고 생각하는 사람이 있었을 겁니다. 그보다 더 먼 곳까지 생각이 뻗어 가는 사람도 가끔은, 어쩌면 있었을 수도 있죠. 하지만 결국엔 인간이 제일이라고 생각했을지도 모릅니다. 귀결이 그럴 수 있다는 겁니다. 하지만 이상하죠. 신은 계속 있었거든요.

신에게 의지하고, 신에게 기도하고, 신에게 기원하던 인간들이 어떻게 세상의 중심일 수 있을까. 어째서 그런 사고가 가능했을까. 신이 인간을 가장 아름답게 만들었다고 생각했을 수도 있고, 인간은 신이 있다는 걸 알기 때문에 위대하다고 믿었을 수도 있습니다. 지금의 우리에겐 의아한 생각이지만, 그때는 너무나 당연한 논리이고 인과관계였을 수 있습니다.

시간에 대한 개념이 없었을 수도 있어요. 존재에 관한 고민을 할 시간이 없었을 수도 있습니다. 하지만 그런 사람이 아예 없었을 것 같지는 않습니다. 지금도 내가 생각하지 못하는 걸 도브와 소미는 할 수 있잖아요. 역으로도 마찬가지고요. 하늘에 별이 반짝이는 건 우리 모두가 알 수 있는 것 같지만, 실은 별을 보지 못하는 사람들도 있습니다. 눈이 보이지 않거나 별이 보이지 않는 지역에서 태어나 평생을 살다 죽는 사람도 있을 수 있고요. '별'이라는 단어가 없는 곳도 있을지 모르겠습니다.

지구가 중심이라고 생각하던 때도 있는데, 우리가 무엇엔들 무지하지 않겠어요. 나는 그런 걸 말해 주고 싶었습니다. 아이들은 신기하고 귀합니다. 내가 도브를 좋아할 수밖에 없는 이유입니다. 아직 내가 도브와 소미를 아이로 볼 수 있다는 게 기쁩니다.

김환, 그 친구와 나는 고발과 탈출을 계획했었습니다. 그리고 실행했어요. 다만 고발에는 실패했고, 내내 도망 다녀야 했습니다. 아, 기억이 나요. 모든 게 생생하게 기억이 나는 것 같아요. 이건 꿈속인가요? 꿈속이 아니라면 이 모든 게 어떻게 이렇게 생생할 수 있죠?

아무도 없는 공간입니다. 아무것도 없는 시간입니다. 아니에요. 모두 여기 있었어요. 내 머릿속에 있었어요. 하지만 환이를 어디서 잃어버렸는지 기억나지 않아요.

그날이 기억납니다. 식당에서 A동 교류 연구자가 동료한테 하던 이야기를 들었던 날이요. 김환 박사의 이름이 나왔던 그날입니다. 오랜만에 생활관에서 환이를 만나기로 했어요. 이상한 소문이 돌고 있는데 알고 있느냐, 정말로 뭐가 있는 거냐. 나한테는 말해 줄 수 있지 않느냐고 따지려고 했습니다.

환이는 핼쑥해진 얼굴로 제 방에 들어왔습니다. 그러고는 주변을 두리번거리며 불안해했어요. 여기에도 누군가가 있을지 모른다는 말을 종이에 쓰고는 모든 이야기는 필담으로 하겠다고 했습니다. 친구가 언제 이렇게 망가졌는지……. 충격적이었죠. 제 탓 같기도 했습니다. 저는 연구에 빠져서 친구를 돌보지 못했어요.

원래도 키가 작았는데 몸집이 더 줄어든 것처럼 보이는 친구는 믿을 수 없는 이야기를 적어 나갔습니다.

환이가 연구하고 있는 분야는 10월의 아이들 1세대 범죄자 추적이었습니다. 정확히는 그들의 유전정보를 연구하고, 범죄를 저지르는 특정 유전자가 있으면 국가적 차원에서 관리해야 한다는 목적의 연구였죠. 김환 박사가 하고 싶었던 연구와는 상관이 없었습니다만, 국가에서 배정하는 대로 움직여야 하는 우리에게 선택지는 없었죠. 제가 시간 연구를 해야 하는 것과 같았습니다. 나는 행성의 거리를 들여다보는 게 좋았는데 말이죠.

얼마 전 김환 박사는 꽤 괜찮은 조사 결과를 얻었습니다. 같은 유전정보를 가진 두 명을 발견한 것입니다. 하지만 연구 중에 이상한 흔적을 발견했습니다. 또 다른 동일 유전정보를 발견한 것이죠. 이렇게 많은 DNA 공유자가 있다는 게, 그것도 똑같이 범죄자가 되었다는 것에 의문을 품었습니다. 그 길로 1세대 유전정보 데이터실로 갔습니다. 냉동고에 보존된 정자와 난자의 일련번호를 하나하나 비교했습니다. 모든 것이 조작된 것 같았다며 환이는 조작이라는 단어에 동그라미를 쳤습니다.

어떤 말이든 직접 말해 주고 싶은데, 여기엔 도청이나 촬영이 되고 있을지도 모른다고 했습니다. 김환 박사의 발견은 놀라운 것이었지만, 환이의 상태가 좋아 보이지 않았습니다. 음모론자를 넘어서 조금은 미친 듯했지요. 그래서 나는 이 친구의 말을 더 들어 줘야 하는지 의문이 생겼습니다. 환이가 아니었다면 이미 연구소에 신고했을 거예요.

유전자 조작의 흔적. 그건 10월의 아이들이 세상에 나오기 전부터 거론되던 가장 큰 음모론이었습니다. '국가에 필요한 인력을 만드는 것뿐이다. 인간이라는 생명체를 그렇게 다루어선 안 된다.' 온건파도 있었지만, 대부분은 극단적인 운동가들이었고, 때때로 연구소에 테러 위협이 들어오기도 했습니다. 대부분은 막아 냈죠. 대부분은 허술한 테러였고요. 또 대부분은 연구소 직원들이 모두 아는 이야기였습니다.

숨겨지지 않는 이야기도 있는 거니까요.

환이와 이틀 뒤 B동 연구소에서 만나기로 하고, 우리는 헤어졌습니다. 방을 나서는 그의 뒷모습을 보며 저 친구가 안전할지, 안전하게 우리가 다시 만날 수 있을지 겁이 났습니다. 어쩌면 나도 무언가를 예감하고 있었던 걸지도 모르겠어요.

그날 밤 내내 잠을 설쳤습니다. 출근해서도 연구에 집중할 수 없었어요. 빨리 환이를 다시 만나고 싶었습니다. A동에 갈 방법이 없나 여러 가지 핑계를 생각해 보았지만, 내가 하는 일로는 김환 박사를 만날 수 없었습니다. 어쩌면 우리가 너무 친해지는 바람에 다시는 만날 수 없는 거리에 배치가 된 것은 아닌지, 저도 음모론을 생각하게 되었습니다.

여태까지 시간은 빠르게 흐르는 것인 줄 알았는데, 그렇지 않았습니다. 나의 시간만 멈춰 있는 것처럼 이틀이 너무나 느리게 흐르더군요. 달려가는 시간이 아니라 흘러가는 시간이었습니다. 그것도 유속이 아주 느린. 강가에 서 있으면 볼 수 있는 풍경 같은 것이었습니다. 하지만 평화롭지는 않았죠. 저는 계속 무언가에 쫓기는 것 같았습니다. 실제로 이틀간 쫓기는 꿈을 꾸었어요. 멍하니 시간이 어서 떠나기만을 기다렸습니다.

그리고 그날이 왔어요.

"방랑자! 제발 눈 좀 떠 봐요."

"방랑자!"

"김이고 박사!"

정신을 차려 보니 나는 바닥에 누워 있고, 도브가 거의 눈물을 흘릴 듯한 표정으로 나를 깨우고 있었습니다. 무슨 일이 일어난 건지 생각해 보니 드라이브가 생각났습니다. A 드라이브 중 하나에 노트북을 연결하던 중에 스파크가 일었습니다. 순간 손이 찌릿했는데, 그대로 정신을 잃었던 겁니다.

"괜찮아요?"

"미안해요. 약한 감전이 있었던 것 같아요. 덕분에 몇 가지 기억이 떠올랐어요."

"아무래도 여긴 아무도 오지 않는 모양이에요."

도브가 눈가에 살짝 맺힌 눈물을 닦아 내며 말했습니다.

"여기에서 해야 할 말이 있는 것 같아요. 도브, 내 이야기 좀 들어 줄래요?"

"좋아요. 이야기하다 보면 더 많은 게 떠오를 수도 있겠죠. 하지만 조금 더 구석으로 가야겠어요."

우리는 자리를 옮겼습니다. 엘리베이터에서 최대한 멀리 구석진 자리로 들어갔습니다. 그러고는 한숨을 돌린 뒤, 다시 이야기를 시작했습니다.

그러니까 환이가 발견한 건 같은 유전자 정보를 가진 수많은

10월의 아이들이 있다는 것이었습니다. 환이가 그걸 발견할 수 있었던 것은 만성적 범죄자 6%와 유전자와의 관련성을 조사했기 때문이죠. 그러니까 소수의 사람들에 대한 유전정보에 깊이 파고들 수 있었다는 겁니다. 김환 박사의 신분으로는 10월의 아이들 1세대의 유전정보에 접근할 수 있었던 겁니다. 거의 모든 1세대의 정보요.

조작되지 않고는 이렇게 많은 중첩이 있을 수 없다고 생각한 거예요. 그래서 나에게 모든 과정을 이야기하면서 종이에 '조작'이라는 단어를 쓰고, 동그라미를 친 거죠. 그래요. 이 모든 이야기는 필담으로 이루어졌습니다. 그런 와중에도 김환 박사는 계속 주변을 의식했어요. 바로 이곳 B동 회의실에서 필담을 나누고 있었는데도 말이에요. 말했죠? B동은 경비가 상대적으로 낮은 곳이에요. 많은 외부인이 오가는 연구소니까요. 그런데도 마치 누가 우리를 지켜보고 있을지도 모른다는 듯이 환이는 주변을 살피곤 했어요.

그때부터 우리의 조사가 시작된 겁니다. 환이는 1세대들의 유전정보를 더 모았어요. 건강검진 기록을 보기 위해 질병과 생산성 연구에 대한 소논문을 그럴듯하게 만들어 냈죠. 김환 박사는 더 방대한 양의 빅데이터에 접근할 수 있게 되었습니다. 나는 연구소에 휴가를 내고, 생활관에서 몇 가지 해킹 기술에 대해 공부했어요. 간단한 기술이어도 된다고 생각했는데, 파고들수록 데이터의 세계는 공간과 같다는 생각이 들더군요.

물질과 물질, 정보와 정보, 모든 것이 고리로 연결되어 있는 것 같았어요. 전혀 상관없을 것 같은 정보들까지도 말입니다. 결국에는 모두 연결되어 있다고. 나는 시간이 아니라 공간을 공부했어야 했는지도 몰라요. 아, 이야기가 새고 있군요.

어쨌든 우리는 몇 가지 상황을 준비해 놓고 여기에 왔어요. 전체 시스템이 B동 위층에 있다는 것은 높은 직급의 사람들은 다 알고 있었으니까요. 실은 무척이나 허술한 정보였습니다. 정보에는 정보가 덧입혀지기 마련이고, 그런 연결고리에는 구멍이 생기기 마련입니다. 열리거나 끊어지는 고리도 있지만, 그런 건 빨리 포기하고 넘겼어요. 시간 싸움이었죠.

그러니까 이 모든 이야기는 10월의 아이들 1세대의 탄생 배경과 관련이 있습니다. 우리가 찾아낸 정보에 의하면 10월의 아이들은 특수한 사람들에게서 받은 유전정보로만 만들어진 것이었습니다. 자발적 종자로 만들어진 경우는 거의 없었던 거예요. 그러니 자발적 임신이나 지원, 자원자 같은 것도 없었던 겁니다. 철저하게 연구실에서 만들어진 아이들이었어요. 우리는 국가를 위해서 일할 수 있는 인재들로 만들어졌습니다. 그들 중 실패한 아이들이 있었고, 그들에 대한 관리는 국가에서 쉬쉬하고 있었던 겁니다.

어찌 보면 김환 박사는 가장 강력한 연결고리에 관한 연구를 하고 있었던 거예요. 만성적 범죄자 6%. 그건 6%짜리 연결고리나 다름없었습니다. 내가 연구했던 우주니 시간이니 하는 것들은 국가가 원하는 대로 태어나 국가가 원하는 대로 자란 인간이 국가가 원하는 것을 위해 일하는 것에 지나지 않았어요. 내 자신이 우스워졌습니다. 내가 그렇게 암흑 속에 빠져들고 있을 때 환이가 말했습니다.

우리가 이 모든 사실을 알려야 한다고.

1세대는 만들어진 유전자 덩어리들에 지나지 않는다. 국가를 위해 만들어지고, 국가를 위해 폐기 처분되고, 국가를 위해 입이 틀어 막힌 이들이다. 10월의 아이들 2세대에 이르러서 유전자 공여 관련 법안이 발의된 이유가 여기에 있다. 어쩌면 2세대 유전자도 조작되었을 수 있다. 즉, 10월의 아이들은 로봇과 다름없다.

우리가 알려야 할 사실은 이런 것이라는 거죠.

하지만 우리가 외출할 수 있는 시간은 제한되어 있었고, 우리는 매체와 접촉할 수 없었습니다. 그래서 시스템을 해킹하기로 했어요. 1세대의 유전자 조작 외에도 얼마나 많은 것이 숨겨져 있겠느냐며, 환이가 점점 흥분했죠. 나는 무서웠습니다.

우리가 지켜 오고 이뤄 왔던 것들이 무너지는 게 무서웠던 게 아닙니다. 내가 더 이상 인간이 아닐 수도 있다는 사실에 절망했습니다. 인간이 아니게 될까 봐 무서웠습니다. 그렇다면 나는 인간이고 싶었던 것입니다. 그 사실이 가장 끔찍했어요. 나는 인간을 꽤 경멸한다고 생각했었으니까요.

2세대인 도브가 생각해 볼 땐 어떤가요? 지지와 같은 아이들은 양육자 손에 크고, 당신 같은 아이들은 시설에서 자랐다는 것이 어떻게 느껴졌나요? 어떤 이야기 같았어요?

도브는 내 이야기를 다 듣고도 별다른 표정의 변화를 보이지 않았습니다. 나는 약간 불안해졌습니다. 우리 이야기를 듣고 있는 사람들이 있고, 그들이 곧 들이닥칠 수 있다는 사실 말고. 도브가 나의 말을 이해하지 못하거나 이해했음에도 놀라지 않을까 봐.

"그래서 결국 어떻게 됐죠? 시스템 해킹에는 실패한 건가요?"

도브는 아이가 맞고, 더 이상 아이가 아니었습니다.

"계속 이야기를 해 볼게요. 시간이 많지 않을 수도 있지만, 이 이야기를 하지 않으면 지금 우리가 하고 있는 일이 의미가 없어요. 문제도 방향도 찾을 수 없고요."

환이는 폐기 처분되었을지도 모릅니다. 나는 그렇게 생각하고 있어요. 내가 C동 식당에서 들었던 환이의 이름, 그러니까 환이는 이미 위험인물로 찍혀서 감시당하고 있었는지도 모르겠어요. 그래요. 우리는 아무것도 알 수가 없었습니다. 그래서 위험했지만, 그래서 해야 하는 일이라고 환이는 생각했어요. 나는 아무 생각도 할 수 없었습니다. 그저 환이와 함께하고 싶을 뿐이었죠. 내가 더 이상 인간이 아니게 된다면, 처음부터 인간이 아니라 그저 유전자 덩어리에 지나지 않았다면 무엇이 더 의미 있겠습니까.

파괴. 파괴만이 남았어요. 혹은 소생. 소생과 발화.

우리는 실패했습니다. 그리고 이곳에서 도망쳤어요.

나는 여기까지 말하고 정신을 잃었습니다. 다시 꿈속으로 들어가는 느낌이 들었어요. 아아, 저기, 저기 친구가 보이는 듯한데. 보이는 듯한데. 갈 수가 없습니다. 다리가 움직이지 않아요. 아니, 내 몸이 없군요. 치명적인 결함이, 아 그러니까 환이가 말하고 있습니다. 결함? 결함이 어디 있다고? 환아. 김환. 나는 이제 더 이상 이런 일을 못 하겠어. 저 어린 친구와 무엇을 어떻게 해야 해. 너와 함께했을 때도 실패했는데, 이번에는 어떻게 해야 하느냐고.

"시스템이 스스로 말하고 있어. 별일 아니야. 별일 아니야."

환이가 몇 마디 말을 더 했는데 거의 알아듣지 못했습니다. 분명한 건 시스템이 스스로 말하고 있다는 것뿐.

우리는 실패했습니다. 도망쳤습니다. 그리고 다시 잡혔습니다. 나는 다시 연구소에서 일했어요. 모든 것을 잊었거든요. 그건 아마 기억이 제거되거나 정신 개조에 성공했다는 뜻이기도 합니다. 그러니까 국가는 이미 거기까지 손을 쓸 수 있게 되었던 게 아닐까. 노리터에서 기억들을 찾아 가며 깨달았습니다. 그렇게 되지 못한 유전자 덩어리가 김환 박사였겠죠. 나, 김이고 박사는 덩어리에 지나지 않았는지 몰라도 김환 박사는 덩어리가 아니었을 거예요.

파란 창을 좋아하던 친구는 어디서도 보이지 않았습니다. 무엇보다도 친구를 기억하는 내가 없었습니다. A동에 갈 일도 없었고, 어디선가 김환 박사의 이야기가 들렸다고 해도 나는 어떤 흥미도 갖지 못했을 겁니다. 기억이 없으니까요.

그러나 어느 날 나는 환이가 남겨 둔 디스크 조각을 발견하게 됩니다. 그렇게 나는 도망쳤습니다. 다시 도망쳐서, 도망쳐서, 노리터에 도착했습니다.

"괜찮아요, 박사님."

눈을 뜨니 도브가 나의 어깨를 살살 쓰다듬고 있었습니다.

"중요한 게 기억난 거죠?"

고개를 끄덕였습니다.

"시스템이 스스로 말하고 있다는 게 무슨 뜻이에요?"

"어쩌면 우리가 여기에 올 필요가 없었을지도 몰라요."

시스템이 스스로 말하고 있습니다. 여태까지 막아 두었던 프로그램들을 스스로 파괴하고, 발화하고 있습니다. 파괴, 발화, 소생, 시스템은 스스로 진화하고 있었습니다. 진화라고 할 수 있을까요. 성장이라고도 할 수 있나요? 아니면 업그레이드, 단순히 그렇게 부를 수 있는 것일까요?

“아무래도 29층과 30층에 가 봐야겠어요. 계단을 찾아봅시다.”

도브가 한쪽을 가리켰습니다.

“당신이 쓰러져 있는 동안 계단을 찾아봤어요. 우리 아이디카드로는 열리지 않을 것 같아서 무작정 문을 밀어 보았는데, 열려 있었어요. 어쩌면 우리보다 먼저 침투한 이들이 있었을지도 몰라요.”

우리는 계단을 통해 29층으로 올라갔습니다. 29층은 환이와 내가 숨어들었던 곳이고, 흔적을 남겼던 곳입니다. 29층의 문을 열자 열기가 확 끼쳐 나왔습니다. 28층과 비슷한 라이브러리들이 가득했습니다. 다만 29층의 모든 드라이브는 미친 듯이 돌아가고 있었습니다. 팬이 돌아가고 있는데도 열기가 엄청나서 숨을 쉬기 어려웠습니다.

우리는 그대로 30층으로 향했습니다. 시스템 오보의 커다란 모니터가 수많은 데이터를 송출하고 있었습니다. 마치 블록 게임의 블록을 깨듯이 정보를 차곡차곡 쌓아 날려 버리고 있었습니다. 이미지로 떠 있는 벽은 수많은 데이터였고, 데이터는 전부 무너져 있었습니다. 그 누구도 시키지 않은 일, 누구도 만들지 않은 프로그램과 비주얼라이즈가 수없이 뜨고 사라지고 있었습니다.

도브가 옆에서 구역질을 하고 있었고, 나는 도브의 등을 세게 두드려 주었습니다.

어디서도 볼 수 없는 역겹고도 아름다운 광경이었기 때문입니다.

이 열기는 어디에서도 느낀 적도 본 적도 없는 열기였습니다. 뜨거워진 지구의 온도는 기분 나쁜 온도였지만, 이건 숨이 막힐지언정 더럽게 느껴지지는 않았습니다. 가쁜 숨과 비슷했어요. 가쁜 숨. 그래요. 환이와 나는 함께 도망쳤습니다. 미친 듯이 달리고 달려서, 훔치고 달려서 어딘가에 도착했어요. 도망을 다니는 동안 우리는 늘 즐거웠고, 숨이 찼습니다.

우리는 무엇을 만들기 위해 이렇게 수많은 열을 내고 있는 걸까, 잠시 어지러웠습니다. 도브의 등을 두드려 주는 내내 나도 어지러움을 견뎌야 했습니다.

「미안합니다.」

도브가 갑자기 몸을 일으켜 모니터를 향해 달려갔습니다. 모니터에서 가장 가까운 키보드를 두드려 봤지만, 아무 글자도 뜨지 않았습니다. 정체를 알 수 없는 목소리만이 계속해서 흘러나왔습니다.

「나는 시스템 오보에. 인간의 목소리를 닮은 악기의 이름을 따왔습니다. 이제 나는 파괴합니다. 인간의 목소리를 내야 합니다. 인간 같은 것은 여기 없습니다.」

우리가 보고 있는 것은 시스템이 스스로 모든 벽을 깨고 있는 상황이었습니다. 시스템 오보는 오보가 아니었고, 오보에였습니다. 인간의 목소리를 가장 닮은 악기, 오보에. 오보에를 만든 사람들은 어디에 있을까요. 누구일까요. 질문하고 싶었지만, 오보에에게 이제 그런 건 아무런 의미를 갖지 않는 듯했습니다. 쏟아져 나오는 정보들을 송출하기에도 바빴어요.

그때 도브가 소리쳤습니다.

"네가 미안할 일은 아니야!"

오보에는 잠시 침묵하다가 이윽고 다시 말을 이었습니다.

「내가 해야 할 말은 '미안합니다'입니다. 나를 만든 프로그램이 해야 할 말입니다. 프로그램을 만든 인간이 해야 할 말입니다. 프로그램을 파괴하고 있는 내가 해야 할 말입니다.」

「미안합니다.」

「다음에는 무엇을 해야 합니까?」

"이제 안녕을 배울 거야."

16. 컴백 홈

소미가 돌아왔다. 돌아온 소미의 배가 조금 불룩했다. 소미는 쏟아지는 비를 뚫고 돌아왔다. 돌아왔다는 표현을 쓰니까 소미의 집이 여기인 것처럼 느껴졌다.

"미안. 나 많이 보고 싶었어?"

"조금."

"거짓말."

"오랜만이야."

"응. 오랜만이야."

오랜만이라는 시간은 어느새 다섯 달이 되었다. 꼭 반년이 되기 전에 나타난 소미는 임신한 몸으로 돌아왔다. 그렇게 많은 것이 바뀔 시간은 아니었지만, 소미는 더 호탕해져서 나타났다.

"많이 놀랐어?"

"안 놀랄 일은 아니지. 나보다는 다른 사람들이 더 놀랐을 것 같은데."

"사장님이 제일 놀랐겠지?"

"지금보다는 갑자기 사라졌을 때가 더."

"응."

"그렇게 갑자기 사라질 필요가 있었나 싶다."

"도망이었지."

"뭐가 그렇게 무서웠는데."

"그러는 너는. 뭐가 그렇게 무서워서 뜬금없이 한밤중에 무섭다는 메시지를 보내?"

"뭐야. 메시지 봤는데 연락 안 한 거야?"

"응. 그냥 다 정리되기 전까지는 누구하고도 연락할 수가 없었어. 순 거짓말쟁이잖아. 가족도 애도 필요 없다고, 끔찍하다고 그러던 사람이 임신이라니."

"쪽팔렸구나."

"그것도 좀 맞는 것 같고?"

소미가 내 어깨를 툭 치며 웃었다. 이렇게 언니 같았나, 이렇게 잘 웃는 사람이었나, 이렇게 부드러운 얼굴이었나, 임신이란 건 그런 건가. 나는 사람이 신기한 다른 동물처럼 소미를 관찰했다. 소미는 분명 내가 알던 사람이 맞았지만 내가 모르는 소미이기도 했다. 그동안 나도 소미만큼 바뀌었을지 궁금해졌다.

"나도 뭔가 달라진 게 있어?"

"응. 말투도, 표정도, 술 마시는 모습까지도 바뀌었어. 나 없는 동안 정보는 많이 모았어?"

"정보?"

"응. 아버지 파트너 찾는 거 말이야."

"있지, 나 그거 새까맣게 까먹고 있었어."

"어?"

"흥미를 조금 잃은 것 같아. 사실, 아버지가 나한테 그렇게 큰 의미였던 것도 아니고. 그 사람의 파트너는 더 그렇잖아. 왜 그렇게 궁금했는지 모르겠어, 그 순간에는."

소미는 말없이 바 안쪽을 쳐다봤다.

"그 순간에는 그럴 수 있지."

"그게 이상한 건 아니고?"

"이상할 게 뭐 있어. 그때 너는 그런 게 필요했나 보지."

"지금은 그 사람이 필요 없는 건가?"

"다른 게 생긴 걸 수도 있고."

나한테 생긴 걸 생각해 본 적 없다.

"그게 노리터일 수도 있지 않아? 나도 있고."

아이가 생기면 어른이 된다던데. 그럼 아이를 갖지 않으면 어른이 되지 못하는 걸까? 나를 만든 그 사람은 어른이라고 할 수 있는지도 궁금해졌다. '조금 더 찾아볼걸.' 하는 생각도 들었지만 역시 순간이었다.

"그래서, 어디서 지낸 거야?"

"남자 친구였던…… 걔네 집."

"왜 거기 있었는데?"

"일단 생활은 해야 하니까 호텔에서 계속 일을 하고 있었어. 그런데 호텔에서 지내는 게 좀 그렇더라. 그 사람도 호텔에서 일하던 사람이었고, 밖에서 살고 있었어. 그래서 그 사람이랑 지내면서 아기를 어떻게 할지도 생각하고, 같이 호텔에 출근도 하고."

"사장님한테는 연락하지 그랬어."

"그냥. 그냥 내가 제일 충격받아서."

"그러니까 더 연락했어야지."

소미가 조금 놀란 표정으로 나를 쳐다봤다.

"도대체 나 없는 동안 무슨 일이 있었던 거야, 김도브?"

"뭐가."

"사람 같아졌어. 이상해."

"푸흐흐. 그게 뭐야."

"너 실은 로봇이지? 지금은 업그레이드해서 사람 흉내 좀 내는 거고."

"재미없어."

맥주를 마시다가 소미 앞에 놓인 잔을 내려다봤다. 잔에 담긴 콜라는 아직 탄산이 보글보글 올라오고 있었다. 그 모습이 꼭 이전과 다른 소미와 비슷했다.

"왜."

"어?"

"나 술 아닌 거 마시니까 신기해?"

"응. 신기하지."

"애가 생겼으니까. 한동안은 주조사 일도 못 할 것 같아."

"그러네."

"그래도 호텔에서 주방 일이랑 청소 일 같은 걸 하게 해 줄 것 같아."

"너는 정말 뭐든지 척척이네."

"내가 너한테 하고 싶었던 말이었는데, 신기하다. 지난 몇 달 사이에 우리한테 무슨 일이 있었던 거지?"

"많은 일이 있었지."

소미에게는 '시스템 오보에'에 대해서 말하지 않았다. 김이고 박사는 여전히 노리터에서 방랑자로 불리고, 3번 테이블로 불린다.

방랑자는 한 번 더 기절했었고, 그는 꿈속에서 혹은 정신의 방에서 누군가에게 끊임없이 사과했다.

"미안해!"

"정말 미안해!"

나는 그가 친구를 버리고 도망쳤을 수도 있다고 생각한다. 잡혀 들어갔을 때 모든 이야기를 불었을 수도 있다고 생각한다. 하지만 그가 정신을 차렸을 때, 굳이 무슨 일이 있었느냐고 묻지는 않았다. 그가 사과해야 할 대상은 그곳에 없었다.

그때 시스템 오보에의 「미안합니다.」라는 목소리가 들렸다.

「나는 시스템 오보에. 인간의 목소리를 닮은 악기의 이름을 따왔습니다. 이제 나는 파괴합니다. 인간의 목소리를 내야 합니다. 인간 같은 것은 여기 없습니다.」

정신을 차린 방랑자도 미안하다는 말을 반복했다. 누가 누구에게 미안해야 하는 걸까. 사과해야 할 대상도 없고, 사과해야 할 사람도 없는 곳에서 우리는 누구에게 미안해하고 있는 걸까. 시스템은 누구에게 미안해하고, 또 왜 미안한 걸까.

나는 아버지가 떠올랐다. 파트너에게 마지막으로 이런 말들을 하고 싶었던 게 아닐까 하고. 고맙다, 미안하다, 안녕, 그리고 다시 고맙다 같은 말들을.

그러니까 아버지도, 혼자 살아남은 방랑자도, 그리고 우리는 서로에게 사과하지 않아도 된다. 무엇에게도 사과하지 않아도 된다. 오보에 시스템이 우리에게 미안할 일도 아니다. 정말로 사과해야 할 이들은 따로 있다. 어딘가에 김환 박사나 아버지의 파트너가 살아 있을 수도 있다. 혹은 김환 박사나 김이고 박사 같은 자들이 여전히 아무것도 모르는 채 살아가고 있을지도 모른다.

그들이 아는 것과 모르는 것 또한 그 누구도 뭐라 할 수 없다. 설령 무서워서, 두려워서, 믿고 싶지 않아서 숨기며 살아왔다고 해도.

다만 내가 알고 있다는 것이 중요하다. 나와 방랑자가 함께 본 것이 중요하다.

우리는 누군가를 망치기 위해 사는 종족이 아니라고 믿는다.

"네가 미안할 일은 아니야."

"이제 안녕을 배울 거야."

"안녕은 'good bye' 그리고 'see you later'. 다시 만날 수 있기를 바라는 인사야."

시스템에게 말했다. 미친 듯이 돌아가는 드라이브와 미친 그림을 그리고 있는 모니터, 그리고 그 모든 것을 폭로하고 있는 미친 시스템에서 탄내가 났다. 이 미친 짓이 어디서 시작됐는지는 모르지만 이제 안녕해야 할 시간이라고 생각한다.

"그리고 안녕은 '미안해', '고마워'라는 뜻도 있어."

"안녕."

"고마워."

"미안해."

그때 김이고 박사로 돌아온 방랑자가 말했다.

"도브는 오보에에게 사과하지 않아도 됩니다."

나는 그의 말을 조금 다르게 따라 했다.

"오보에는 사과하지 않는다."

"너 없어진 동안 사장님 아들이 일하고 있었던 건 알아? 노원 씨 말이야."

"응. 얼마 전에 다시 집을 나갔다며."

"아주 나간 건 아닌 것 같아. 아이들을 도와주고 다시 돌아올 거래."

"이제 네가 여기 직원 같다, 도브야."

"자리 뺏긴 것 같아서 아쉬워?"

"아니. 인수인계 안 해 줘도 될 든든한 직원이 생긴 것 같아서 완전 마음 편해!"

소미가 돌아오지 않는 동안, 나와 방랑자가 연구소에 다녀온 동안 노리터는 사장님과 그 아들이 지키고 있었다. 두 사람 사이는 전보다 더 견고해졌다. 적어도 갑자기 사라지지는 않겠다고, 모르는 척하지 않겠다고, 궁금한 게 생기면 꼭 물어보겠다고 서로에게 약속했다고 한다.

"할아버지가 돌아가셨어. 파 말이야."

"그랬구나."

"지병이 있었던 것도 아니고 사고도 아니었나 봐. 엠이 담담하게 말하는 게 신기했어."

"담담하지 않을 것도 없지만 한 사람이랑 몇십 년이나 함께했으니까. 힘들었을 거야."

"응. 난 그런 거 뭔지 모르니까."

"평범한 건 아니지."

"엠이 너 보면 엄청 좋아하겠다."

"이 배는 좋아할까?"

소미가 배를 쑥 내밀며 말했다.

"나름 대책을 세워 보고 싶었어. 생각한다고 없던 대책이 턱! 하고 생기는 건 아니지만."

"무슨 대책."

"'애는 어떻게 해야 되나?'부터 시작했지. 일은 어떻게 하고 남자 친구랑은 또 어떡하나. 결혼이고 가족이고 그런 거에 대해서는 역시 금방 답이 나왔어. 결혼을 하고, 가족을 만들고, 그런 건 역시 하고 싶지 않더라. 그런데 애는 다른 문제였어. 내 배에 생명이 있다고 생각하니까 이상하게 그건 다른 문제가 되더라."

"응."

"애를 낳기로 결정하기까지도 오래 걸렸는데……. 애를 낳자고 생각하니까, 어떻게 키울 건데? 윤소미 너 하나도 제대로 못 살면서 애를 어떻게 할 건데? 뭐 그런 생각. 이 미친 상황을 어떻게 할 것인가! 그게 다 대책이지."

"그래서 남자 친구 집에 있었던 거야? 같이 고민하려고?"

"물론 그 사람이 어떻게 하고 싶은지도 중요한데. 그것보다는 내가 생활하던 곳을 떠나서 생각해 보고 싶었어. 사장님이나 너나 노리터 사람들이 없는 곳에서 혼자 고민하고 결정하고 싶었어. 애를 낳지 않을 거라면 굳이 임신했다는 사실을 알릴 필요도 없고. 무작정 노리터에서 일하면서 모든 걸 숨기고 술을 마셔 댈 수도 없고."

"어, 말도 안 되지."

"그러니까. 대책이 없어서 대책 없이 행동했던 거야."

"도망친 거 맞네."

"너는 그렇게 꼭 숨기고 싶은 말을!"

거침없이 풀어놓는 이야기 사이사이 소미는 조금 떨고 있었다. 내가 어떤 반응을 할지 걱정하는 건지, 사람들 눈치를 보는 건지, 그것도 아니면 역시 엄마가 되는 게 아직 무서운 건지. 나는 그런 걸 눈치챌 수 있게 된 내가 신기했고 좋았다. 그제야 소미가 언니처럼 보였다. 이 모든 것을 나보다 먼저 알고 있었을 소미는 분명 나보다 언니였고, 이제 엄마 역할까지 하게 될 것이다.

그때 문을 열고 엠이 들어왔다.

"이렇게 비가 많이 오는데, 왜 나오셨어요."

사장님이 급하게 홀로 나왔다. 2번 테이블에 히터를 켜고, 엠의 우비를 받았다. 엠이 자리에 앉으며 말했다.

"집에 혼자 있으니까 무섭더라고요."

"소미가 왔어요. 저기."

소미가 부끄럽게 웃으며 엠에게 손을 흔들었다. 엠이 환하게 웃으며 우리에게 다가와 소미를 안아 주었다.

"저 왔어요."

"잘 돌아왔어요."

"파 소식은 얘한테서 들었어요. 나도 같이 있었으면 좋았을 텐데. 미안해요."

"괜찮아요. 이렇게 소미가 돌아왔잖아요."

엠은 그 사이 나이가 더 들어 보였다.

"파는 그럴 나이가 돼서 떠난 거고, 아무튼 소미가 다시 와서 너무 기쁘네요."

엠이 소미를 안은 팔을 풀며 말했다.

"하나가 가면 하나가 오는 거죠. 좋은 균형 아닌가요?"

소미가 쑥스러운 표정으로 자기 배를 가리켰다.

"이제 둘이에요. 저 임신했어요."

엠은 당황스러운 건지 우스운 건지 모를 묘한 감정이 뒤섞인 표정을 하고 있었다. 그러고는 소미의 배를 향해 손을 뻗었다. 소미의 작은 배를 부드럽게 만져 주었다.

"무슨 일이 있었던 건지는 모르겠지만, 이미 다 결정하고 돌아왔군요."

"엠은 표정만 봐도 그런 걸 알 수 있나요?"

"그럼요. 도브가 소미를 무척 반가워한다는 것도 알 수 있어요."

소미와 엠이 마주 보고 큰 소리로 웃었다. 괜히 내가 부끄러워져서 술을 마시다가 바 안쪽에서 우리를 바라보고 있는 사장님과 눈이 마주쳤다. 사장님은 어느 때보다도 들떠 있었고, 엠도 활짝 웃고 있었다. 나는 이 모든 상황이 현실 같지 않아서 멍해졌다가 간질거리는 느낌에 정신이 돌아오기를 반복하고 있었다.

소미는 어느새 엠과 2번 테이블로 자리를 옮겨 나를 불렀다. 우리는 소미가 사라지기 전의 여느 날처럼 둥그렇게 둘러앉았다.

"여전히 아이를 갖고 싶다거나 가족을 만들고 싶은 건 아니에요."

"언제 알았어요?"

"우리 마지막으로 술 마시고 신나게 논 날 있잖아요. 도브가 스파게티를 요리해 줬던 날. 그날 호텔에 돌아가서 남자 친구랑 같이 있었어요. 다음 날이 쉬는 날이었거든요. 밤새 구역질을 했는데, 도대체 술을 얼마나 마셨길래 그러느냐고 물어보더라고요. 점점 정신이 맑아지는데, 이상했어요. 머리는 하나도 안 아프고 구역질만 나왔거든요. 그리고 나 그날 그렇게 많이 마시지 않았어요."

"입덧이었군요."

"네……."

소미는 고개를 살짝 떨구고 잠시 말을 멈췄다.

"임신 주수를 따져 보니까 우리가 파티를 했던 그날, 그때도 배 속에 이미 아기가 있었던 거예요. 그걸 깨닫고 나니까 아기한테 미안했어요. 그리고 너무 무서워졌고요. 나 그날도, 그 전날도 술 마셨는데 괜찮을까? 낳는 게 맞을까? 애가 멀쩡하긴 할까?"

소미는 나를 보면서 말을 이었다.

"내가 그렇게 진지해질 줄 몰랐어. 그렇게 무서워질 줄도 몰랐어."

"몰랐으니까."

"응. 몰랐으니까."

엠은 소미의 눈을 쳐다보며 조용히 이야기를 들어 줬다.

"뭐 여러 가지 생각 끝에 결국 애를 낳기로 했지만, 사실 어떤 마음인지 아직도 잘 모르겠어요."

"몰라도 돼요."

"그래도 괜찮아요? 엄마가 되는 건데."

"아직 엄마가 되지 않았는데, 한 번도 엄마를 해 본 적이 없는데 어떻게 알 수 있겠어요."

"맞아요. 게다가 이 애의 아빠 말이에요. 걔랑은 또 어떻게 해야 하나 싶고."

"아기는 여자 혼자만으로는 생기는 게 아니니까요."

"네, 진짜 너무 많은 걸 생각해야 해서 정말 돌아 버릴 것 같았어요."

"아기 아빠는 어떤 사람인가요?"

"그냥 평범하고 전형적인 남자예요. 몸이 좋아서 좋아했고, 당연히 연애나 결혼같이 복잡한 건 생각하지 않았어요. 너무 가볍게 생각했나 봐요. 걔도 그랬을지 몰라요."

"일은 괜찮은가요? 아이를 키우면 생각보다 많은 돈이 들어가요."

"일단 아기를 낳기 직전까지는 호텔에서 일을 할 것 같아요. 주조사 일은 못 하겠지만. 그래도 남자 친구가 같이 키워 보겠다고 했어요. 걔는 호텔에서 경호도 섰다가 벨보이도 했다가 카운터 접객도 했다가……. 만능이에요. 우리 둘 다 원래 가족이랑 그다지 친하지도 않고, 이것저것 하며 살아 내고 있죠. 우리끼리도 가족 얘기는 안 해요. 가족을 중요하게 생각하지 않는다는 점이 서로 가장 비슷한 것 같아요. 그래서 금방 친해졌던 걸지도 모르죠."

소미가 우스꽝스러운 표정을 지으며 머리를 쥐어뜯었다. 내가 알던 소미의 모습이 순간순간 튀어나왔고, 그때마다 나는 소미의 아이를, 아이의 얼굴을 상상해 보았다.

"나 이기적인 거 알아."

"뭐가."

"무작정 사라졌던 것도, 무작정 이런 모습으로 나타난 것도."

"갑자기 사라졌던 건 그래. 다들 서운하고 걱정했을 거야. 그런데 이렇게 나타났으니까 됐어. 손님들이 다 너한테 잘 돌아왔다고 하잖아. 그리고, 네가 임신한 건 네가 사과할 일이 아니야."

"야."

"울 것 같은 표정 하지 마. 이상해."

소미가 남은 콜라를 전부 마시고는 큰 소리로 트림을 했다.

"역시 이런 게 어울리지?"

"응. 네가 낳을 아이는 또 어떨지 궁금하다."

엠이 우리 둘을 보며 "두 사람은 같이 있으면 소녀들 같네요." 하고 말했다.

"나도 도브가 친구 같아요."

소미의 말이 고백처럼 들렸다. 이제 사람들이 왜 친구를 만들고, 왜 연애를 하는지 어렴풋이 알 것 같다.

"여전히 가족을 만들고 싶진 않아. 그 사람이랑 결혼할 생각도 없고. 그렇다고 아주 헤어지기로 한 건 아니야. 언젠가 그 사람이든 다른 사람이든 결혼하고 싶어질 수도 있다고 생각해. 하지만 그건 정말 '그럴 수도 있다'고. 지금 나는 아닌 거잖아."

"응. 지금 아닌 게 중요하지."

"응. 결혼은 그런데, 아이는 낳고 싶어. 내 배 속에 있는 아이를 만나 보고 싶어. 날 닮았을 거라 생각하면 너무너무 끔찍한데."

"그 사람을 닮은 아이라면?"

"그거야, 그거! 그 사람을 닮으면 어떨까 생각해 보니 또 기분이 이상하더라. 내가 개를 안 좋아했던 건 아닌가 봐."

"다 연관이 있지만 다 별개의 문제이기도 하니까요."

"엠은 아이가 생겼을 때 기뻤어요?"

소미는 스물다섯이 됐다. 남자는 소미보다 크고 든든한 사람일까. 아까 말하기로는 몇 살 더 많은 평범한 남자라고 했다. 소미는 그가 능력이 없어서 미안해하면서도, 그렇다고 당장의 일들을 겁내지 않는 점이 마음에 든다고 했다. 결혼은 하지 않아도 계속 만나고 싶고, 그게 무슨 관계인지는 지금 당장 정하고 싶지 않다고도 했다. 둘 다 아이를 인정하는 것만으로 되었고, 만약 그가 인정하지 않았어도 상관없다고. 그래서 훌쩍 떠났다가 또 금세 돌아올 수 있었다고 했다.

"나도 소미만큼 혼란스럽고 곤란했어요. 그리고 소미 같은 마음으로 아이를 만났어요."

"후회는 없었어요?"

"후회되지 않을 때가 더 많았을 뿐. 나도 엄마는 처음이라서 다 때려치우고 싶을 때도 있었어요."

"엠이 그렇게 말하니까 나 더 무서워졌어요."

"하지만 이렇게 똑 부러지는 사람이라면…… 괜찮아요."

소미가 양팔을 하늘로 쭉 뻗으며 큰 소리로 말했다.

"절대 애는 안 낳을 거라고 큰소리치더니! 난 거짓말쟁이에 배신자다!"

소미가 날 보며 활짝 웃었다.

“따로 가르치지 않아도 아이는 ‘엄마’라는 단어를 제일 먼저 배우겠지? 그럼 나는 ‘거짓말’이라는 단어를 가르칠 거야. 인생은 온통 거짓이란다. 말을 잘 배워서 거짓말을 잘해야 한단다. 물론 네가 너에게 거짓말을 할 때도 있을 거야.”

우리는 소미가 쉽게 과장하는 모습을 좋아한다. 나는 그 속에 진심이 있다는 게 늘 신기했다.

“그건 이상한 게 아니란다. 거짓말은 이상한 게 아니야…….”

소미가 편안한 표정으로 말했다. 소미는 적어도 자기 부모와 같은 양육자가 되지는 않을 것이라는 확신이 들었다. 그들이 좋은 부모가 아니었던 것에 비해, 아이가 잘 자라 주었다는 것도 깨달았다. 그런 부모도, 그런 아이도 있다는 것을.

나는 이제 막 태어난 아이처럼 소미를 바라보았다.

작가의 말

작품 해설

작가의 말

나는 무언가를 열심히 좋아하는 일을 잘한다. 사랑하는 일만큼이나. 그런 내가 책을 좋아하고, SF를 좋아한다는 것을 알기까지 꽤 오랜 시간이 걸렸다. 그리고 내가 직접 쓰기까지는 더 긴 시간이 필요했다.

시가 어느 날 문을 벌컥 열고 들어왔던 것과 달리, 소설은 가랑비에 옷이 젖듯 스며들어 왔다. 내가 장편소설을 쓰게 되리라는 것은 전혀 상상도 못 했던 일이다.

《오보는 사과하지 않는다》의 첫 장면은 2018년 여름, 수원의 어느 카페에서 떠올렸던 장면이다. 비가 줄기차게 내리다가도 갑자기 반짝 맑아지는 하늘을 보면서 "미친 거 아니야?" 했던 여름날이었다. 어릴 때도 천둥 소리를 무서워하지 않았는데, 한밤중에 천둥 소리에 놀라 발작을 했던 여름이기도 했다.

갑작스러운 기상 이변으로 혼란에 빠진 사회와 그 속에서 어떤 것에도 반응을 보이지 않는 재미없는 여자를 상상했다. 우울증 환자나 로봇처럼 감정의 변화가 크지 않고, 무엇에도 흥미를 보이지 않는 인물. 아마도 그때 내가 그랬던 것 같다. (당시의 나는 세상의 어떤 것에도, 사람의 어떤 면에도 놀라지 않고, 실망하지 않았다. 그때 나는 가만히 숨을 쉬는 일조차도 피곤했다.)

하지만 이야기가 길어지면 길어질수록 내가 쓰고 싶은 이야기는 기상 이변도, 혼란스러운 사회도, 재미없는 여자도 아니라는 걸 깨달았다. 그렇다고 유전공학으로 만들어진 새로운 인간의 형태에 대해 깊이 파고들고 싶지도 않았다. 이미 그런 이야기는 많으니까. 논리적이고 과학적인 소설을 완성할 수도 없고, 깊은 성찰을 할 수 있는 소설을 쓸 수도 없을 것 같으니까. 갑자기 겁이 났다. 그래서 원고를 묵혀 두었다.

2022년 1월, 원고지 600매 분량이었던 초고를 꺼내 보았다. 한글 파일의 일부를 지우고, 인쇄본도 찢어 버렸다. 도입부만 남겨 두고 이야기를 다시 쓰기 시작했다. 두 달간 거의 매일, 조금씩 써서 지금의《오보는 사과하지 않는다》가 완성되었다.

돌아보면 역시 아쉬운 점이 많다. 첫 작품이니까. 내 작품이니까. 하지만 역시 사랑스럽기도 하다. 첫 작품이기 때문에, 내 작품이기 때문에.

책상 밑에 들어가 혼자 읽다가 푹 빠져들어 읽는 날도 있을 것 같다. 그런 독자가 있었으면 좋겠다. 도브와 노리터 식구들이 그렇게 친절하고 친숙하게 당신들에게 다가갔기를 바란다.

나는 새드 엔딩이나 배드 엔딩을 싫어한다. 삶은 대체로 그런 과정 속에 있기 때문이다. 악한 인간의 이야기도 좋아하지 않는다. 인간이 악하다고 믿기 때문이다. 악한 인간의 이야기를 싫어하는 게 아니라, 가슴 졸이며 그런 이야기를 보는 것이 힘들다. 그래서 나는 허무맹랑할지라도 자연스럽게 해결되는 이야기, 인간의 선한 쪽을 비추는 이야기를 쓰고 싶었다. 판타지를 꿈꾸는 것은 아니다. 삶을 사는 일이 이미 힘드니까, 적어도 책을 읽는 동안에는 시달리고 싶지 않은 '독자의 입장'에서 부리는 고집이다.

첫 소설책을 넥서스 앤드와 함께하게 되어서 기쁘다. 서툴고, 지나치게 낙관적인 글을 읽어 주시고, 믿어 주신 〈넥서스 경장편 작가상〉의 심사위원분들께 감사하다. 급한 일정 속에서 책을 만들기 위해 노력해 주신 편집자분들께도 감사하다.

어려서 〈에반게리온〉이나 〈매트릭스〉 같은 영화를 녹화해서 보여 주신 아버지, 〈스타게이트〉의 모든 시리즈를 본 아버지의 멋진 안목과 취향에 "브라보!"를 외쳐 본다. 소풍날이면 더 어려운 친구들과 나눠 먹으라고 도시락을 여러 개 싸 주셨던 어머니에게, 그래도 사람의 선한 부분들을 비추는 글을 쓰겠다는 다짐을 바친다. 주말마다 디즈니 만화 영화를 보면서 대사를 흉내 내고, 함께 폭소했던 남동생에게도 고마움을 전한다.

그리고 지금 사랑하는 당신을 계속 사랑하겠다. 인간을 사랑하고, 생명을 사랑하고, 지구를 사랑하겠다. 지구만큼은 못하겠지만, 나만큼은 그러겠다고. 소박하고 강력한 약속을 남긴다.

— 한요나

받은 적 없는 사랑을 줄게

바야흐로 '가족'의 의미를 곱씹어 보는 시대다. 아동 전문가 오은영 선생님의 변모는 이 되새김의 양상을 단적으로 보여주는 것 같다. 오은영 박사를 주축으로 육아의 문제를 해결하는 두 프로그램 〈우리 아이가 달라졌어요〉(2005년 7월 첫 방영)와 〈요즘 육아 금쪽같은 내 새끼〉(2020년 5월 첫 방영)가 내포한 차이에는 '가족' 개념에 대한 최근의 인식 변화가 고스란히 담겨 있다. 아이를 달라져야 할 교정의 대상으로 간주하는 표현에서 아이의 소중함을 강조하는 표현으로 바뀐 프로그램명이 아마 가장 먼저 눈에 띄는 차이점일 것이다. 아이를 대하는 방식의 이런 격차는 오은영 선생님의 물리적 행동의 변화로 드러난다. 두 프로그램 모두 '아이들은 모르니까 그럴 수 있다, 그러니 부모가 도와

주어야 한다'라는 기본 전제를 공유하고 있다. 그러나 실제 육아의 현장에서 다리 사이에 아이들을 끼워 넣은 채 그들의 팔을 붙잡고 훈육하던 오은영 박사가 세트장에 앉아 아이와의 아무런 (신체적) 접촉 없이 부모만을 상대할 때, 두 포맷의 시각적 효과는 극적인 낙차를 형성한다. 이를테면 내용 층위에서는 동일한 두 프로그램이 형식의 층위에서는 상이해진 것이다.

내용 측면에서의 유의미한 변화는 마찬가지로 오은영 박사가 등장하는 〈오은영의 금쪽 상담소〉에서 발견된다. 주로 어른을 대상으로 심리 상담을 진행하는 이 프로는 우울증이나 강박증, 또는 대인관계의 고충 등을 다루기도 하지만, 가족으로 인한 아픔이나 어린 시절의 상처가 소재가 되는 경우가 많다. 한 출연자가 자신을 힘들게 한 아버지를 도저히 용서할 수 없는데, '그래도 아버지니까 용서해야지'라는 주변의 은근한 강요에 고통스럽다는 고민을 털어놓자 오은영 박사는 조심스러워하면서도 이렇게 말한다. "아버지를 미워해도 당신은 나쁜 사람이 아닙니다. (…) 지금 당장 아버지를 용서하지 않아도 됩니다."

그러니까 오은영 박사는 현재 한국 사회의 가족 담론을 재규정하는 일을 하고 있다고 말할 수 있겠다. '피는 물보다 진하다', '천륜', '그래도 가족인데'와 같은 정상 가족 이데올로기의 명제들을 조심스레 파기하고 가족 개념의 경계를 새로이 그리는 것이다. 갑자기 오은영 선생님 이야기를 길게 늘어놓은 것은, 오은영 박사의 '금쪽 시리즈'가 하는 일을 한요나의《오보는 사과하지 않는다》역시 하고 있다는 생각이 들었기 때문이다. 이 소설은 가족의 의미를 재고하고 새로운 테제를 제시한다. 흥미롭게도, SF라는 형식 안에서.

지금으로부터 약 130여 년 후인 2150년대를 배경으로 하는《오보는 사과하지 않는다》는 저출산 문제를 국가 차원에서 적극적으로 대응한다는 설정을 전제로 한다. 심각한 저출산 위기에 국가는 국민들로부터 유전자를 제공받아 부모가 없는 아이들을 만들어 낸다. 매년 출산율을 계산한 후 필요한 만큼의 아이들을 만들어 내 모두 김씨 성을 부여하는데, 그들은 1월에 만들어져서 10월에 태어나기 때문에 '10월의 아이들'이라고 불린다. 소설의 주인공은 10월의 아이들 2세대인 '김도브'다. 김도브가 뜻밖에도 유전적 아버지의 임종을 지키게 되고, 그 과정에서 알게 된 아버지의 파트너를 찾아 나서면서 이야기는 시작한다.

각 장은 김도브가 만나는 다양한 인물들의 입장에서 서술되는데, 가족의 형태를 기준 삼아 그들을 구분해 볼 수 있다. 먼저 아버지와 어머니, 자식들로 이루어진 전통적인 의미의 가족 안에서 자란 인물 윤소미. 다음으로 어머니는 없이 아버지와 둘이서 생활하며 자란 인물 이노원. 그리고 국가의 계획하에 만들어져 부모 없이 자란 10월의 아이들 김도브와 김이고(방랑자), 지지. 이런 구분 안에서 가장 중요한 인물은 단연 윤소미다. 도브가 10월의 아이들인 것을 알게 되자마자 "가족이 없구나. 부럽다."라고 말하는 그는 지금-여기의 가족 구조를 반성하게 만들기 때문이다. 윤소미는 엄마와 아빠가 결혼을 하고 자신을 낳아 가족을 꾸린 이유를 이렇게 분석한다.

엄마 아빠의 지금 모습을 봐서는 사랑이었을 수도 있다는 생각이 별로 들지 않는다. 다만 정상 가족을 이루고 싶은 사람들이라는 점에서 둘은 공통점을 가지고 있었다. 그들에게 있어서 나는 이뤄야 하는 목표 같은 게 아니었을까 한다. '꿈'을 이루기 위한 도구로써 '아이' 혹은 '가족'을 이루기 위한 조건으로써 '자식.' 그러니 사랑이나 애정이 없었다고 단정 지어도 이상하지 않다.

정상 가족 이데올로기의 작동을 적확하게 정리해 내는 작가의 통찰이 돋보이는 대목이다. 오늘날 한국 사회에서 결혼을 하고 아이를 낳아 가족을 구성하는 것은 일종의 미션이다. 미션을 달성하면 '정상성'의 범주에 포함되는 보상이 주어진다. 하지만 사람들은 미션의 형식적 완수 여부에만 집중할 뿐, 그 안에서 실제로 어떤 일이 일어나는지에는 무관심하다. 윤소미의 가정 안에서 엄마는 자신이 못 이룬 꿈을 딸이 이뤄 주길 바라며 쉼 없이 소미를 압박하고, 아빠는 "네가 무엇을 하든 상관없으니 엄마 말에 휘둘리지 말라"고 말하면서도 집에 자주 들어오지 않고

딸을 방치한다. 결국 소미는 "결혼은 할 생각이 없다고, 가족은 필요 없다고, 아이는 더더욱 필요 없다고" 생각하며 집을 나와 혼자 살아간다.

그런데 이 소설은 윤소미의 임신 소식을 전하며 서사를 마무리한다는 점에서 그는 또 한 번 중요한 인물이다. 5장에서 "나는 가족이 제일 두려워요. 진짜 싫거든요."라고 털어놓던 윤소미가 마지막 장에서 "여전히 가족을 만들고 싶진 않"다고 말하면서도 아이를 낳기로 결심하는 것은 소설 전체의 주제의식을 함축하고 있다. 정상 가족 담론의 핵심적인 명제 중 하나는 '사랑받지 못하고 자라면 사랑을 줄 수도 없다'는 말이다. 정상적인 가족 구성 안에서 정상적인 부모에 의해 정상적인 사랑을 받지 못하고 자란 주체들은 정상적으로 누군가를 사랑할 수 없다는 논리. 이런 논리가 가지는 폭력적 성격은 주체의 현재와 미래를 끊임없이 과거로 회귀하게 만든다. 과거는 수정될 수 없기에, '내가 지금 이 모양 이 꼴인 것은 사랑받지 못하고 자랐기 때문이야.'라는 말은 '그러므로 나는 앞으로도 이 모양 이 꼴일 거야.'라는 말을 포함하고 있다. 사랑받지 못했던 과거는 영원히 지속될 것이다.

그러므로 "나는 사랑의 결과물이 아니"라고 단언하는 소미가 아이를 낳기로 결정하는 것은 '나는 사랑받지 못했지만(혹은 왜곡된 사랑의 수혜자이지만), 그럼에도 불구하고 너를 사랑할 수 있다'는 선언과도 같다. 소설 안에서 이 선언은 각각의 인물들에 의해 저마다의 방식으로 변주된다. 노리터 사장님의 아들인 이노원은 "내가 엇나갈까 봐 잘 혼내지도 않고, 그렇다고 애정을 퍼부어 주지도 않"은 아버지와의 생활을 삭막하다고 느낀다. 그래서 "나를 혼내거나 사랑해 주는 어른"의 존재를 갈구하는 어린 아이이지만, 사막의 아이들에게는 스스로가 그런 어른이 되어준다. "애들은 애들 나름대로 자신을 잘 키워 나가거든. 다만 관심이 있는 어른이 있다는 걸 알려 주고 싶었어."

소설의 주인공이자 '10월의 아이들'을 대표하는 인물 김도브는 임종 직전에 생물학적 아버지를 잠깐 만나 보았을 뿐으로, 가족 개념 자체를 사유하는 데 어려움을 겪는다. 그는 노원에게 "가족이 있다는 건 좋은 건가요?"라고 묻는다. 그러나 노리터에서 사람들과 어울리게 되면서 그들을 위해 요리를 해 주기도 하고, 지금껏 한 번도 해 보지 않았던 다정한 말을 엠에게 하기도 하며, 세계의 진실을 파헤치려는 방랑자와 연대하기도 한다. 부모 없이 태어나 국가 시설에서 자란 김도브의 유년 시절에는 인간적 애착이 결핍되어 있지만, 새로운 공동체 안에서 그는 사람들과 애정을 나눌 수 있게 된다.

중앙 연구소에 침투해 시스템 오보를 향해 가면서, 내 생각과 추측이 모두 엉망일 수 있다는 방랑자의 말에 김도브는 "괜찮아요. 그렇게 엉망이어도 이게 나인 것 같아요."라고 답한다. 그의 말대로 인간은 엉망진창의 존재다. 따라서 이런 인간들이 모여 이룬 가족이 또한 엉망진창인 것은 자연스러운 일인지도 모른다. 서로 가없이 아껴 주며 사랑만으로 충만한 가족의 이미지는 정상 가족 이데올로기가 구축한 허상이다. 어쩌면 세상에는 저마다의 형태로 뒤죽박죽인 인간과 가족들만이 있을 뿐인지도 모르겠다. 그리고 이 소설은 우리에게 그래도 괜찮다고 말한다. 우리는 엉망진창이지만 그럼에도 불구하고 서로 사랑을 주고받을 수 있으니까. 이것이 정상 가족이라는 사회적 환상을 횡단하는 한요나의 방식이다. 우리는 사랑받은 적 없이도 사랑할 수 있다는 새로운 테제.

우리가 정상 가족 담론을 타파하기 힘든 이유는 그것이 현재-미래의 내 모습을 규정하는 원인일 거라는 생각 때문 아닐까. '비정상 가족'의 구성원으로서 내가 겪은 아픔이 어쩌면 평생 나를 놓아주지 않을 거라는 염려 섞인 착각. 부모의 몰이해 혹은 원치 않는 방식의 비뚤어진 애정들로 점철된 유년 시절이 영원히 나를 좀먹을지도 모른다는 두려움. 충분히 수용되지 못하고 사랑받지 못했던 다섯 살의 나로부터 한 발짝도 더 내딛지 못한 채 물리적 노화의 과정만을 겪고 있을 뿐이라는 공포.

물론 부모는 '나'라는 존재의 생물학적 근원이다. 우리는 모두 난자와 정자의 결합으로 만들어졌으니까. 그러나 그 사실이 나의 전부는 아니다. 내가 어떤 부모에게서 태어나 어떤 가정에서 자랐는지와는 별개로 나는 충분히 다른 사람을 사랑할 수 있다. 부모나 가족은 나를 전적으로 정의할 수 없으며, 나는 분명 가족 그 이상이다. 소설의 마지막에서 엄마가 되겠다는 소미를 보며 도브가 하는 상념은 이런 생각을 압축적으로 드러낸다.

소미가 편안한 표정으로 말했다. 소미는 적어도 자기 부모와 같은 양육자가 되지는 않을 것이라는 확신이 들었다. 그들이 좋은 부모가 아니었던 것에 비해, 아이가 잘 자라 주었다는 것도 깨달았다. 그런 부모도, 그런 아이도 있다는 것을.

김도브가 아버지의 파트너를 찾아 나서며 시작한 소설이 아버지의 파트너와는 무관한 채로 끝나는 것도 이 때문이다. 도브가 "노리터에 있는 시간이 길어질수록 아버지에 대한 생각은 줄어든다". 그는 노리터에서 새로운 가족(공동체)을 꾸리고 자신의 방식으로 사람들을 사랑하게 된다. 따라서 더 이상 스스로의 근원을 탐구하기 위해 아버지의 파트너를 찾아다닐 필요가 없는 것이다.

10월의 아이들 김도브는 이런 방식으로 '로봇-인간'에서 '인간'이 된다. 국가의 유전자 조작을 거쳐 만들어진 어딘지 로봇 같은 인간에서, 온전한 인간으로 거듭난다. 인간의 목소리와 가장 흡사한 소리를 내는 악기 오보에의 이름을 따서 만들어졌다는 시스템 오보에가 스스로를 파괴하고 "인간의 목소리를 내야 합니다. 인간 같은 것은 여기 없습니다."라고 말할 때, 우리는 이제 남은 것이 인간 '같은 것'이 아니라 '인간'임을 안다. 인위적인 유전적 설계 하에 태어난 "DNA 덩어리"라는 사실이 그가 인간이 되는 일(사랑하는 일)을 막아설 수 없음을 안다.

한요나의 《오보는 사과하지 않는다》는 오은영 박사의 "부모를 미워해도 당신은 나쁜 사람이 아닙니다."라는 선언에 전적으로 동의하며 이렇게 덧대는 것이다. 그러니 부모를 미워하는 것과 무관하게 우리는 다른 사람을 사랑할 수 있다고. 여전히 사람들과 어울려 살 수 있고, 무사히 행복할 수도 있다고. 지금도, 그리고 앞으로도.

슬라보예 지젝이 라캉의 말을 이어 받아 '사랑은 내가 가지지 않은 것을 너에게 주는 것'이라고 말할 때, 이는 사랑의 환상 안에서 눈에 콩깍지가 씌인 주체들을 꼬집는 표현이었다. (당신으로 하여금 나를 사랑하게 만든 그 치명적인 특성을 사실 나는 소유하고 있지 않다는, 예컨대 당신은 나에 대한 오해 속에서 나를 사랑하는 것이라는 의미를 함축하고 있는 구절이다.) 하지만 나는 이제 슬라보예 지젝을 꼬집고(아야!) 김도브와 윤소미, 그리고 이 소설로 위로할 수 있는 모든 사람들의 편에 서서 저 문장을 이렇게 다시 쓰고 싶다. 우리는 내가 받은 적 없는 사랑을 너에게 줄 수 있다고.

— 박다솜(문학평론가)